中国少数民族
文学之星丛书

U0877715

绝招

少一 著

作家出版社

编委会名单

以民族的情意，打造文学的星辰

——“中国少数民族文学之星丛书”总序

邱华栋　彭学明

“中国少数民族文学之星丛书”是中国作家协会少数民族文学发展工程的一个新项目，于2018年开始实施，由中国作家协会创作联络部具体组织落实。出版“中国少数民族文学之星丛书”的目的，是重点培养少数民族文学中青年作家，打造少数民族文学精品，为那些已经在少数民族文学界和全国文学界成绩斐然、广有影响的少数民族中青年作家，再助一力，再送一程，从而把少数民族文学最优秀的中青年作家集结在一起，以最整齐的队伍、最有力的步伐、最亮丽的身影，走向文学的新高地，迈向文学的高峰，让少数民族文学的星空星光灿烂，少数民族文学的长河奔流不息。以文学的初心，繁荣民族的事业；以民族的情意，打造文学的星辰。

入选“中国少数民族文学之星丛书”的作家，必须是年龄在50岁以下的在少数民族文学界和全国文学界广有影响的少数民族作家。不管是否出版过文学书籍，只要其作品经过本人申请申报、各团体会员单位推荐报送、专家评审论证和中国作协书记处审批而入选的，中国作协将在出版前为其召开改稿会，请专家为其作品望闻问切，以修改作品存在的不足，减少作品出版后无法弥补的遗憾。待其作品修改好后，由中国作协统一安排出版，并进行广泛的宣传推广。

中国是一个多民族的大家庭。每一个民族都沐浴着党的民族政策的光辉、感受着党的民族政策的温暖，都在党的民族政策关怀下，蓬勃发展，欣欣向荣。在这个伟大的新时代，我们正创造着中华民族的新辉煌。每一个民族的发展与巨变，每一个民族的气象与品质，都给我们提供了生生不息的创作源泉。我们每一个民族作家，都应该以一种民族自豪感，去拥抱我们的民族；以一种民族责任感，为我们的民族奉献。用崇高的文学理想，去书写民族的幸福与荣光、讴歌民族的伟大与高尚；以文学的民族情怀，去观照民族的人心与人生、传递民族的精神与力量。

我们期待每一位少数民族作家，都能够到火热的生活中去，到广大的人民中去，立心，扎根，有为，为初心千回百转，为文学千锤百炼，写出拿得出、立得住、走得远、留得下的文学精品。不负时代。不负民族。不负使命。

2019年5月18日

目录

从生活中来的“绝招”

叶　梅

少一为湖南石门土家族。他开始写小说时已过不惑之年，但虽出道晚，却来势汹涌，短短几年间，这位姗姗来迟的文学“新人”在《当代》《民族文学》《北京文学》《湖南文学》等全国知名文学刊物上佳作频发，几乎每篇都招惹人眼，引得读者及文学界的关注。

我与少一相识于2013年年初，先是读到从《民族文学》邮箱自由来稿中选出的短篇小说《假币》，顿觉眼前一亮，这位叫少一的作者显然是一位擅长说故事的人。不久，《民族文学》杂志社在京举办多民族作家改稿班，正好请来了少一，见面交流之后，方知他果然是一位经历丰富、志趣盎然的人。少一出生于20世纪60年代，生活之路多有坎坷，高中毕业后先是回乡种地，后来当过民办教师、乡广播员，再后来干起了个体户，杀猪卖肉、开餐馆旅店、收废品、卖土特产。少一是个吃得起苦的土家汉子，他老家石门在湘鄂交界的武陵山脉深处，兄妹四人他为长兄，贫寒家境将土家人撑门立户的重担搁在了他的肩上，可贵的是他在为生计奔波的同时，一直坚持着自己的精神追求。他上高一时便爱好文学，曾在全市作文竞赛中获得第二名，后来在生活中采写过几百篇新闻故事，成为方圆几十里小有名气的“土记者”。他坚持自学，报考全国高等教育自学考试——湖南师大汉语言文学专业，经过了艰辛漫长八年之久的自学高考，同乡一起报考的人全都半途而废，而他始终不渝地坚持跑到了终点，并在众多竞争者中脱颖而出，进入警营之后又走上公安宣传的阵地，一干就是二十多年。

少一所经历的各种生活体验成为他自豪的财富，为自己的创作提供了丰富的素材。2011 年的秋天，他一口气写出了三个中篇小说，然后直接投进了从未联系过的刊物邮箱，后来竟很快分别被《当代》《民族文学》《湖南文学》等刊物发表，又很快被《中篇小说选刊》等多家杂志转载。他发在《民族文学》的短篇小说《假币》和《家贼》，被加以责编点评和“特别推荐”。大家惊喜于这位厚积薄发的新人出手不凡。

少一出现在文学之路上，五年以来，他的小说创作硕果不断，多次被收入《全国公安文学精品选》及多家刊物的选本，并获得“第 12 届金盾文学奖”等奖项，这次又入选“中国少数民族文学之星丛书”，是他辛勤耕耘的结果。

选入本书的多部中篇小说都来自少一最为熟悉的公安题材，是他近年来的代表作，也正是他从生活中开掘出的心血之作，是接地气、从湘西那片土壤里长出的有滋有味的果实。这些作品浸染着世俗生活混沌厚实的味道，与那些隔靴搔痒、先验的抽象脸谱化的书写泾渭分明，敢于直面生活痛点、敏锐捕捉凡俗生活中的幽微。少一的文学观之一，就是要写出“好看的小说”，他有着令人愿意倾听的叙事本领，在绵密朴拙的描写中，自有一种娓娓道来的真切感染力。他的小说因此具有中国人喜爱的故事性，一个个凡俗生活中的烟火传奇在他笔下跌宕起伏，妙趣横生，情节饱满，余味无穷，透出让人思索的人生底蕴。

同时，他所反映的公安题材和社会生活具有强烈的时代气息，在鲜明的善恶褒贬之中，既有执法如山不可违背的法律尊严，也有世道人心民间道德的价值取向，读者很容易把自己摆进去，与作品中的人物融为一体，从而获得心灵启示和审美的愉悦。他为每部作品设计出一种好的结构，让不同的人物相互有机地交织在一起，使人物性格在故事中得以较好的展现。他所塑造的公安干警有血有肉，各有个性，人物的棱角张弛有度，生动表现了这个特殊群体的理想道德追求，以及人物各自不同的内心冲突，具有鲜明的现实意义和醒世价值，是对正义热切的呼唤与礼赞。

少一有着从事公安宣传工作二十年的文字经验，善于透过生活表层揭示事物本质，作品喜用开门见山而又悬念不断、引人入胜的创作手法。他的语言饱蘸着生活的原汁原味，生动鲜活，且不拖泥带水，干净利落，具有浓郁的湘鄂西地域特色，并略含讥刺、辣而不俗，具有与时俱进、不断创新的表现。他在语言的运用上得心应手，为故事的演进提供了艺术张力。

少一写出了小说集《绝招》，而支撑他写出这些作品的绝招来自于生活，以及他对生活所投入的热烈情感，相信读者能由此读出作品的道德、筋骨和温度。

2018 年 11 月 21 日

假 发

一

皮志远躲在花园凉亭下一根水泥柱子后边，看见五楼东头那扇窗口漏出一团昏蒙光亮，心里悬着的石头砰然落地——阿弥陀佛，房间的主人在家！

皮志远不是唯心论者，但他办每件事情时都有一种习惯性的心理期待，那就是顺利，别出岔。他掏出手机，摁出一连串阿拉伯数字——这串阿拉伯数字的后面是他今晚求见的人。

务必先打电话联系。这是政工室主任习让才叮嘱给他的注意事项之一。此前，局里已有传闻，说是前任掌勺的大师傅凌晨五点钟到三楼食堂开灶火，发现本局某美女从五楼东头那间房子里飘逸而出，下楼时正好碰上大师傅，神色颇有慌乱。他们彼此认识，鸟事心照不宣，这般邂逅兀自尴尬，擦肩而过时点头招呼而已。大师傅年轻，嘴巴不知轻重，不小心把事情泄露出去，很快惊动五楼主人。于是，合同远没到期，大师傅即被解雇。当然，解雇他的理由不是因为他看到了不该看到的人，说出了不该说出的秘密，而是说众口难调，机关干部职工不可能一个口味吃到底，换口味就要换厨师，名正言顺——教训惨痛，习主任不想让皮志远重蹈大师傅覆辙。

阴局长从外县调来公安局时，在县城没住房，他的安乐窝建在市里。局里就把机关综合服务楼的五楼东头腾出三间，重新装修后作为局长的生活区。据说，生活区里一应俱全，居家之物应有尽有，装潢极尽奢华，花掉局里不少银子。究竟奢华成啥样，见过的人区区可数。他们不言说，对外人永远都是谜。

摁下发送键之前，皮志远从柱子后面侧过脑袋，目光朝花园旁边怯怯地扫描一遍。综合服务楼是局机关大院尽头的建筑。从大门进来，先进办公楼，办公楼后面是停车坪和宿舍楼，宿舍楼再往后走，抵近院墙才是花园以及紧挨花园的服务楼。皮志远今晚上要做的小动作除了习主任之外，不能让任何人知道。所以，他必须十分小心，搞不好会弄巧成拙。

手机屏面上跳动着信号发送的提示，皮志远的心跳也跟着提速。几乎在响铃快要结束的瞬间，阴局长才接电话。哪位？只有简单俩字，语气也阴阴的。皮志远的号码肯定不在他的常用联系人之列，阴局长不担心得罪人，客套大可免去，用俩字足够了！

阴局长，您好。我是皮志远。

电话那端稍微顿了一下。皮志远这名字太大众，很显然，阴局长不能确定打电话的皮志远会不会是单位的皮志远。

皮志远不想让领导老费神，让领导老费神领导自然不高兴，领导如果不高兴，事情定然办不成。他马上自报家门，局长，我是政工室的皮志远。

噢，小皮呀，有事吗？

我个人有点小事情，就是……想给您汇报一下……有风凭空吹来，皮志远身子抖了抖，说出的话像打点滴。

阴局长瓮声说，什么事情不能在电话里说吗？

阴局长是在耍官腔，皮志远懂这个。他在心里骂娘：能在电话里说清楚，我还不如直接到你办公室说呢。老子的事情就卡在你手里，你不就等着我上门烧香吗？还装什么装！他说，阴局长，我还是想当面给您汇报，我知道您很忙，但不会耽误您太久……十分钟，不，五分钟足够了。皮志远心里想的是，老子一分钟也不想在你那儿多待！

阴局长打断皮志远的话，没事，你来吧。

不能让阴局长知道自己就在楼下打埋伏。皮志远说，请阴局长稍候，我十分钟到。

时间空转。在接下来的十分钟里，皮志远把自己准备向局长汇报的腹稿在心里又默默巩固了一遍。

给阴局长送礼是刁主任不得已出给皮志远的馊主意。刁主任咬牙切齿说，我一贯是不主张给领导送礼的，送礼是顾面子的说法，它本质的意义是行贿。可是，小皮呀，你如果不意思一下，事情可能办不成。呃，大家都这么搞，风气稀烂的坏！我也没办法。

送！皮志远豁了出去，只要事情能办成，送就送。

难就难在这里。刁主任犹豫说，不送是绝对搞不好，但我也不敢保证送了就一定能成。这是一把双刃剑，你可要想清楚。

皮志远没选择，只能赌一把。他说，刁主任，顾虑不了那么多，事情逼到这步，你看送多少合适。

刁主任说，我还想问你呢。在送礼问题上，刁主任和皮志远都严重缺乏经验，他俩碰到了最大的难题。不过，刁主任最后还是给皮志远提供了一个参考意见：五百是不是少了点？我看还是送一千吧。

皮志远心里旋了一下，说，我觉得一千恐怕也少了点，那么大个局长，怎么送得出手？两千吧！

皮志远的大方已经超出习主任想象。习主任对皮志远的家底很清楚：皮志远一家这几年都在啃老本。他拿一份临时工工资，老婆进城后花主要精力照顾儿子读书，每天抽空从菜农手里批点小菜，然后扛着篮子贼一样和城管躲猫猫，串着小巷子叫卖。卖出去赚钱，有积压带回家自销，总之不蚀本。家里还供养着打太极拳的老妈和喜欢搓搓小麻将的老爸。习主任真想不出皮志远哪来的底气答应一下送两千元。

皮志远是习主任不拘一格从大山里直接选拔到政工室文秘岗位上来的人才。他之所以对皮志远的事情很上心，是因为自己曾红口白牙给人家做过承诺，答应解决身份问题。可是，最近他的工作遭遇阻力，而且很明了，阻力的源头居然出在阴局长那里。当初，选皮志远上岗是报请阴局长同意的，他拍过板、表过态，说只要是人才一切都好办。现在突然变卦，事情难办，习主任分析来分析去，症结多半出在人民币那儿，皮志远不破点财可能过不了阴局长那一关。

三年前，阴局长新上任，习让才被调整到政工室当主任。当时的政工室情况颇为不妙，靠耍笔杆子起家的赵副主任功德圆满，从无聊的文字堆里解脱出去，提副科到新的岗位履任。另一小伙子仗着自己亲舅在市政府当副秘书长，也撂开鼠标跳槽进了油水部门，留下来的只有一个临近退休的吴姐。吴姐把年龄当资格，喜欢上自由班，自不受人待见。每年轮到人员调整，她就成了人家脚底下的皮球。据说，吴姐和阴局长是大老乡，局长才点名安排她到政工室当内勤。可是，政工室不缺内勤，缺的是文秘人才。习主任深知现在文秘人才的匮乏用青黄不接来形容显得有点乐观，准确的说法应该是出现了断层。他不想干这个鸟主任，向局长请辞，局长不允，给他开条件，要他从全局年轻人中挑选两个德才兼备的充实到政工室。

政工室工作不能垮，尤其要走活公安宣传这盘棋。阴局长还感叹道，看来，培养文秘工作人才成了我局迫在眉睫的工作，不引起足够重视不行了。

可是，刁主任与局长的想法不敢苟同。局里现有的年轻人他全知根知叶。别看他们一个个人五人六，文凭摆出来也梆梆硬，但多是空心萝卜，肚子里缺真货，别说要他们写篇锦绣文章，哪怕写几个汉字都歪七扭八像鸡爪爬。这样的人占着文秘岗位，简直辱没了文字工作！不要也罢。问题的关键还不在这里，关键的问题是现在的小年轻都心态浮躁，谁也静不下心来干本职。他们钻业务没长劲，学旁门左道倒无师自通，只把政工室当跳板，一心削尖脑袋往上爬。

阴局长对刁主任的观点骨子里认同，无可奈何说，你有什么好办法说出来听听？

刁主任说，真正选拔人才，我就不管他是什么身份，有没有学历，只要他有真本事就行。

阴局长说，好，就按你的意思办，我支持，有问题我兜底。

进公安局之前，皮志远和老婆在老家圩场开餐馆，雇了个小妹子当服务员，生意不是很忙，有大把的闲余时间。皮志远是个惜时如金的人，打小喜欢写作。于是，他在闲余时间里把身边那些好玩的事情写出来投稿，火柴盒也好，豆腐块也好，聚少成多，渐渐积累出些名气。省报驻市记者站站长有次在县里给通讯员授课，谈到通讯员的存在感和价值时举例说，受众可能不知道你们的县委书记是谁，但只要看报纸，他们一定知道有个叫皮志远的农民通讯员。这话后来传到县委书记金立耳里，金书记和站长老交情，喝酒时玩笑道，嗯，这个皮志远，名气比我还大，我有点不服气，有机会真想见见他。

刁主任也没见过皮志远，但早把他的名字搁心里了。阴局长让他当伯乐，他毫不犹豫第一个想到的就是皮志远，并按程序把他选拔上来。拉出来遛遛，皮志远真还是匹良马。自他加盟政工室之后，公安局隔三岔五在媒体上露脸，警察形象大为改观，每年的民调都冲到全县最前面。这让刁主任感觉很有面子和成就，阴局长也满意。他亲口对皮志远说，嗯，年轻人挺不错的，你要记住，是金子埋在土里照样发光。

皮志远对局长的褒奖兴趣不大。因为他知道，自己发出的光再大再多，照亮的总是别人。他希望能有一束光照在自己身上，让他感到舒服、温暖。再说，埋在土里要发出光来多吃力？你阴局长就不能帮我把身上的泥土扒开，让我光芒四射吗？

皮志远的要求其实并不高，他都三十了，早过了公安机关公务员招考的年龄门槛，没有了脱下蓝衫换紫袍的想法。他只想弄个全额财政拨款的事业编制，捞一个旱涝保收的饭碗，让自己在这个岗位上长久待下去，安心干工作。这事办起来其实也不难，前面已经有人玩过。那些上面有关系或者家底厚实的子弟凭条子或票子轻而易举就置换了身份，给不给你机会全在局里一句话，说到底也就是压在阴局长舌头底下的一句话。他只要一松口，那句话就蹦出来了。他若是一紧嘴，那句话就会咽回去。

现在，局里压力并不大，该玩的都玩完了，亟待重点解决的就两人，皮志远和阴局长的司机毛弟巴。皮志远和毛弟巴两个，怎么说呢，站在民间同情立场，他俩都处在单位最底层，解决最好不分先后。从工作角度看，他俩也没有可比性。毛弟巴的事情不能再拖，他已经伺候过三任局长。每任局长交接时，都把解决他的身份问题当政治任务交代下任。衣不如新人不如故。毛弟巴端茶拎包围着主子转，功劳苦劳兼有，他的事情久拖不决，阴局长连自己都对不住，更别说对得住良心。皮志远呢，寡妇睡觉上面没人，包里也没钱，但他手里有支生花妙笔，兜里还揣着自考文凭，怎么说也抵得上毛弟巴手里那本驾驶证（也就C照），工作更是有目共睹。所以，习主任心里有杆秤，他觉得手背手心都是肉，一碗水要端平。毛弟巴和皮志远的身份问题只能搭一趟车，要解决最好都解决。可是，阴局长一再叮嘱习主任，毛弟巴的事情要抓紧。他好像把皮志远给忘了，也不知他心里怎么想的。

直到去年，阴局长很是玩了习主任一把，他才恍然悟出点什么。要不然，他绝对不会给皮志远使出送礼的烂招。

二

阴局长在看报告。只扫了标题一眼，他眉间的“川”字就拧紧了。不到半页纸的报告，他足足看了五分钟，好像要把那些白纸黑字看出一朵花来。他最后把报告放在桌面上，双肘撑着，十指绞在一起，压根没有拿笔签字的意思。

习主任坐在旁边沙发上，见局长表情纠结，不知说什么好。窗外的阳光刺透厚厚的帘布，把房间照得透亮。局长室内虽有空调制造出的凉爽，可习主任身上一个劲飙汗，他感觉到处都有芒刺，又热又痒。报告的内容是以公安局名义向县编办申请解决皮志远和毛弟巴两人的全额财政拨款编制事项，只待局长签字后，再呈送给县委主管党群工作的副书记古月满签字同意就OK。阴局长一直在催办毛弟巴的事，这会儿却一反常态纠结起来，也不知啥意思。

阴局长到底说话了。他把桌面上的文稿纸拿起来，弹出很大声响，习主任，这是你的意思还是戚政委的意思？

阴局长这话有陷阱，回答须慎重。习主任想了想说，是我和戚政委商量的意思。

我想，也应该是这样。阴局长嘴角浮出一丝似是而非的笑。

阴局长的笑引起习主任警觉。他在脑子里迅速对阴局长刚才的话做出深层次解读：我就知道，你和戚政委合穿一条裤子，你们是拿一个鼻孔出气。

阴局长这话说得好没水平，按照分工，政工室归政委管。习主任想，难道我和戚政委保持工作上的协调配合有错吗？

习主任，你想过一个问题没有？阴局长盯着报告并不给习主任正眼，你把两个人的报告打在一起，如果古书记只同意解决一个，这字他怎么签？你让他得罪谁好？顿了顿，阴局长指出，你这是在给领导出难题啊。

习主任嗫嚅道，我觉得他们两人的问题都该解决了。

嗯，你说得有道理。我再问你一个问题，如果毛弟巴和皮志远这两只“卒”只能有一只先过河，你认为谁先过去？

习主任发现阴局长每次说话都用棋语，好像他是一个高明的棋手。他刚才的问题里已经潜伏着答案，毛弟巴就排在皮志远前面，回答多此一举。习主任装傻说，局长，我没理解您的意思。

阴局长深意地笑笑，别装，你已经理解了。

习主任有种被人扒光裤子的感觉。实话说，他并不反对也不敢反对毛弟巴这只“卒”过河，但他同时坚定地认为，站在工作和公正角度，还是应该让皮志远这无名小“卒”优先过河，至少两人一同过去。全县这么大，名额都捏在古书记那儿，多一个少一个压根不是问题。毛弟巴的驾龄要从开拖拉机算起，他只有初中肄业的基础学历，年纪比皮志远小好几岁，把他放在后面怎么都说得过去。习主任听说有人写过一本书，把首长的司机说成二号首长。他不愿得罪毛弟巴，因为得罪毛弟巴约等于得罪阴局长，这道理傻 × 都懂。他只好含糊说，从工作角度考虑，如果能一次性解决掉，我认为让皮志远跟着过河也是可以的。

很好！我的想法其实和你一样。阴局长为难地说，可是，棋要一步一步走，饭要一口一口吃。公安局一次解决两个，古书记那儿可能有压力。我们要站在全局着想，不能只考虑局部利益，要时刻想到替领导分忧。这是一个成熟的政工工作者应有的智慧和胸怀。

阴局长的话让刁主任忽然矮下去，他为自己的小算盘感到羞愧。阴局长既然提出一步一步走，那么，下一个过河的“卒”子自然就轮到皮志远。两年都挺过来了，也不在乎多熬一年。刁主任说，我把报告改过来，暂时先解决毛弟巴，皮志远放明年再说。

不。阴局长摆摆手，两个人的报告都要打，只是分开打。我们同时呈上去，古书记如果一高兴，指不定就把两份报告都签了，岂不皆大欢喜？

阴局长这态度严重出乎刁主任意料。

刁主任，你是不是有点热？热就把温度调低点。

阴局长不是在讲客气，刁主任知道，这是他送客的辞令。

阴局长和戚政委的矛盾似乎先天注定，只是外人表面上看不出来。

阴局长从临县公安局政委位置上提拔到这里当局长，有种十年媳妇熬成婆的解脱和优越感。据小道消息，他原来搭档的那局长“雷驼子”是个强势主儿，权力抓得铁紧，从没把政委当盘菜。阴政委砸他手里那些年受够了鸟气，他深谙官场这江湖水太深，一个单位的一把手和二把手远不是两个大小数字的排序，而是几何级数的权力分割，没有足够的忍耐和定力根本玩不下去。好在到了最后，他的搭档局长顺水推舟让他修成正果，都奔五的人了，最后一张麻将海底自摸和了牌。所以，打从当局长那天起，阴局长就把权力看成自己的老婆，一丁点的旁落和外人染指都会让他敏感。

戚政委是从县政府办副主任位置上提拔起来的。他在政府办管内务一块，吃喝拉撒睡哪样都离不开他，权力可谓不小。更重要的是他属就地提拔，经营多年，已积累起不少人脉，早在县里织成一张网，办起事来呼风唤雨，脸面半点不比阴局长小。阴局长是强龙，戚政委绝对是地头蛇。一个单位，这样的搭档如果配合好，没什么玩不转的。阴局长如果稍有胸怀，既省事又省心。可时间稍长，明眼人就看出他俩之间有了不和谐音。局里某些棘手的事情阴局长拿不下来，居然让戚政委出面三下五除二搞定，结果在阴局长那里有了新的认识上的辩证法。人家不给局长面子，却愿意买政委的账，这说明什么？又成何体统！所以，阴局长必须防着点，凡事不能由着政委来。姓戚的人气越来越大，官声越来越旺，功高震主，危险啦！当然，防住戚政委并不是件简单事。在公安局，局长和政委都是理论上的正职，局长抓业务，政委管队伍，井水河水分工明确，戚政委不会轻易让出自己的责任田。再加上阴局长初当局长，权力场上欠历练，敲打戚政委也不敢太放肆。这次，他之所以在皮志远的身份问题上做文章，就是想拿这事试试水温，向戚政委明确传递一个信号：票子（财务大权）和帽子（人事大权）我是看重的，我不点头的事你想都别想。

刁主任蒙在鼓里，揣着报告和阴局长一同去县委大院找古书记签字。车在院子内停稳后，阴局长说，刁主任，你就在车上休息，我去见古书记。

刁主任朝开车的毛弟巴眄了一眼，感觉有些丢人。车门半开，他一只脚已经移到门边准备往外蹽，右手甚至都抓住了车门扣手。阴局长的话像突然给他体内注射了一剂麻药，他整个身子倏地僵住动弹不得，直到阴局长下了车，才不得不把手脚勉强收回来。最恼火的是他的尴尬暴露在反光镜里，让毛弟巴看得一清二楚。

报告呢？阴局长站在车外，伸出那只胖乎乎的手。

刁主任反应迟钝地打开皮包，在包里翻找。他本来按要求准备了两份，阴局长既然撇开自己独自去见古书记，明摆着要防他，刁主任就只递了毛弟巴那份。阴局长看了看，公事公办说，还一份呢？

……

阴局长很快从县委办公楼出来。他没把报告交给刁主任，碰紧车门后示意毛弟巴开车，脸上的表情略显落寞，在车上始终没说一句话。到局里下车后，他才招呼刁主任去他办公室谈事。

阴局长边从包里掏报告边说话，刁主任，知道我为什么没让你去见古书记吗？

这么二百五的问题，阴局长说得出口，刁主任却不屑于回答他。

阴局长解释说，在车上有些话不便讲，想必你也猜出结果来了。我已经做了最大努力，但古书记的意思，这次公安局只能解决一个。他权衡来权衡去，最后只同意签毛弟巴。你一直在为皮志远的事情奔走，古书记心里有数。我就是担心当着你的面否掉皮志远，大家面子上都下不来，希望你能理解。

刁主任说，这是政治任务，我当然理解。他的话里隐含着揶揄的味道。

小皮不会有情绪吧？

刁主任说，没一点情绪是假的，但我会做好他的工作，希望阴局长能一如既往地关心他，争取明年给他把事情解决好。

阴局长说，形势是不断变化的，政策也在逐步收紧，明年的事到时候再说，但不管怎样，我们都要尽力，人才啊。

阴局长的话让刁主任心有忐忑，明摆着，皮志远这只小“卒”要想得到身份，必须先过阴局长这条“河”。

不久，毛弟巴就有了身份。

众所周知，这还是去年夏天的事情。

三

就在上个月，刁主任陪阴局长去沿海某市“考察”过一趟，做了件不可告人的事情。

阴局长半辈子最闹心的事是养了个不争气的儿子。阴正高三复读一年后才勉强混个文凭到手，然后去当兵。阴局长知道自己儿子几斤几两，要想在体制里混碗饭吃靠正面进攻基本行不通，便走曲线救国的路子，调动关系把阴正弄到沿海某市当兵，退伍回来后临时安置在县交警大队当辅警。别人当辅警可以无限期，愿意辅下去一辈子也是可以的，因为他们没有李刚那样的爸。阴正的爸也不是李刚，但他是阴局长。所以，阴正当辅警充其量是见习，是过渡，是迂回，他爸一定有打算，不会让他一直“辅”下去。

一同去某市“考察”的除了阴局长父子俩，还有刁主任和公安局警务保障室盛主任。那边早联系好了，负责接待阴局长一行的是那边市人社局一位副局长和管公务员招录的聂科长。刁主任到那里才搞明白，盛主任军转前也在某市当过兵，人社局那位副局长和盛主任系老乡，在部队也是他的老上级。盛主任提干，老上级帮助出过不少力，于是，同乡情谊加知遇之恩，两人私交甚厚连绵不断。可以想见，这次“考察”是由盛主任出面，两边精心谋划好的。

人家接待的规格很高，安排刁主任他们入住五星级酒店。酒店当面临海，晚上在顶层的旋转餐厅就餐可以鸟瞰全市夜景和海景。到底是特区，不仅特事特办，而且还是特区速度，仅两天时间，阴正从招工到转干再到调动的全部手续就办结。这事传出去，恐怕连李刚听了都活活气死。

各种表格是预先准备好的，上面的印戳早盖满了，签字由副局长和聂科长轮着来，字迹要有区分，好办，那就隶书、行草、楷体变花样，还不行，右手换左手。整个过程，副局长和聂科长都轻车熟路，配合默契，做起来有条不紊，从容不迫，一看就知道他们套路很深，是弄虚作假的老手，真是胆大包天。这着实让习主任长了一把见识——在内地，招录公务员是有严格把关的，再混账的领导都不敢在程序上做手脚。吃饭的时候，聂科长可能看出习主任的思想还不够开放，便解释道，我们特区讲究的就是开放开放再开放，既然一切都要开放，那么，招工转干的门为什么要关紧？那边的副局长马上附和道，习主任啦，人活到我们这把年纪，总算把世事看明白了。我的原则是多做点栽花不栽刺的好事，多个朋友多条路，多个仇人添堵墙，退休后走到哪地方都有小酒咪西，人生足矣！

后来，习主任也想明白了。那边副局长和聂科长他们玩的空手道。阴正根本就没在他们辖区上过一天班，拿过一分钱，对他们来说没造成任何压力。他们于公于私仅仅用一个子虚乌有的干部指标换了一笔不小的钞票。当然，这些钱全由这边警务保障室盛主任以公家的名义买单。

这次“考察”的直接收获是阴正作为干部跨省调动到县交警大队工作。所有资料都在习主任手里，回到单位还有后续手续要办，习主任免不掉要在上面签字。这样一来，阴正的违规转干和调动习主任就全程参与其中，他成了一个窝案的同伙，一根藤上的蚂蚱，想独善其身都做不到了。返程飞机上，阴局长特地把习主任的座位调到自己身边，他说，习主任，不怕你笑话，这么干的确出于无奈，犬子不才，丢人啊，谁叫我们做了父母？

习主任应付说，幼吾幼以及人之幼。将心比心，人人都一样。不过，这么处理还是存在风险，如果……

正好有空姐送饮料过来，阴局长马上摆手拦住习主任的话。这件事情就我们几个知道，我给盛主任说过，千万管住嘴巴，这是纪律。必要的警告之后，阴局长语调变得温柔起来，习主任，你在二层骨干岗位上干的时间不短了吧？

习主任心里捋了捋，把干副职的时间加在一起，满满有了二十年。

不待他回答，阴局长说，局里应该考虑给你解决正科了，哪有副科一干二十年的道理？

阴局长的话恩威并重，明显带着交易色彩。习主任婉拒说，我在政工室主任岗位上，给自己解决级别有嫌疑，影响也不好，还是优先别人吧，等哪天我不干政工了，局长再惦记我，我感恩不尽。

阴局长点着头，把脸侧过去，明白了，我有分寸。

飞机钻出云层，飞临一片山区上空，视野变得开阔起来。从舷窗往下看，一条条公路缠绕在群山和村庄田野之间，将五颜六色的地表分割成一个一个不规则的小块。公路是灰白的，山峦是苍绿的，村庄是黛青的，田野是嫩黄的。阴局长用胳膊碰碰习主任，发出一个蹩脚诗人的浩叹：江山如画，真是美不胜收啊！你看看，我们脚下的大地像什么？

习主任顺着阴局长的思路说，就是铺陈在我们脚下的一幅山水画嘛。

不。阴局长还是那么专注地盯着窗外，发挥你们文人丰富的想象力，看看到底用一个什么比喻最恰当？

习主任跟不上阴局长天马行空的思维节奏，说白了，他对阴局长的诗意并不感兴趣。

这分明就是一盘棋嘛。阴局长扭过头来，对自己颇有创意的发现作进一步阐释，上帝主宰着人类的命运，说到底，我们每个人就是上帝手里握着的一枚棋子。说完，阴局长又把目光投出去，很像是在精心研究棋谱。

刁主任适当地幽默了一下，阴局长，坐在飞机上，我们现在就成了上帝。

阴局长把刁主任的话品味一下，大加赞赏说，对，有时候，命运就掌握在自己手里，我们不能让别人当棋子，我们要做那个掌控棋局的人。

刁主任听出来了，阴局长的话里包含着成功者的桀骜。

见阴局长很高兴，刁主任就把皮志远的事提出来，想探探他的口风。

阴局长听了未置可否，却迂回到另一个问题上。刁主任，我听说过一件事，不知是真是假，有人说皮志远开始走穴了。

刁主任一听头皮发麻，真还有这事，而且是他帮皮志远拉的皮条。

县法院的对外宣传工作一直在全市法院系统玩尾巴，每年年终考核都上不去。法院办公室主任压力山大，他和刁主任是党校同学，专门找到刁主任，希望皮志远能借用周末休息时间给他们写写稿子，发表了按奖励机制给钱，另外还象征性付点润笔费。法院的奖励政策很优渥，皮志远一年中只干几票，就抵得上公安局发给他一年的临时工资。皮志远家里需要钱，公安局那点可怜的薪水养不活他一家人，周末休息捞点外快正好贴补贴补。刁主任感到纳闷的是操作此事时他一再叮嘱法院同学和皮志远，千万把住口风，不要让外人知道，皮志远写出的文章发表时也不署自己的名。那么，这事又是怎么捅到阴局长那儿去的？是谁在暗地里向他打小报告？现在，阴局长既然问到这事，他肯定把内幕早摸准了，刁主任干脆一肩担起。他说，这件事是我联系的，皮志远家里的情况不是很好，局长您清楚。我也无非是想帮他减轻点经济压力，让他安心工作。

可是，阴局长沉吟着说，他是我们公安局聘请的人，你想想，同是县里的政法单位，人家的宣传上去了，就把我们比了下去，这么做是典型的吃里扒外，是吃着碗里的盯住锅里的。刁主任哪，皮志远他可要想清楚，如果觉得公安局这座庙太小，他可以选择另谋出路嘛。

阴局长的话越说越严重。刁主任马上检讨说，这事真不怪皮志远，我给他谈谈，今后再不干。皮志远对公安局是有感情的，局长一直关心他，他也懂得感恩，希望能在公安局站稳脚跟，为宣传工作效力。

对公安局有感情？未必吧，我看他只对钱有感情。我不喜欢当面一套背后一套的人，公安局不能出叛徒。

阴局长的话也许是一种暗示或双关。刁主任就是在这种情况下，才指使皮志远给阴局长送礼的。当然，阴局长那些刻薄的话他没有说给皮志远听，他不能让领导和下属之间弄出什么罅隙，皮志远更是承受不起精神打击。

皮志远看到阴局长的第一眼有种恍惚感。如果不是阴局长招呼他坐，他甚至怀疑那不是阴局长，而是阴局长的父亲，至少也是阴局长的大哥——如果他有大哥的话。阴局长那一头乌黑发亮的头发说没就没了，呈现在灯光照耀下的是一颗铮亮的秃瓢。秃瓢的周遭有一圈黑油油的长发珍贵地盘绕，从阴局长的端庄里看得出来，他在竭力保持着脑袋平衡，以防那缕头发散落下来，破坏一个智者的形象。平时，皮志远的目光在阴局长身上不会久留，更不敢仰视他，故而不知道阴局长戴假发。这时候，皮志远心里涌出一个不合时宜的感想，这么大热的天，为了制造一个年龄上的假象，阴局长不得已在头上罩着假发，也真够难为他的了。想到这一点，皮志远下意识地摸了一把脑袋，不禁为自己拥有一头浓密的黑发暗自窃喜。

听完皮志远并不流畅的表达，阴局长说，你来找我，哪怕不说我也知道就是为你个人身份的事。我还是那句话，是金子埋在土里都会发光的。

皮志远说，阴局长，我不想埋在土里，只有死人才会老埋在土里。

阴局长哈哈笑，别误会，我只是比喻一下。

我知道您这是比喻，局长的幽默让我很感动。皮志远觉得再这样对话下去太难受，他把手伸进裤兜——那里有一个信封，信封里装着二十张老人头和一份掩耳盗铃的申请报告——老人头才是他今晚上给局长汇报的核心内容，也是最有说服力的内容。

——不能直接用红包，用单位的信封代替。

——也不必非要塞到阴局长手里，找个适当的地方放下就可以走人。

——话不必说得太满，言多必失，说多了反而容易说漏……

这些都是习主任交代给皮志远的注意事项。

阴局长的电话响了。嗯，是呀，很好嘛……免了吧，不必客气喽。阴局长的话听起来像打哑谜，他看看皮志远，继续道，哎呀，怎么说呢，没什么不方便的……好吧，稍等等。

先客让后客。皮志远听出点蹊跷，把信封放在沙发上，告辞说，阴局长，我就不打扰您休息了，我这里写了个报告，请您有时间过目一下。

阴局长的目光落在信封上，短暂地停留了两秒，漫不经心地说，放心吧，你的事情局里一直很重视，你要珍惜组织上对你的关怀。

第二天，皮志远把晚上送信封的过程给习主任做了详尽汇报。习主任特地过问了许多关键细节。不是有人说过吗，细节决定成败。

最后，皮志远突然来一句，习主任，阴局长他戴假发呢。

习主任怔了怔，马上制止皮志远说，千万别嚷嚷，阴局长戴假发的事，全局恐怕你是最后一个知道的了。

皮志远有点遗憾地说，真的？我从没看出来，也没听别人说过呢。

习主任把指尖戳到皮志远鼻头上，你呀你！真让书害了，脑壳里都装些什么鬼东西？

四

快下班的时候，皮志远接到两个电话，一喜一忧的两个电话。

县委宣传部的“贾新闻”在电话里好像边吃东西边说话，跟玩儿似的。贾新文这名字对从事宣传工作来说确实有点儿犯忌，但他偏偏就是吃这晚饭的。他不是本地人，口音很难听，加上在报纸上闹过几次笑话，所以他在圈子里说话办事的可信度很成问题。近期，市报准备举办全市优秀通讯员培训班，将邀请专家学者和名编给通讯员们授课。这次，报社有新创举，特地要从基层优秀通讯员中挑选一名实力作者讲课，皮志远成了唯一的幸运者。“贾新闻”说，报社给皮志远指定的题目是怎样写好新闻故事，时间两小时，要求抓紧准备，三天后要把讲课提纲报过去。最后，“贾新闻”不忘友情提示，皮兄，这是露脸的好机会，报社要付酬的，正宗名利双收，你要认真准备。

像这种有鼻子有眼的信息换成任何人传递都不会引起当事人怀疑，唯独通过“贾新闻”的嘴说出来，皮志远心里不得不打上一个大大的问号。他说，贾部长，今天不是愚人节吧？他这么说，既没打“贾新闻”的脸，又听得出谦虚的味道。

你什么意思啊。“贾新闻”对自己在外的口碑一定有所耳闻，他铜铜铁铁地说，文件就放在我桌面上，不信你自己过来看。

这么说，事情是千真万确的。皮志远想到自己能在市报的讲台上，当着全市笔友们的面畅谈新闻故事写作的道道和乐趣，心里好像有一朵花儿开了。

“贾新闻”说，皮兄，我再郑重强调一次，以后不要叫我贾部长，我只是宣传部的一名普通新闻干事，你也不是组织部长。

皮志远嘴上抹蜜说，反正你当部长也是迟早的事情，我这么叫就算吃预备餐了，打点提前量，呵呵。

皮志远脸上的喜色尚未褪去，第二个电话兜头泼来一瓢冷水：你老婆被抓去了！喂喂，听到没有，我再说一遍，你老婆被抓去了。

皮志远愣了一下，反问道，你是谁?

一个女声，我是你仇人。

皮志远骂一句，神经病！然后挂掉。

接着，同样的号码不依不饶又打进来，喂，警察兄弟，是你老婆要我给你传信的，让你赶紧去救她。我好心好意，你怎么这态度?

皮志远脑袋里嗡了一下，莫非老婆真出了事?他态度急转弯，大姐，请你说清楚点，谁抓了我老婆?

城管，死城管。女人说，小凳子、篮子和秤都抢去了。你的号码是她临时告诉我的。

城管执法局坐落在城西偏僻一隅，这是个颇具中国特色的行政单位，设立的时间好像不太长。皮志远跳下公交车，大老远就发现城管执法局院子里站着一个高大女人。她不安地走来走去，不时朝大门口张望。皮志远一眼就把她认了出来。不错，她自称是皮志远的仇人，是有那么回事。

有一天，皮志远下班后骑摩托车去接卖小菜的老婆。那段时间，老婆转悠到老西门巷子里寻到一个相对固定的位置。老西门一带算是这座小县城的贫民窟，大多是来自农村送孩子读书的租住户。他们对小菜的质量要求不高，斤斤计较的经验更是贫乏，因为急着接孩子和料理家务，也没有太多时间讨价还价，只要价钱便宜就行。所以，那里的生意相对好做。皮志远的老婆发现了这样的商机，她只是不知道，这里早已经是人家的地盘。那天，老婆刚刚坐下来把菜篮子摆好，一个五大三粗的女人来了。这女人有着张飞的火暴性子，她二话不说，一脚踢飞皮志远老婆的篮子，里面的小菜立马飞散出去，再一脚下去，塑料凳子就碎了一地。有了这样的前奏，两个女人自然就吵起来了。单是看体形，皮志远的老婆和对手不在一个重量级，武斗没半点胜算的把握。可是，交战后她发现吵架也是人家的强项。恶女人把双手叉在水桶腰上，立眉吊眼说，妈的×，怎么做生意的？懂不懂规矩？皮志远老婆并不懂女人所说的规矩，她说，你把我的东西损坏了，我要你赔。女人说，赔你个鸡巴，滚开！这是老娘的地盘，瞎你妈×的狗眼。皮志远老婆说，你嘴巴放干净点好不好？你怎么张口骂人？你没妈吗？没妈怎么生出你来？在一个横不讲理的女人面前，皮志远老婆的这些诘问像吹过一阵风屁事不顶。女人发出最后通牒，是不是不滚？再啰里吧嗦，老娘就把你的秤杆子折了，信不信？听口气，恶女人刚才的暴力还有所保留。皮志远老婆对她敢作敢为的实力绝对相信，所以，她最后只能用委屈的泪水回应暴力，就像面对暴风雨来临时的一只雏鸟。

这时候，皮志远的摩托车抵近现场。下车的刹那，他老婆背过身子，动作敏捷地捡拾散落一地的小菜，并就手朝脸上擦两把。再转过身来的时候，她的脸上已经切成一张笑脸。皮志远的目光在两个女人之间逡巡一番，疑惑地问，怎么啦？老婆抢答说，我一屁股坐下去，力气过了点，塑料凳子坏了，菜也撒了出去。

老婆的脸上还残留着风干的泪迹，她的谎言促使皮志远不得不重点关注一旁气咻咻的女人，一切也都了然于心——他一再叮嘱老婆，不必见空去卖小菜，家里再缺钱也不差那几个。老婆之所以极力掩饰，无非是怕丈夫丢不起人。现在，当面遭人欺负，丈夫的脸往哪儿安放？所以，她的行为走向事情发展的反面，极力掩饰着自己的委屈，更显得恶女人不可理喻。

恶女人见皮志远穿着制服（其实是公安局为了工作方便发给他的一套执勤服，只佩饰着辅警标志），误以为是巡逻的治安警，马上摆出一副好汉做事好汉当的派头，怎么的，是不是要把我们带到派出所处理？

皮志远走近她，都是卖小菜，你凭什么欺负人？

哎哟，我的警察兄弟，这可是我的地盘嘞，你没调查清楚不要乱发言哈。

你的地盘？皮志远轻蔑地笑笑，你把自己当成黑社会是不是？

女人猛咳一声，把一口浓痰啐在地上，用脚踹几个来回，然后说，我听不懂你的意思，你一开口就把我们良家妇女说成黑社会，你眼里是不是只有黑社会？我告诉你，世界上到处都有好人！

皮志远出言不慎，居然让人家揪住把柄，还猴子穿花衣假充正人，简直窝囊死了。他纠正道，我的意思是说，只有黑社会才划分势力范围，你说的地盘和他们性质一样。

恶女人进逼说，呔，那我再问你一个问题，你们警察是不是分片包干的？

皮志远知道她说的是社区民警，北方称片儿警。

我们做小生意的跟你们警察一样，各人都有各人的地盘，要不，社会就乱套了，这是相同的道理。女人指着皮志远老婆总结说，所以，她抢占我的地盘，是她欺负我而不是我欺负她，警察兄弟，你搞错了，你应该为我主持公道。

皮志远说，请你不要偷换概念，这完全是性质不同的问题。

你这是做报告，老娘听不懂。恶女人哈哈大笑。

碰上这么混账透顶的女人，皮志远倒了八辈子绿霉。这时候，老婆已经拾掇完小菜。她拉着皮志远说，走，我们回家，跟这种人讲道理是对牛弹琴。

皮志远还僵着不想走，老婆一拳擂在他屁股上，走嘛！听到没？

摩托车已经发动，排气管里吐出愤怒的蓝烟，噗噗噗，像一串骂娘的脏话。

见对手一骗腿跨坐在摩托车后座上，一只手扤篮子，一只手搂住男人的腰，恶女人愣怔片刻，对着车尾喊，喂喂，你们是两口子？怎么不早说呢？

摩托车已经发动，没人搭理她。她在后面追赶几步，然后拍着大腿，一连声说，这、这、这是什么事啊，真是活见鬼了！

认出皮志远，大个子女人迎上前来。她对皮志远上上下下打量一番，然后说，警察兄弟，你没记仇吧？接着，她把城管怎么抓走皮志远老婆的经过添油加醋地讲述一遍。她说，啊呀，一个个好凶啊，车子还没停稳，几个家伙就蹦下来，两个年轻人架起你老婆就走。那个盘腮胡子是个小头目，我早就认得他，只是不知道他叫什么名字，他把东西带上车就走了。你老婆上车时要我给你打电话，号码是她告诉我的。她伸出舌头，把浮在嘴边的唾沫舔回去，这样吧，我们现在去救她，你唱白脸，我唱黑脸……

女人还在叽叽歪歪说话，皮志远很不友好地说，我老婆被城管抓了，你应该高兴才是。

女人说，看看，你还在记仇。那天我不应该得罪你们两口子的，那是一场误会。我们现在和好了，要共同对付敌人，我们的敌人是城管。

皮志远定定地看着女人，疑问道，你们两个都在那儿卖小菜，为什么只抓走我老婆？

他怀疑女人举报。

我门子高，刚卖完，他们没抓到现场证据。再说，我和他们老打交道，成了嚼不烂的口香糖，我是洞庭湖的麻雀吓大胆了，对付他们，我有的是办法。我们商量一下，这次你要听我的……

女人熟门熟路，领着皮志远径直上到二楼第三间办公室。推开门见皮志远老婆坐在办公桌边正接受盘腮胡子问话，女人扑过去，拥住皮志远老婆说，妹，别怕，我把妹夫叫来了，你看——然后，她指着盘腮胡子说，妹夫，就是这个王八胡子，他要我妹白送他两斤青椒，妹妹不干，他就叫人把妹妹抓来，这次，你不能放过他们。

盘腮胡子看看突然拥进来的一对男女，又听女人无中生有地陷害他索拿卡要，显得茫然无措。当他发现皮志远穿着警服，马上镇定下来。他信以为真地说，警察同志，请带你姨姐子先到旁边休息，我在工作，有什么事情稍后再说。

不行！“姨姐子”撒泼说，妹夫，你不要听他放臭屁，他在公报私仇。说话的同时，她竟然拉住皮志远老婆的手，走，不要跟他们录什么狗屁材料，我们找领导告他去，哼，不白给小菜就乱抓人，这是贪赃枉法，我们要反腐败，拍苍蝇。

盘腮胡子撂下笔，指着女人说，我警告你，说话要负责任，小心我告你诬陷。

女人半点都不怵盘腮胡子。喊，还诬陷呢，你还有脸说人家诬陷。我告诉你，你都向我们姐妹俩索拿卡要好几回了，一次不满意就搞报复。我们做小本生意的，一天到黑赚不到几个钱，哪里经得住你这样敲诈？老娘早就忍无可忍了！

盘腮胡子心知遇到胡搅蛮缠的主，他吩咐俩手下，轰出去，把这个扰乱正常执法活动的泼妇给我轰出去。

旁边的年轻人上来刚要拉扯，女人就麻溜滑到地上，拍打着地板干嚎起来，你们都来看啦，城管打人了，不白给辣椒就抓人打人。妹夫，你这个没用的东西，连城管都搞不赢，你还当警察干什么？哎呀呀，天下乌鸦一般黑呢，妹妹，你这次要是再不跟他离，我就不认你这个妹子……说到这里，她拍着大腿，干脆把一泡鼻涕使劲擤出来，“啪嗒”一声摔地板上。

打从进门起，恶女人一直在唱独角戏。这时候，连皮志远都有点看不下去了，他说，你丢不丢人啊，起来！

女人说，妹夫，你说的什么话呀，我们只是卖小菜，我们又没偷人养野老公，丢你什么人了？

皮志远发现女人具有先天的表演潜质，她要是有机会在冯小刚的拍摄现场跑跑龙套，说不定跟王宝强一样早火了。她的一番表演无形中将皮志远夫妇带入剧情。当隔壁办公室一位副局长听到动静过来了解情况时，“姨姐子”还是一口咬定盘腮胡子向她索拿卡要的事实。

副局长转向哭闹的女人，以一种平息事态的语气关切地说，到了这里，事情总会调查清楚嘛，何必大吵大闹呢，这么大吵大闹又能解决什么问题呢？既然你妹夫也来了，都是公务在身的人，有什么事情不能坐下来好好谈？

女人见好就收，她马上对副局长说，我妹夫也是吃公家饭的，只要你放我妹子回去，有些事情我们就原谅王八胡子。

盘腮胡子一脸无助和委屈，他向副局长保证，绝对没有那样的事情，她完全是血口喷人。

副局长对盘腮胡子的话没加理睬，他需要的是息事宁人。他把皮志远叫到隔壁办公室，连简单的客套都免去，直截了当说，兄弟，拜托你把老婆和姨姐子领回去吧，烦死人了。

想不到事情解决起来会这么顺溜，走下楼梯口，皮志远觉得无论如何都应该向副局长表达一点歉意，他让两女人先走，自己折转回去。

副局长办公室的门虚掩着，皮志远走近时听到里面有人说话。

局长，那泼妇一派胡言，她的话你不会相信吧？盘腮胡子的话里带了哭腔。

鬼才相信她的话呢。副局长说，演戏！操他妈的，那个假警察都在配合女人演戏，这一点谁还看不出来？

就这么放走，也太便宜他们了！听得出来，盘腮胡子并不服气，从明天起，我带弟兄们天天盯死她们。

胡子，我说过好多次，你什么人不好惹，偏偏惹这种人渣？

盘腮胡子牢骚说，他妈的，这工作没法干了。

幼稚至极，可笑至极，愚蠢至极。副局长用排比句教训道，下次再把这种缠手货抓来，别指望我给你擦屁股。你以为这个城市的文明创建靠我们抓几个小菜贩子就行了？

听到这里，皮志远彻底打消感谢的念头。他提溜着气息，蹑手蹑脚下楼，然后像耗子一样逃离大楼。

老婆和“姨姐子”还在大门口等他。皮志远很好奇，你们什么时候结成同盟了？

“姨姐子”很真诚，说句内心话，我原来以为只有我们小老百姓才干这种针尖上削铁的活，想不到警察家属也……她把后面的话咽回去，拍了拍大腿，放心吧警察兄弟，今后你老婆跟着我干，谁也别想欺负她。

皮志远喉结一阵滚动，大姐，我不明白，我老婆抢你的地盘，你怎么反倒帮起她来了？

女人不假思索说，大家都要过日子嘛，都是一心一意过日子的人，有什么好计较的？

五

市里的通讯员培训班选择在市郊一个小有名气的旅游景区举办。

最后一天下午，安排皮志远讲课。

“贾新闻”给皮志远通气，下午有两项议程，上半场是皮志远讲课，下半场是优秀通讯员表彰和领导讲话。“贾新闻”特别叮嘱皮志远，你的授课是下午两点半到四点半，必须把时间控制好，不能占用领导讲话。

应该说，皮志远这次真是出尽了风头。接连几天，大家都在接受那些专家学者们传道授业。他们道行深厚，理论上一套一套的，可惜都有点形而上，不大对得上基层通讯员们的胃口，故而逃课者有之，上课时梦游者有之，玩手机者亦有之。皮志远不是科班出身，肚子里没那么多高深莫测的理论垫底，他只能结合自己平时的写作经历，讲那些带着泥土气息的故事是怎么写成的。这一点，正好与学员们的生活经历和心理期待契合。皮志远的讲课不时被掌声和喝彩声打断，这些声音吸引了许多自发前来旁听的人，连外面窗台边都挤满了。他略带磁性的男中音通过麦克扩大后回荡在百多平米的课堂里，连日来沉闷的课堂气氛一扫而光——新闻故事原来是这么写的么？我们身边该有多么丰富的素材啊。

这个下午，因为有总结表彰，市委宣传部的头头脑脑们已经从市区赶来，中午在景区和学员们一道就餐，下午也都煞有介事地听课。皮志远注意到，市委常委、宣传部部长金立就坐在最前排居中的位置，课堂上每一次掌声和笑声都有他一份子。这种热情互动让皮志远很来劲，时有激情发挥，如此一来，时间上就有些失控。眼看快到点，皮志远翻动还剩下的两页讲稿说，还有五分钟，我不会占用领导的时间。

这时候，金部长站起来，他先朝台上的皮志远点头示意，再回头和学员们招呼说，请皮志远把课讲完，时间不够，我让给你，大家说好不好？

又是一阵掌声和叫好声。

在随后的授奖环节里，皮志远和金部长又有一次交集。轮到颁奖时，皮志远正好与金部长对应。递过证书，金部长握住皮志远的手，赞赏有加地说，小皮啊，我在你们县里工作时，就听说你的大名，那时候，你的风头比我还盛，只是没见过人，今天才把你对上号。不错，课讲得很好，我很受启发，你是我市宣传工作的功臣，大家都要向你学习。

时间仓促，皮志远还没想好怎么回敬金部长，主持人已经招呼获奖者转过身去，下面的记者正等着抢镜头。

桥南派出所和桥北派出所两所长几乎同时找政工室要求换人。

桥南派出所的丁勇在执行任务时因为听不惯别人骂他是一条狗，一肘子捣掉人家一颗门牙。派出所出了很大一笔补牙的钱，以为事情会过去，可家属揪住这事没完没了，不仅组织一帮人间天到派出所闹，还把那门牙当宝贝疙瘩收拾，小心翼翼包裹着到处上访，见领导就拿“证据”说话。警察打人，怎么说派出所都理亏，丁勇不离开，所里永无宁日。所长无计可施，只好请求局里临时换人。

也就这阵子，桥北派出所也出了一档子糗事。民警梁坤和辖区一女孩子处朋友，哪晓得女孩子的恋爱史有点复杂，之前先和当地一个叫龙哥的社会混混交往过两年。女孩子渐渐觉得把自己的一生交给龙哥这种人终究不靠谱，于是转移视线瞄准梁坤。龙哥其实早就玩腻了女孩，他已经瞄准新目标，正愁缠手货找不到下家。梁坤在女朋友并没买断前情的情况下稀里糊涂接力，恰好落入龙哥的圈套。下家竟然还是个警察，这让龙哥大喜过望。这个三进宫的主儿和警察天生就是冤家，凭多年蹲监狱的经验，他认定复仇的机会来了，于是领着一帮爪牙隔三岔五到派出所找麻烦，把梁坤的名声弄得臭气熏天。

戚政委听完汇报，对习主任说，这不正好嘛，让他们两个对调。

要不要开党委会讨论一下？

戚政委忖了忖，我看没必要。这种小范围内的临时异动，并不涉及提拔，完全是根据实际工作需要，只要当事人同意，派出所没意见就可以。

习主任也知道，到年底只剩几个月，每年的人事调整马上就要进行，为这事专门召开党委会浪费行政资源。

不过，戚政委最后提醒习主任，你还是打电话给阴局长汇报一下，尊重他的意见。

阴局长上礼拜出国学习考察，局里日常工作由戚政委主持。汇报之前，习主任实际上已经打过阴局长的电话，可惜阴局长没开通国际长途——既然出国考察学习，他就把自己彻底放松了。对于局长和政委之间的微妙，处在夹缝中的习主任早就心知肚明。戚政委让他给阴局长打电话，他也不说打过，回到办公室，直接通知两所长，丁勇和梁坤对调，立马到位。

临时调整的第三天，阴局长回国了。

他的回来有点像搞突然袭击。正是午睡时候，习主任躺在办公室折叠沙发上小憩，电话响了。阴局长要他马上赶到桥南派出所去，我在派出所等你，现在是两点十分，请你两点半钟赶到。

习主任感觉有点奇怪，阴局长出门日久，回来不直接落单位，而是中途在派出所办公，是什么事情让他这般勤政？警令如山，习主任电话里不便多问，去就去。

不堵车的话，开车过去十分钟足够了。习主任起身把办公室简单收拾一下，然后去卫生间哗哗啦啦小解，又拧开龙头，双手捧水搓了两把脸，再急匆匆下楼开车。在桥南派出所院子内停好车，外面不见一个人，刁主任直奔二楼西头小会议室。会议室正中是量身定做的一个椭圆形条桌，周边可以围坐十多个人。刁主任推开门，第一眼就看见阴局长神情严肃地端坐在首席位置，桥南派出所从所长到民警一个不落地都在座，会议室内鸦雀无声，平时会前的抽烟和海聊全没有，倒是推门的响动声把大家的目光整齐吸引过来。刁主任发现每个人都是泥塑的表情，一个个就像是摆在商场里试衣的塑料人，没人主动跟刁主任打招呼，连所长也没任何迎客的姿态。

阴局长脸色酡红，一双眼珠被泪水浸泡得闪闪发亮，样子醉得很深。他抬腕看了一下手表（阴局长原来不戴手表，可能是这次出国买的进口货），声音沙哑地说，刁主任，你迟到了。

刁主任下意识地掏出手机，见上面显示的时间正好两点三十分，他便摇动着手机，面带微笑，尽量把替自己辩解的意图掩饰起来，听似随意地说，阴局长，分秒不差，刚好准点赶到。

阴局长也不看手表，下颌抬一下，坚持说，那是你的时间。

所长不识时务地开了一句玩笑，刁主任，你那手机是北斗卫星导航，时间有误差。局长的手表从瑞士进口，肯定比你准。他的话一落音，阴局长的眉头马上蹙出三道杠杠。

刁主任听出来了，所有人也都听出来了，阴局长醉翁之意不在酒，他的话里包含着时间之外的意指，他要强调的是自己的权威，他说迟了就是迟了，他的权威是不能挑战的——这分明是要给刁主任来个下马威。

刁主任入座后，阴局长把目光锁定梁坤，问道，梁坤，我记得你的工作单位是桥北派出所，怎么会坐在这儿？

梁坤懵懂地说，报告局长，我是三天前从桥北调过来的。

调动？谁让你调动？

梁坤看看习主任，再看看所长，一时语塞。

阴局长盯着所长，怎么回事，民警的调动我怎么不知道？

习主任这才明白，阴局长是在拿调动说事，他这么隔山打炮的目的主要是想挖出一个人来，真有点过分了。习主任只是不清楚，远在国外的阴局长电话打不通，怎么一回国就把这芝麻小事摸得脉准，而且也不稍加周旋，火线作业，枪口直接指向戚政委。

所长和梁坤同时把求助的目光投向习主任。习主任不想由着阴局长继续为难所长和梁坤。他说，阴局长，梁坤和丁勇的调动是局里做出的决定，与他俩无关。

局里做出的决定？阴局长开始接招了，这么大的事情，我是不是应该知道？你说的这个局是不是公安局？我还是不是公安局长？

习主任解释说，我给您打过电话，您人在国外，联系不上。

不要说那么多客观，我问你一句话，只差三天时间，就不能等我回来再研究吗？

当时，情况比较特殊，丁勇和梁坤都不适宜继续留在原单位工作。

那好，阴局长追问道，你说是局里的决定，我问你，开党委会讨论没有？把会议记录给我看看？

没有。习主任知道阴局长在围绕民主决策做文章，他理直气壮说，程序是这样，两位所长提出要求，由我向戚政委汇报，然后商量定下来的。

这不符合规定嘛，为什么这样处理？阴局长乘胜追击。

我是这样想的，年底要调整人事，也就是几个月的临时安排，阴局长如果有想法，到时候再变动不迟。

习主任，涉及人事问题，你们既不开会研究，也不向我报告，趁我出国之际擅自做主，谁给你们这样的权力？作为政工室主任，你心里还要不要组织原则？

阴局长在国外转一圈回来，见过大世面，脾气也玩大了。说到这里，阴局长干脆把手一挥，梁坤，你先回原单位去。

梁坤没动。

阴局长说，怎么，我的话不作数？

所长给梁坤翘了一嘴，梁坤这才磨磨蹭蹭地退出会议室。

阴局长对所长说，你马上通知丁勇回来上班。

刁主任没发言，他在思考怎么阻止阴局长使性子。

阴局长点名叫他了，刁主任，你通知戚政委赶来，我们就事论事，现场办公。

慢着。刁主任叫住准备离开的所长说，阴局长，我有话单独向您汇报。他给所长递去一个眼色，这样吧，请你把大家带出去回避一下。

阴局长挥手制止，用不着，有什么话今天当着大家的面可以摊开讲。我不喜欢搞阴谋诡计，也不喜欢阳奉阴违的人。

听到这里，刁主任也横下一条心，他说，阴局长，在这件事情上，我以党性保证，我和戚政委都光明磊落，心底无私，经得起任何调查和检验。您如果坚持这样做，我只好选择不当这个政工室主任了。这样吧，他们都不用走，我走！

阴局长拉长了声调，刁主任，你是在威胁我吗？

刁主任回道，局长，是你在逼我。

六

那天，最终还是以阴局长的让步收场。

习主任只是说气话，他不可能真走，真该走的人都让所长带走了。

最后，会议室内只剩下两人。有那么几分钟，房间里一片空白，静得能听到空气与粗呼吸摩擦的声音，阴局长显然是在等习主任出牌。

习主任说，阴局长，不管你得到的消息是怎样，我说的情况都是真实的。希望您慎重考虑，收回成命，不要改变这个结果。

我问你，为什么这样做？为什么不召开党委会集体决定？

这个问题我已经回答过了，开党委会也是这个结果，这一点您心里最清楚。

过去，局里所谓的党委会，都是局长一个人包打天下说了算。局长不在家，轮到戚政委主持工作，结果还不一样吗？习主任这话是在提醒阴局长换位思考。

我现在如果想要改变这个结果呢？

这才是问题的关键。习主任想，只有手握权力大棒的人才这么任性，才这么霸道，才够资格说出这种官本位色彩很浓的浑话。

习主任的目光无意间从阴局长头顶越过去，一直抵达阴局长身后的墙面。和他的目光几乎同时抵达的还有一只不知名的小蠓虫。蠓虫触到了墙角的一蓬蛛网，它的羽翅被黏糊在蛛丝上，逃生的本能让它竭尽全力挣扎，与挣扎相伴的还有绝望的嗡嗡哀鸣声。那些无济于事的动弹牵动蛛网，向躲在一边的蛛网主人传递出一个失败者自投罗网的信息。在它的上方不远处，一只黑蜘蛛正用足够的耐心欣赏着小蠓虫生命最后的舞蹈……

言者无罪，有话就直说吧。阴局长可没有蜘蛛那样的定力。

恕我说句负责任的话，您如果执意改变这个结果，只会让您和戚政委之间产生矛盾，影响班子团结，对全局工作不利，让外人看笑话。

会有那么严重？我看未必吧，说说你的理由。

阴局长，您出去后，局里由戚政委主持日常工作，这是您亲自授权的。现在，如果他连这么点小事都做不了主，将心比心，您会怎么想？说到这里，习主任开始转守为攻。当然，您决心要改变这个结果谁也挡不住。我只是谈谈个人的想法，决定权掌握在您手里。

这回，阴局长收起咄咄逼人的话锋，没有急于表达自己的想法，而是走到窗边，定定地注视着、思考着。

习主任也走过去，顺着阴局长凝视的方向往外看，视野里是一望无际的菜地。这片位于城郊接合部的蔬菜基地是县城主要的菜篮子，供养着这座城市四十万居民。那些菜地被分割成不同形状的地块，这儿那儿有菜农正精心浇灌着旺绿的菜蔬。

多好的菜园子啊，你看——阴局长临窗而立，双手叉在腰际，目光里满是霸气，指点江山地说，这么好的蔬菜，谁不想捞一把回去尝尝，可惜它们各有其主。

习主任品味着阴局长的话。他在想，阴局长是不是把公安局也当成了自家的菜园子？如果是这样，那么谁要想从这个菜园子里捞一点好处，哪怕只是剥走一片枯败的菜叶，没他的允准是断然不行的。

阴局长轻微叹息一声，然后长长地吐出一口酒气，说，习主任，这件事情到此为止就算了，今后你可要记住，局里凡是涉及人事问题都必须第一时间向我报告，这是纪律。

我记住了，习主任一字一顿说，下、不、为、例。

阴局长先离开派出所。习主任借口还有工作和所长谈，没有跟他一同回去——这里面其实是有学问的。

所长最后送习主任。上车前，习主任撑住车门对所长说，阴局长醉得不成样子，你要跟兄弟们说清楚，酒话不可当真，今天的事情谁也不准传出去，谁外传追究谁的责任，明白吗？

所长疑问道，阴局长平时酒量够大的，今天中午只喝了两小盅，不至于醉呀。

习主任戳了所长一指头，什么脑袋嘛，我说局长醉了就是醉了，哪来那么多废话！

所长恍然明白，幽上一默，呵，习主任的话跟阴局长的手表一样，请放心。

临时调整事件不久，习主任给阴局长递报告，请他签字解决皮志远的编制问题。阴局长看完报告后说，字我就不签了，上面盖着单位公章，那就是我的态度，签字多此一举。习主任记得，在解决毛弟巴的报告上，阴局长是亲笔签过字的，而且签下的话很硬扎，现在轮到皮志远却不愿签字，要想请他亲自到县委古书记那儿跑一趟肯定没指望。习主任担心阴局长不签字古书记那儿过不了关，便犹犹豫豫说，如果古书记问起来，我怎么解释？

阴局长很有把握地说，去办吧，不需要解释。

习主任刚要离开，阴局长又叫住他，从包里翻出一个信封说，习主任，这是皮志远送我的，我考虑了很久，交纪检吧，区区两千元，有点小题大做，我也不愿当这个廉政典型，想当面退还给他，又怕他面子上下不来，还是请你转交吧。

习主任当然知道信封为何物。他瞧一眼，时间太久了，信封已经折叠得皱皱巴巴，可以想见，它在阴局长包里经历过一场怎样漫长的折腾。习主任佯装不知，问，两千元？什么钱？

别装聋卖傻了，你一定脱不了干系，这样的小聪明凭他皮志远的花岗岩脑袋想不出来。阴局长转而说，你告诉他，他的事该办就办，不必来这一套，别把人不当人。

习主任假装打开信封看了看，尴尬地说，阴局长，这事我真的不知情，这个小皮，怎么能这样做？我回去批评他。不过，局长，他这种做法虽然欠妥，但他的心情您可以理解。

其实，是刁主任没理解阴局长——人家求他办事，出手都是一巴掌——这叫“一耳光拍死”。

阴局长料事如神。古书记果真没多问，在报告上唰唰签下：请人社局按政策办理，千万不要引起连锁反应。落款简洁明了，只一个“古”字，最后是年、月、日。

刁主任拿着古书记签字的报告找编办主任开编。编办主任看了看报告迟迟没有动作，过了很久，他叹息说，皮志远的情况我们都清楚，他确实是个人才，问题早应该解决了，我大舅子也跟我说过多次。刁主任，说句良心话，我也很想帮皮志远一把，我们都是从农村出来的，走到这一步不容易啊，可是……我很为难咯。

编办主任所说的大舅子是公安局戚政委。

刁主任指着报告说，古书记不是签字了吗？你还有什么难处？

问题就在签字上。编办主任慢条斯理地打开屉子，从里面拿出一摞报告摆在刁主任面前，这些都是必须解决的，你自己看吧。

刁主任一对比，发现那些报告上，古书记都只写四个字：同意解决。落款是古书记的全名“古月满”。他说，想不到这签字还蛮有讲究的。

不光是形式上的差别。编办主任指着报告上的签字逐条分析说，你看，每句话都值得推敲。请人社局按政策办理。我问你，哪一条政策明确规定，像皮志远这种情况可以解决编制？稍停，他接着说，没有嘛，那么，按政策就不好办了。

刁主任说，可是，那么多人都解决了，谁给了他们政策？

编办主任说，你问对了，人家是在台面下操作的，不提政策，而皮志远是拿到台面上说话的。

习主任有些傻眼。

还有，你看后面这话，千万不要引起连锁反应，什么意思？你公安局现在压着好几个民警子女都没解决，皮志远的问题一解决，连锁反应就会出来。领导有言在先，谁还敢办？

照你这么说，古书记签字的意思完全是否决。

编办主任笑笑，那是你的理解，我可没这么说。我只是在认真领会领导的意思，严格按照领导的指示办事，请习主任理解。

习主任把报告收回去，当着编办主任的面撕成条条。

编办主任知道习主任不是冲他来的，还是保持着刚才的笑态，平静地说，撕了也好，这报告从公安局拿来本来就是一张废纸。

你这话什么意思？

编办主任说，哪有单位一把手不在解决编制的报告上签字的？你们阴局长不签字，就是给古书记的暗示。古书记没有直接将报告退还给你，能在上面写这么几句原则性的话，已经很给面子了。

有戚政委那层关系，习主任也不把编办主任当外人。他说，看来，皮志远的事情指望阴局长和古书记彻底搞不定了，你能给我指条路吗？我可是给皮志远做过承诺的。

路子当然有，只是太难了。编办主任显得信心不足。

你说吧，鲁迅说过，路是人走出来的，活人总不能让尿憋死。

除非皮志远能搬动更大的领导，如果有大领导在报告上签字，而且要签过硬的字，古书记就顶不住了。

你说的大领导要多大？

当然是越大越好。

习主任马上想到了一个人，他说，市领导可以吗？

编办主任说，当然可以，只要他真签字。

习主任高兴地说，兄弟，感谢你提供这样的信息，事情如果成了，我和你大舅子请你喝酒。

编办主任疑惑地问，皮志远上面有关系？嘿，为什么不早下手？

习主任卖了很大一个关子，小皮说过，不到万不得已，他不想惊动上面。

习主任回到单位，把皮志远叫到办公室。他把信封退还给皮志远，说，小皮啊，怪我当初不应该给你出歪点子。你看，阴局长多好的人啊，你这么一送，反倒把他看扁了。他坚决不收你的钱，他说了，像皮志远这样的人才，只要有机会一定解决问题。可是，局里现阶段有压力，那么多民警子女都瞪大眼睛盯着，局长要是帮你把事情办了，退休老干部都会有意见。所以，习主任瞎编说，阴局长让我们撇开他另想办法，只要不把他扯进去，怎么做都行。于是，我想到一个方案，这方案要绝对保密……

再怎么保密，有一个人必须事先汇报。

戚政委听了习主任的方案，长长久久地没说话。外面有风吹着，窗玻璃碰出哐啷哐啷的响声。戚政委后来说话了，他说出的话是这样，给皮志远解决问题，不管走什么旁门左道我都是同意的。他的事必须解决，公安局要言而有信，要敢于承担责任。不过，习主任你想过没有，这是一步险棋，弄不好还可能是一步死棋。如果领导不肯签字，小皮的事情泡汤，再没退路；如果弄成了，有人追查下来，你也担待不起。所以，这方案很冒险，我不看好。

习主任知道戚政委没有点名的那个人是谁。他说，只能赌一把了，成了，是皮志远的运气；没成，我还有最后一招。至于有人追查责任，我已有充分准备，无所谓。

习主任，小皮的事我们都要尽力，但你也要替自己想想，你能爬到现在这个位置很不容易，上面有文件规定，县局政工室主任必须进班子，你一只脚已经迈进门槛了，只差最后一小步，我不想让你在这节骨眼上趔趄。

感谢戚政委关心，这几年围着领导转，我把很多事情都看透了。和戚政委打交道多年，刁主任笃信，这是个可以交心的人。他说，政委，我年轻时读过几本圣贤书，好东西没学会，只把一身骨头学僵硬了，该弯腰时弯不下去，让舌头打闪的话也说不圆款，很不适合干这种伺候人的工作。所以，当不当这个鸟主任我无所谓，我只想在卸任之前把皮志远的事情办好，做人要讲良心。

戚政委何尝不理解刁主任转圜于自己和阴局长之间的尴尬处境。对他的人品，戚政委从骨子里是敬佩的。他拍拍刁主任的肩膀说，古人云，良禽择木而栖，怪只怪朽木不可雕也。

窗外的风吹得更紧了，玻璃的碰撞声惹人心烦。

你不妨把最后一招说出来听听，或许比这方案更好。

刁主任说，戚政委，不是我不尊重您，那是我的杀手锏，我只要使出来，有人会受不住，皮志远的事情一定能成，您还是不知道的好。

七

说起来，皮志远和市委常委、宣传部长金立仅仅有过一面之交，但是，当皮志远把自己讲课以及颁奖的那段经历绘声绘色说给刁主任之后，刁主任就把这事放在心上了。编办主任提出请大领导签字，他马上产生一个大胆的想法。

金部长在县里工作时，刁主任和他打过交道，他一直保留着金部长的电话号码。领导的号码一般不会变更，只是接与不接的问题。

习主任是夜里九点钟打过去的，打早了，怕领导有应酬，不方便接电话；打迟了，又担心影响领导休息。还好，只响铃三声，那边就接了。习主任说，金部长，我是习让才，您可能不记得我了。金部长听习主任报出家门，笑道，记得呢，公安局的笔杆子，怎会不记得？金部长听说皮志远至今还没有身份，想找他签字，电话里一连串问句，原来是这样？我以为他早就解决了，上次怎没听他说？县里不给办吗？习主任早把应对的话想好了，县里领导也很重视皮志远的事。可是，金部长您是知道的，县里想要解决的人太多，只能轮着来。小皮是个老实人，没背景，年纪也不小了，如果没人替他说话，轮到他不知猴年马月，他等不起。所以，如果能得到金部长的赏识和支持，让小皮打点提前量，别人就不会有什么意见。金部长说，我了解小皮，人很不错的，他的问题应该解决。这样吧，这个字我签，你们明天把报告送来。

第二天上午，习主任和皮志远赶到市里。金部长正在市委招待所接待外地一个参观访问团。在一楼大厅内，金部长在报告上签下：皮志远同志为我市宣传工作做出了重要贡献，是全市宣传系统的一面旗帜，请×县将该同志作为特殊人才解决工作问题，如果有困难，由我协调。

签完字，金部长握住习主任的手说，我不在其位不谋其政，签字能不能管用就不好说了。

习主任说，金部长，您是宣传部长，皮志远是您手下的兵，您过问他的事名正言顺。

金部长想了想，说，嗯，这话有点道理。

周一上午，当习主任拿着金部长签字的报告请古书记签字时，古书记表情复杂了一下，他好像在回忆什么，然后说，我记得前不久你送过报告嘛，也是这个人嘛，我不是签过吗？怎么又去惊动老领导？金部长当县委书记时，古书记还在下面一个乡当乡长，他把金部长称作老领导渊源有自。

古书记做报告习惯了，说话喜欢用“嘛”字。

习主任见古书记这么说，只好给他搭台阶，编办主任说，县里编制有限，要慢慢排队等，所以……

古书记生气说，拖拖拉拉的，怎么能这样办事嘛。下次我要批评他。说着，他拿笔签下四个字：同意解决。习主任注意到，这次的落款是古书记的全名。签完字，古书记又说，编办主任如果还有话说，你让他给我打电话。

习主任知道，古书记这样签字，他是等不到编办主任的电话了。

最后，古书记好像心有不甘，问了习主任一个问题，这个皮志远和市委金部长什么关系嘛？

习主任神神秘秘说，据说他们是亲戚。

亲戚？古书记很好奇，什么亲戚嘛？

习主任卖关子，皮志远这家伙鬼得很，我问过他，他说金部长有交代，不要告诉任何人。

哦，原来是这样嘛，小皮这人很低调嘛，我们对他应该多一点关心嘛。古书记的语气有些沮丧。

习主任建议说，要不，古书记您亲自打电话问问金部长？

古书记马上摆手说，没那个必要嘛，反正我们能够关照就行了。皮志远的事金部长就是不过问，我们也一样办嘛，你说是不是？

那是，那是……习主任说了一连串的那是，我会让皮志远把古书记的关照转告金部长。

抓紧去办吧。古书记满意地笑笑，以后有什么问题直接找我嘛。金部长在县里主持工作时对我有提携之恩，他交代的事情不能打折扣嘛。习主任，你要特别记住，今后不要让小皮动不动打扰金部长，我们能解决的尽量解决嘛，金部长日理万机，老给领导添麻烦不太好嘛。

习主任为自己的小阴谋得逞暗自高兴，他只是没想到会在下一个环节出岔子。

习主任把编办通知交给政工室内勤吴姐，让她去财政局给皮志远办理工资手续。没多久，吴姐给习主任汇报说，阴局长不同意给皮志远办工资，他说皮志远的编制是怎么解决的他不清楚，等党委开会研究后再说。

习主任奇怪了。这件事他从一开始就准备瞒住阴局长，他是想等生米煮成熟饭后再给阴局长汇报，是谁又向他递了小报告？

吴姐很不自然的表情让习主任突然明白过来，原来，她就是阴局长安插在政工室的眼线。没错，派出所两民警临时调动的事应该也是她密报给阴局长的。习主任盯着吴姐看，直看得她有些不自在，然后话里有话地说，吴姐，工作上事无巨细都得管，真是让你太操心了。他从吴姐手里抓过编办的通知单，直接去找阴局长。

吴姐见习主任脸色不好，脸上红一阵白一阵。

习主任敲门进去时，阴局长正在整理他的假发。习主任说，阴局长，我给您报喜来了。

何喜之有啊。阴局长把假发戴上，语气不冷不热。

皮志远的编制问题解决了。

阴局长的脸顿时沉下来。他说，习主任，这么大的事我怎么不知道啊。

局长，您真是贵人多忘事，上次我专门给您汇报过的。

我看你才不长记性。上次在桥南派出所，我给你怎么说的？下不为例的保证是谁说的？

习主任说，皮志远的事您可是表了态的。

我怎么表的态？

我要您在报告上签字，您说签字不必要，公章就代表您的态度。

习主任，我知道你们很会玩阴的，但是我要告诉你，这么做我绝对不会同意，这是我现在的态度。

习主任想，自己揣着的杀手锏不使出来恐怕不行了。他说，阴局长，我说句兜底的话，如果皮志远是您的儿子，您会怎么办？

这还用问吗？阴局长噎得翻了一下白眼，他知道习主任话有所指，自己的儿子假招工、假转干、假调动，全是违规操作，那是他的七寸。这个把柄就捏在习主任手里，习主任是在拿这件事敲打他。

习主任点到为止后说，阴局长，我没有别的意思，我是个守纪律的人，我只有一个请求，幼吾幼以及人之幼，您就只当多生了皮志远这么个儿子。

阴局长想，习主任还算聪明，他并没把自己往要害处逼，留给自己转圜的空间很大。他说，不是说上次编办那边没办好吗？怎么一下子柳暗花明了？

当时是没办好，古书记那儿压力大。后来，皮志远找到市委宣传部金部长签字，这才解决问题。

阴局长欠欠身子，古书记签字没？这话一出口，阴局长可能觉得比较愚蠢，马上改口说，金部长认识皮志远？

习主任说，他们是亲戚。

噢，阴局长沉吟片刻，然后拍了拍桌子，这么说，还真是件大好事啊。习主任你想想，局里那么多民警子女等着安排，我正愁皮志远的问题怎么解决，想不到金部长给我们一肩担了。很好，抓紧办，小皮的事情也该办了，特殊人才，特事特办，谁也没话说。

戚政委听习主任说完事情经过，忧心忡忡地说，这次你让他蒙着被子吃了个屁，他不会放过你的，他那点心胸我太了解了，你自己当心点。

十一月底，阴局长把刁主任召到办公室——每年这时候，拿人事调整方案是件老生常谈的事情。

阴局长说，刁主任，今年年底的人事调整，我有几个想法先和你通气。第一，我们单位的二层骨干正职普遍年龄偏大，少数人倚老卖老，既推不开工作，又影响到年轻人的提拔。我个人的意见，这次要画一道年龄红线，凡十二月三十一日前年满五十二周岁的一刀切……

刁主任一听，自己属于被切的对象。

戚政委果然言中，阴局长明显是要拿刁主任开刀。以五十岁或五十五周岁作红线勉强说得过去，怎么不多不少就刚刚卡住五十二周岁？这不秃子头上的虱子明摆着吗？

第二，凡中途调整的人都必须重新回原单位接受安排，不服从安排的临时待岗……说到这里，阴局长突然转移话题，刁主任，你怎么不做记录？

其实，刁主任已经早有准备，他可不愿做阴局长砧板上的鱼肉任其宰割。他交给阴局长的是一张书面辞呈。

阴局长对刁主任的选择并没感到惊讶，他说，刁主任，我局人事制度改革是大势所趋，不是针对哪一个人，你不要有情绪。在新主任到位之前，我希望你能站好最后一班岗。

刁主任说，阴局长，我辞职的想法不是今天才有的，早就决定了。既然不想干政工室主任，由我拿方案就不再合适，您还是另外物色人选吧。

阴局长说，你这么干，往大说是反对改革，对抗组织，往小说就是对我个人有成见。

阴局长，您多虑了。自动辞职要比切掉好听些，我请求局长照顾我这张老脸。

阴局长犹豫一阵说，你的想法不是没道理，其实想明白，谁都有这一天。就拿我这破局长来说吧，组织上说让干就干，哪一天说不让干了，还不和大家一样？习主任，我给你承诺，不当政工室主任后想到哪儿去，给我说一声，别人不考虑，你的要求一定满足。

习主任推辞说，感谢局长美意，我不用特殊照顾，您放心，在哪个岗位上我都当一名称职的警察。

是年年底，公安局发生重大事件，阴局长被人举报接受纪委调查，据说情况比较严重，他的问题极有可能移交司法机关处理。戚政委被临时指定主持公安局工作，扶正的呼声很高。

尾 声

小说的尾声是一系列真真假假的传闻。

传闻一：普遍怀疑是警务保障室盛主任举报了阴局长，理由是他儿子阴正假招工、假转干、假调动所花销的费用一笔笔清清楚楚，就连阴局长那次动公款买的那顶“瑞贝卡”全真假发一万三千八百元都在举报之列，这样精准的举报只有盛主任最知根底，除了他还是谁？

传闻二：戚政委主政后，力邀习主任重掌政工室主任的大权，遭习主任婉拒。习主任私下里对人说，他把权力场上的人一个个都看透了，再也不想玩了，只想过几年清净日子。他被安排到工会给主席打下手，主要职责是给故去的老警察写悼词。后来，盛主任坐上政工室主任的宝座，不久进了班子。于是，人们更有理由怀疑，是戚政委和盛主任联手扳倒了阴局长，强龙终究输给了地头蛇。

传闻三：人们一直疑问，戚政委为什么力挺皮志远。戚政委在一次酒醉后吐露真言，姓阴的拿我没招，把皮志远看成我的人，认为他站错了队，跟错了人，犯的是路线错误，有气专往他身上撒，岂不是太冤枉了皮志远？皮志远是替我躺枪，我当然要挺他了！

传闻四：政工室吴姐的卧底身份彻底暴露后，这个皮球再没人愿意踢了，也不用别人踢了。她通过关系在医院弄了个假病历，主动申请提前“病休”，专心专意在家带孙子，只等年满五十五周岁后办退休手续。

传闻五：皮志远老婆和胖大姐不打不成交，竟然结拜姐妹，走得比亲姊妹还亲。她俩后来合伙在菜市场盘下一爿门面，专门经营小菜，生意挺不错。可皮志远却当着同事的面否认这事，他说老婆只是给胖大姐打工，那家门店盘下来十好几万，他哪来的钱加盟？

传闻六：其实，阴局长戴假发颇有些年头了，一开始并不是因为脱发，而是他长着一头先天性白发，年轻时就这样，什么药都用过，总是不见效。后来，他干脆剃光头，戴假发，从来不嫌麻烦。那满头的白发也很有自知之明，知道长在阴局长头上暗无天日，索性知趣而退。于是，阴局长顺理成章地戴假发。不过，他后来发现，自从他戴了假发后，那些所剩无几的白发却又黑了回来——岂不捉弄人吗？这世道真他妈邪门儿！

耳光响亮

一

啊——

皮一修在医生引导下，迎着那张毫无表情的脸，张开乌洞大嘴。

医生的手电揿开，光柱像条白蛇“哧溜”钻进皮一修臭气熏天的嘴里。于是，内面桃红色的口腔、绛紫色的舌苔和藏满烟垢的槽牙毕现无余。皮一修紧闭双眼，任由镊子在他的烟嘴内拨弄。镊子碰到牙齿，他听到了坚硬的声响，带着金属撞击石头的质感。医生说：“咦，找到了，这儿。”然后，他感到左上腭被挑开，镊子的尖刺用力戳破某个软溜的东西，随后有腥咸的液体流出来，伴随而来的疼痛让他的脸部肌肉痉挛几下，整张脸变形得有些夸张。直到医生用酒精棉球蘸出口腔内的全部淤血，皮一修绷紧的脸才松垮下来。他吐出积在嘴里的一泡涎水，绵长地舒出一口气。

“怎么会在这个位置？吃饭不至于这样嘛。”医生清创完毕，从职业角度提出疑问。

皮一修没做理会。这时候，他的痛苦尚未解除，左手托住半边肿脸，咧开的两片厚嘴唇正“嗞嗞”吸气。对医生的提问，他完全可以置之不理。

“谁干的？下手这么重。”医生的问话直逼事实真相。医生和皮一修彼此认识。警察皮一修的伤害让医生感到不可思议。

“进门时我就说过，吃饭咬的。嘎嘣，一粒沙子磕出个血泡。”皮一修话语含混，夹带着不耐烦的情绪。

医生再未穷究，开出几种消炎丸子，如是这般叮嘱一番，就让皮一修去拿药。

走出卫生院大门，皮一修觉得有必要把自己的状态整理一下。如果搁平时着便装出门也就罢了，可今天他是穿着春秋装制服。肩章上的两杠一星白光闪闪，两边的领花衬托出蓝色领带，左边的警号对应着右边的胸花，看上去甚是威严。只可惜皮一修离告别这种威严的日子不远了——他退休只差两年半。皮一修不想在自己脱下警服的最后时光里弄出什么洋相，败坏警察名声。他已经有过一次教训，再不敢摔第二跤了。他是个追求完美的人，做人是这样，办案子亦是这样。因此，就算有再大的委屈，都要忍一忍。他检查完制服上的所有佩饰，佩饰一样没少，然后去摸自己的脸颊。连续三天没刮，皱褶的脸上毛茬茬的，有些倒手。而且，左边的脸明显比右边“胖”了一些——这是没有办法的事情。不过，别人如果问及，他完全可以支应过去，只说虚火上来，牙龈发炎。他想，谁没个头疼脑热？没人会在乎一个老警察的牙痛。他相信，只要自己不把这件事情抖搂出去，那些陪吃的人谁都不敢说三道四。他们都是曾乡长的手下，得罪曾乡长等于是自己找抽！再就是戴老板和他的女秘书。戴老板和女秘书的嘴巴自然会有人想办法塞紧，除非他姓戴的不想在曾乡长的地盘上混下去！皮一修最担心的是自家的“穆桂英”——他老婆姓穆，独揽大权的一家之长，平时在皮一修面前颇有几分霸气，大家暗地里都把她叫成古代英雄人物。皮一修大小的阴谋在“穆桂英”面前从没得逞过。他不敢想象，自己这次撒谎能不能蒙混过关。

皮一修是上午十点钟左右被曾乡长叫去的——曾乡长要去戴老板的工地上看看——戴老板的工程是乡里最大的招商引资项目，原来由书记亲自联系。前不久，书记调走了，联系人顺理成章变成曾乡长。书记在任时，和曾乡长有些不睦。好在两虎相斗只限于暗里较劲，面子上还没撕破。那时候，戴老板有书记在背后撑腰，眼睛长额头上，压根不把曾乡长放眼里，从没正眼看过曾乡长。曾乡长是组织部出身，暂时虽说只是乡长，可挤跑书记后，位子腾出来，乡里的工作暂时由他全权负责，实际上就是书记、乡长一肩挑。曾乡长的半边屁股已经挪到书记位子上去了，只等着上面一纸文件下来就扶正。据说，曾乡长的堂舅在市里当副市长。靠山这么大，曾乡长升任书记的事情只需假以时日，应该没有悬念。所以，曾乡长要去看看戴老板的工地自有深意。问题是要去视察“重点工程”，你去去也就得了，何必拉上警察？又不是去打仗！可是，谁都知道，曾乡长是有个性的人。这话是他开会时自己说的。他说他想干的事情没人挡得住：“我就这么个贱脾气，把本乡长搞毛了，操你外婆，滚一边去！”这是他的原话。当场听会的人都纳闷，堂堂曾乡长也是重口味，他想操谁不行，怎么偏要操人家外婆？

当时，所里几个兄弟都下乡办案子，只剩所长安山和值班的皮一修。皮一修快“毕业”的人，安所长一般不安排他出外勤，只待在所里听电话、搞接待。接到曾乡长指令，安所长很为难。安所长说：“这个年轻人太那个，我还是和他保持点距离为好。”皮一修听出安所长的意思是不愿去，只好整整衣冠出门——皮一修总是在关键时刻替上司排忧解难，他的情商和他的年龄一样高——这一点让所长安山很是感念。

现在，见皮一修又要主动替自己去躺枪，安山把他叫住："皮所长，曾乡长就是想摆摆威风，你让他耍。不要瞎掺和，别把什么鸟事情惹到派出所来。再就是你把自己那件事情当面向他说说，这是个机会。另外——"安所长想了一下，最后摆摆手："算了，你去吧。"

二

三年前，这个派出所还是皮一修当所长。现在的安所长在他手下当副所长。

皮一修喜欢喝点酒，酒风豪爽，人也仗义，许多时候，都是酒不醉人人自醉。这样一来，他醉酒是必然的。

醉酒后，皮一修就成了话痨，说话却不着调，逮住什么说什么，一件事、一句话可以啰唆一百遍，说话时偏不利索，舌头好像被剪掉一截，喉咙让什么东西卡住，呼隆呼隆，发出的气流并不顺畅。皮一修善于总结，清醒的时候，他把醉酒的状态分为"文醉"和"武醉"。他所说的"武醉"是指醉酒后呕得一塌糊涂，不知今夕何夕。有的人甚至发酒癫，破口谩骂，摔东西，动手动脚打人。皮一修最多只是借着酒精的烧劲把憋在肚子内的话和怨气一股脑儿吐出来。他把自己醉酒的状态归类为"文醉"。

三年前的那个晚上，皮一修一不小心又喝出状态来了。所里几个兄弟担心被所长逮住陪聊，都找借口躲得远远的，有的干脆早早关上房门装睡。皮一修一扇门也没敲开，连找个"说酒话"的人都没逮着。下半夜，他实在憋得不行，便独自上街溜达。斯时夜凉如水，清风拂面，对解酒大有裨益。西街头恰好走来一对可疑男女，杂沓的脚步踩得岑寂的街面一惊一乍，叽叽咕咕的说话声激起皮一修的兴头。

“站、站住！”这是皮一修平时对某些人习惯性的命令口气。

“嘿嘿，你这是干什么？”打头的男人走上前来搭话。派出所的皮所长，大小是个人物，他是认得的。他们两口子临时要赶去亲戚家奔丧。他想这是说得清楚的事情，皮所长哪怕查夜维护治安，总要讲道理。他哪知道，皮一修当时醉态已现，正处在理性的盲区，恰是横不讲理的时候，这会儿跟他讲道理简直就是对牛弹琴。

皮一修说：“这话——我——正要问你呢，跟、跟我到派出所走、走一趟。”

男人见门子不对，忙紧解释：“皮所长，亲戚家里死了人，我们去帮忙。你是不是有点醉？”

嗤！皮一修打出一个饱满的酒嗝：“咦，你还猜、猜对了，我这叫文、文醉。”

女人说：“皮所长，我们赶急，今天不得闲，改天请你到我们家喝正宗苞谷酒。”

皮一修嘿嘿笑：“有话，我们去、去所里说。说、说清楚了，你们该干吗、干吗。”口气像是发出友好邀请。

两口子无奈，跟皮一修走——警察的话必须得听。

“孤男寡女，你们两、两个什么关系？”

“俺两口子。”男人用两大拇指比对着说明。

皮一修不相信：“是亲、亲两口子？”

“我们扯了结婚证的。”

“这就日、日怪了。”皮一修又喷出一个酒嗝，“两亲口子——夜晴不是好晴，走夜路不是好人——鬼鬼祟祟的，什么意思哈？”

“不是说了嘛，亲戚家死人了。”

“他怎么——早不死——晚不死，偏偏夜里死？”

这话应该去问阎王爷。两口子哑口无言。

问题卡在这里。颠来倒去就这么一句台词，皮一修纠缠了将近四小时，天就热热闹闹地亮了，最后是安副所长出面解了围。问题是等人家两口子赶到亲戚家吊唁时，亡者都出殡了。

这件事有人不服，后来被人家一状告上去，大领导签字要求严查。据说，皮一修面对调查态度很好，交代问题彻底，只可惜坦白不能从宽，违纪必须从严。他正好撞在公安部“禁酒令”的枪口上，而且牵涉到警民关系，影响坏得不能再坏。这样的反面典型，上面正愁找不着哩。皮一修成了活靶子，谁也不敢保他。结果，他的所长帽子被提前撸掉不算，还降下一级工资，记大过。

本来，皮一修是全局资格最老、最牛×的所长，按规定他可以干满五十五岁，然后功德圆满，顺利“下课”，没想到天亮时撒泡尿在床上，教训惨痛。他开始戒酒，且赌咒发誓：往后再若喝酒就是婊子养的！

体检，皮一修血压有点偏高，医生早就建议他戒酒。皮一修亡羊补牢做出这样的决定，意义非同小可，不亚于十一届三中全会。“穆桂英”很支持，还将了男人一军：“说话可要算数啊，不要让你老娘在地府那边背骂名。”

皮一修揭了所长帽子，当时的副所长安山就成了现在的所长。

曾乡长见前来报到的是皮一修，脸上的表情马上就像水泥一样凝住。他不冷不热地问一句：“你们安所长怎么没来？他眼里是不是没我这个乡长？”

皮一修想到安所长最后摆手没说完的话，解释说：“报告曾乡长，所长到局里开会去了。”

“是吗？”曾乡长沉下脸将信将疑，最后做了个挥手招呼的动作，一干人紧随其后，逶迤而行。

戴老板的工地离乡政府不远，步行十分钟就到。戴老板已经接到乡办公室马秘书的电话，早就等在门口迎候曾乡长的大驾。他身子前倾，脸上的笑堆得快要掉下来，一双手早早伸出，嘴里道着辛苦，趋步前来。曾乡长本来是迎面去的，突然摆动脑袋，目光扭向别处，装作没看见。皮一修发现，有那么几秒钟，戴老板的一双肥而白的手僵在胸前，像是要去抓住一条泥鳅而失败一样，弄得他伸不是缩也不是。就在他束手无策的时候，曾乡长的右手勉强递过去，象征性地碰了一下戴老板的手，接着就触电似的缩回来，叉在腰上。

戴老板很无趣，邀请曾乡长先去办公室休息。曾乡长挥手说："休息个卵，本乡长是来工作的，不是来旅游的。走，先去工地上转转。"

戴老板正在建一个柑橘市场，收购、选果、保鲜、包装、配货一条龙。曾乡长一圈转下来，对工程进展颇不满意，指出了这样那样一堆问题。曾乡长说："再过两个月，早熟橘子就要下果。按你现在这个进度，是要误事的。耽误橘农的事，我丑话撂前头，扣你的工程款。"

曾乡长的话硬得像生铁，一句句砸得戴老板晕头转向。他除了搓手，再就是使劲赔笑脸。

扭过头来，曾乡长发现身后跟着的皮一修。他把皮一修扒拉一下，扯到和自己平行的位置，对戴老板说："这是派出所老皮，以前当过所长。治安上没什么问题吧？有问题找他，警企一家，要多联系。"

"那是那是。"戴老板点头如栽葱。

曾乡长转过头来再问马秘书："下一步怎么安排？"

马秘书看看手机，说："听戴老板的。"

戴老板说："到了饭点，我安排了工作餐，请曾乡长指导一下。"

戴老板哈腰摆手，做了个请的动作。曾乡长前面开路。看样子，曾乡长乐于接受这种“指导”。

哪想到，事情最后坏在“指导”上——这是后话。

三

皮一修从卫生院出来，把心情和仪表整理一番，然后又犯起犹豫，不知道该往派出所去还是回家。

年轻的安所长很精明，什么事情休想瞒过他。他最看不惯别人颐指气使，还有些护犊子。以他的脾气，要是知道自己的手下在外受了欺侮，他一定不会选择沉默。皮一修想，年轻人的进步是大事，自己的委屈是屁事。安所长和曾乡长早就不对付，明知道姓曾的不是善茬，他才选择敬而远之。这时候如果因为自己让两个年轻人掐上，安所长的前程就毁了。况且，这件事情说出去，皮一修觉得自己面子上也不太好看，赢了又怎样？想到这里，皮一修就给安所长打电话请假，说中午在戴老板那里吃饭后肚子闹得厉害，不舒服，需要休息一下。

皮一修扛着半边肿脸回到家里，吓得“穆桂英”啧啧连声。“穆桂英”踮脚把嘴鼻碰上去嗅一阵，没闻出酒气，问：“哪儿摔的？”

皮一修说：“没哪儿摔。”

“打的？”“穆桂英”追着问。

皮一修有过两套“谎”案。一是说牙龈上火。这说法显然站不住脚。早上出门好好的，再大的火气升得也没这么快。再就是忽悠医生的那个说法。可事到临头，皮一修心烦意乱，不想无中生有地嫁祸一粒无辜的沙子。

皮一修说：“狗咬的。”

“穆桂英”捣一拳过去：“放你的狗屁！没见着狗跳高咬人的，老实点！”

皮一修说漏了嘴：“曾乡长就是一条狗。”

“穆桂英”听出蹊跷，撒脚丫子就往外跑。皮一修没拦住，对着背影子喊：“你别给我添乱——”

主宾席上坐着曾乡长，两边都是秘书。乡政府男秘书坐左边，右边是戴老板的女秘书。秘书对秘书，体现公平，男女搭配，阴阳协调。戴老板这样安排座次，可谓费尽心思。

服务员给皮一修的杯子里斟酒时遇到阻力。皮一修用巴掌将杯口罩住，理由是戒酒了。

见服务员壶里的酒斟不下去，曾乡长发话：“今天一视同仁，第一杯先把每人的杯子斟满。”

一旁的女秘书跟着起哄：“酒杯都不端，哪里像公安？”

皮一修解释说：“曾乡长，我有个特殊情况……”

不等皮一修说完，曾乡长马上驳回：“老皮，你的酒量我是晓得的。你原来不叫皮一修，叫皮一壶。你莫跟我讲价钱。人家在座的女同志都没有特殊情况，你哪有特殊可言？”曾乡长的话惹出一片笑声。

皮一修嗫嚅道：“曾乡长，不瞒你说，我以前是能喝点，但现在戒了。嗯——情况你是知道的。”皮一修的话点到为止，对过去的伤痛他不想过多提及。

“平时，警察们的工作很辛苦。今天，我要借花献佛，敬派出所兄弟一杯。所长没来，你是唯一代表。你看着办吧。”曾乡长不让步，还说，“是啊，往事不堪回首。过去的事情已经过去了，不再提它。你现在又不当所长，怕个屌！”

曾乡长的话像一针毒药打进皮一修心里。皮一修拒酒的想法更加坚定。他捂住杯口的手坚持不肯松开，弄得服务员左右为难。戴老板到底是场面上混的，见机行事走到皮一修身边，从服务员手里接过酒壶，搞折中方案："这样，皮所长，我们遵照曾乡长指示，先还是把酒满上。至于怎么喝，我看可以因人而异。不然，下面的节目不好开展。"戴老板的话只差挑明，无非就是要皮一修给曾乡长面子。

"戴老板言之有理。喝多喝少是水平问题，喝与不喝则是态度问题。"曾乡长的话上升到高度。

皮一修想到自己兜内还揣着块挡箭牌，就勉强把手松开了。

曾乡长很满意，指着戴老板："你是地主，你发球。"

戴老板举杯走到曾乡长身边："我先敬领导，然后挨个敬。欢迎曾乡长往后常来指导。"说完脖子一仰，喉结滚动，满杯酒咕噜灌下去。

"你好像是第一次请我喝酒吧？"曾乡长起身拍拍戴老板，话里暗藏机锋。

"是的。曾乡长，戴某以前给你汇报不够，今后加以改正，还请原谅。"

曾乡长吧嗒一声喝完杯中酒，然后酒杯倒竖，敲打戴老板说："不是汇报少，你是走错了门。此一时彼一时也，你这家伙蛮狡猾的，我理解。"

女秘书很会来事，见戴老板尴尬难堪，马上举杯圆场："曾乡长，戴总是冤枉的。他多次让我请您来指导工作，我去乡政府请过您几次，可机会不巧，您日理万机，比国务院总理还忙，每次都不在家。是我的工作没落实好，不能怪戴总。这样吧，小女子这杯酒算是领罪了。"

"听秘书这话，是我错怪了戴老板。这样吧，你说这酒怎么喝？"曾乡长放过戴老板，注意力转了向。

女秘书泼劲上来："曾乡长，我如果说错话，您多担待。感情深，一口吞；感情浅，舔一舔。曾乡长您随意，看我的——”话一落音，女秘书杯干酒尽。

场面上顿时响起掌声，气氛热闹起来。众人监督下，曾乡长兴致盎然，喝得滴酒不漏。

戴老板顺势而为，冲女秘书眨巴眼：“小蔡，曾乡长今天的酒如果没喝好，你的麻烦就大了。”

马秘书和曾乡长关系很铁，说话毫无顾忌：“曾乡长的酒喝好后，女秘书的麻烦恐怕更大。”

曾乡长得意地杵了马秘书一胳膊：“你说些什么屁话？本乡长的形象全毁在你一张臭嘴上了。”

曾乡长自嘲的话引出一片笑声。

四

“穆桂英”敲门的时候，安所长还在午睡里梦游。

听说皮一修出事，安所长激灵一下：“他不是说闹肚子吗？我准他半天假，出么事？”

“半边脸肿成猪八戒。他也没说啥事，只说和曾乡长有关。他在所里值班值得好好的，怎么去惹曾乡长啦？”“穆桂英”噼噼啪啪，说话就像放鞭炮。

安所长心里有数。皮一修是顶替自己陪曾乡长下企业“视察”，设若有事，责任难逃。“穆桂英”的母老虎脾气他早有耳闻。事情不可小觑。“嫂子，你坐。皮所长对我有恩，他的事就是我的事，包在我身上。”

安所长听出来了，皮一修不就是个脸肿吗？哪会有什么大不了的事！他心里暗自嘀咕：你个皮一修，有事先不回所里报告，搬出“穆桂英”上门兴师问罪，不够意思嘛！

安所长抓起座机，刚把号码拨到一半，皮一修就闯进来。

不等安所长开口，皮一修就说：“没么事。”他把脸扭给安山看：“牙龈发炎，老毛病，好多年没发作，吃药就好。”

两口子说法不一。安所长的目光在他俩身上滴溜乱转，很费解。

“穆桂英”说：“你在撒谎。你把先说的话当着所长的面再说一遍。”

皮一修用眼睛给了安所长一个暗示。然后对老婆说：“先是骗你的，你上当了，空脑壳！”说完，拉上老婆离开派出所。

“穆桂英”耸着一对大乳房和两只肩膀不愿走，非要安所长给说法。安山配合皮一修说：“皮所长，以后一是一二是二，这样的玩笑不能开。嫂子是个好人，听说你有事，她会急死。一个警察，自己家里的事情都搞不定，怎么把社会治安管好？”

皮一修心领神会，说：“所长批评得对，这是误会，下不为例。”

安所长和皮一修的双簧起作用，“穆桂英”情绪上有所松动。安山再来一句狠的：“皮所长，你是老同志了。我要提醒你一句，往后不要动不动把家事带到工作中来。单位人人都像你这样，我管得过来吗？这种搞法很不好！我对你有看法。”

安山越说越“严重”了。“穆桂英”怕给男人惹麻烦，赶紧表态说：“安所长，是我自己要来的，与老皮没关系。他只要没事就万事大吉。”

“穆桂英”要走，安山觉得应该给点安慰，就说：“嫂子一向是支持派出所工作的，我心中有数。今年年底评先进，我给皮所长留着名额。”

安山感觉出皮一修真有事。送走“穆桂英”，他留下皮一修独自守电话，决定到乡政府走一趟。

话题依然回到酒桌上。

大家都轮流着给曾乡长敬了酒，只剩下皮一修没“报到”。

曾乡长端坐如仪。有人不时地朝皮一修睥睨一眼，似在有意无意地暗示。皮一修坐不住了，端着面前的茶杯，走到曾乡长面前：“曾乡长，只要感情有，白水也当酒。我以茶代酒，意思意思，请曾乡长赏脸。”

曾乡长遭遇几轮攻击，面色酡红，醉意已现。见皮一修要用茶敬他，眼皮都不抬一下，当即回绝道：“皮所长，喝茶就算了，莫坏了酒桌上的规矩。”

皮一修已经离席走到曾乡长身边，没有台阶可下。但想到丢帽子和九泉之下的老娘，酒是绝对不敢喝的。皮一修说：“曾乡长，我还有件私事想请你关照，无论如何要敬你这杯茶。”

曾乡长吹出一口酒气说：“古人有话，当官不为民做主，不如回家卖红薯。只要是本乡长权力之内的事情，我坚决办。但话又说回来，今天这杯酒你要是不喝，对不起，一切免谈。”

眼看皮一修被逼得没有退路，戴老板不得不在桌底下踩了女秘书半脚。

女秘书端杯起身：“曾乡长，我有个请求，希望得到您的恩准。”

曾乡长醉眼迷离地说：“小蔡有什么事只管讲。”

“今天的酒桌上，只有皮所长是老同志，我看他可以搞点特殊化。要不这样，他这杯酒我替他喝下，您看如何？”

戴老板马上附议：“我看可以，这叫一桌两制。”

曾乡长说：“哟，咄咄怪事！本乡长只听说自古英雄救美，今天却反了过来。好吧，小蔡既然开口了，只要皮所长过意得去，我同意。”曾乡长说完，欣然和女秘书碰杯，且夸赞说：“小蔡巾帼不让须眉，不光海量，还有侠义之气，值得佩服。戴老板，你这个手下了不起！”

皮一修瞅空要走，被曾乡长一把揪住。曾乡长让服务员将自己的酒杯满上，然后歪歪斜斜地送皮一修回到座位边。大家都看出来了，曾乡长已经很有几分醉意。

曾乡长把皮一修按在座位上，然后结巴说：“皮所长，来而不往非礼也。刚才你要敬我的茶，小蔡代你喝了酒。现在我要回敬你一杯，这你应该没有二话了。”

皮一修像按下去的弹簧又弹起来。他摸索着在口袋内抠了半天，总算找出那张随身携带的《禁酒令》卡片，解释说：“曾乡长，警察在工作时间不能饮酒，这是公安部的规定。我怕犯纪律。我想，你也不愿看到手下犯错误。”

曾乡长一手抢过卡片，像甩一把鼻涕扔出去，说：“公安部的狗屁规定在老子地盘上不管用，这里是我说了算。你又不是所长，怕卵！喝！我先干为敬。”话毕，一杯酒又干净利落倒进了喉咙。

这回不是皮一修没台阶下，他要是不喝完一杯酒，曾乡长真就下不来台。

有人蠢蠢欲动。曾乡长酒醉心明。他举着空杯扫向桌面，吐字不清地说：“你们要搞明白，这杯酒是本乡长敬皮所长的！”言下之意，谁都没资格瞎掺和。

皮一修曾经也是海量之人，真要较量，曾乡长未必是他的对手。可时过境迁，他已有前车之鉴，又把毒誓发在前面，断断不敢自食其言，在同一个地方跌倒。他近乎求情地说：“曾乡长，我今天值班，有公务在身，实难从命，请你放过老朽。”

曾乡长死要面子，哪肯让步！他提出一个方案，让皮一修从桌底下钻过去。他承诺：“皮所长只要钻桌脚，我还加喝一杯。”

这是万万不可接受的！对警察皮一修来说，它比《南京条约》还耻辱一万倍！

曾乡长的张狂劲儿大家都看不下去，连戴老板也不买这个账。戴老板期期艾艾地说："曾乡长，喝酒就图个高兴。你看这样行不行……"

曾乡长的手把空气狠劈一把，打断他的话："你又想出什么馊主意？"

戴老板冒险说："我建议，皮所长的这杯白酒不喝也可以，他就淋在身上。反正酒是他的，不喝带在身上也行。"戴老板肯定读过《三国演义》，他的提议和当年曹孟德割发代首有异曲同工之妙。

曾乡长戳了一筷子红菜薹在嘴里嚼着，嘎巴乱响。他肯定是在脑子内评估该建议的可行性，好半天才表态："嗯，哟嗬，戴老板这主意有点意思。那好，就看你戴老板面子，淋就淋吧，从头上淋下来，让皮所长洗个酒澡，蛮有味的是不是？哈哈哈——"

大家都跟着松了一口气。

皮一修看看自己这身威严的制服，断然否决了戴老板的提议。他放下酒杯时，在桌面上磕出很大的声响，杯内的酒洒出来许多。他扯扯制服，身子向上挺了挺说："曾乡长，我从警几十年，把警察的荣誉看得比生命还重。你今天侮辱了我的身份和职责，太过分了。请收回你刚才说过的话。"

曾乡长并不示弱。他的话很雷人："皮一修，你信不信，这杯酒你要是不喝，老子就修理你。"说话时，他的巴掌扬起来。

大家都以为曾乡长只是开玩笑。

"曾乡长，你嘴巴说话不太干净，请注意你的身份和言辞。"皮一修已经忍无可忍，他在给曾乡长提出警告。

接下来的情况谁都始料未及。曾乡长扬起的巴掌果真落在皮一修脸上。那声脆响不亚于广岛上空的核弹爆炸。皮一修脸上的肌肉已经没有多少弹性，巴掌的重击让他感到眼前金星乱窜，左脸上火烧火燎地痛。这小子也太嚣张了！老虎不发威，真还当病猫，得给他点颜色瞧瞧。皮一修攥紧的拳头刚要出击，马秘书斜刺里插在中间，把皮一修和曾乡长隔开。他给愣怔在一边的戴老板递眼色说：“曾乡长醉了，我把他扶下去。”戴老板会意后，一抱箍住皮一修，附和道：“曾乡长真的醉了，走，我们去休息。”

被拖下去的曾乡长嘴内还在喋喋不休地嚷嚷什么，样子真像醉了。

酒席不欢而散。

五

门掩去大半，只留指缝宽。安所长在曾乡长办公室门口听出内面有动静，连忙刹住脚步，没敢往里闯。

马秘书在和曾乡长议论喝酒的事，言辞间隐约提到了皮一修。安山马上警觉起来。他打开手机同步录音。

“曾乡长，我还真以为你醉了呢。”马秘书在给曾乡长沏茶。

“可能吗？醉酒三分醒，还有一说叫酒醉心里明。我是组织部里第一把壶，牛皮不是吹的。”看来，曾乡长没醉，他开始酒后吐真言。

“不过，你那一巴掌还是重了点。”马秘书说，“我担心皮一修可能承受不起。他老婆不是好惹的角色。”

“一个农村泼妇，能掀起什么浪来。妈的！我就是要让他们看看，跟老子作对是什么下场。”曾乡长恨恨地说，“实话告诉你吧，我那一巴掌既是打给姓戴的看，也是捎给派出所长安山的。他们一个个都不是好东西，平时不把我放眼里。我正要找个机会给他们一点厉害瞧瞧。你懂吗？”

马秘书附和道：“那也是。我理解，曾乡长是在借酒树立自己的威信。”

“一个小鸡巴所长，无非就是一条狗，主子居然使唤不动，他好大的派头。”

马秘书奇怪的语气：“怎么？曾乡长知道安所长躲着不来见你？”

曾乡长说：“我敢打赌，他百分之百待在所里，根本就没去公安局开会，不信你可以查。说不定，等会儿还会找上门来。”

安山记得，皮一修离所陪曾乡长下去“视察”时，他本想交代皮一修不要出卖他。但细一想，皮一修绝顶聪明的一个人，用不着教他自会应付，到嘴边的话都咽了回去，没料到皮一修居然瞎编，说自己到县局开会。

马秘书还在拍马屁：“乡长就是乡长。我压根就没把事情想那么复杂。”

“不过，老皮今天是代人受过，他那一耳光挨得有点冤枉，本来是留给安山的，哼！便宜那小子了，下次碰到我，有他的好戏看。”

马秘书说：“曾乡长，我要进你一言，目的已经达到，就算了。今天这一耳光甩出去，往后谁还敢在你面前翘尾巴？”

曾乡长说：“官场如战场。你强他就弱，你弱他就强。这样的道理你不懂。小马啊，这几年凭我观察，你最大的缺陷就是缺少敢作敢为的大丈夫气概。男人嘛，无毒不丈夫。农村有句俗话叫作‘不把鞋子脱在他娘的床边，他不认得你是他后老子’。这话什么意思，没事琢磨琢磨吧，很浅显的比喻，里面的道理很深奥。”

马秘书诺诺着，似有离开之意。

安山哪敢久留，悄没声退去。

皮一修从脚步声听出是安所长回来了。他只是没想到，安所长的敲门声会比平时急而重。

安山劈头盖脸问："皮所长，到底发生了什么事？"

先前，安山说要去乡政府，皮一修就知道不会有什么好事，心里一直忐忑。现在，见他一副要吃人的情形，皮一修哪敢道出真情？他吞吐说："没——事，曾乡长要灌我酒……"

"不说实话是不是？"安山的指头在皮一修肿脸上戳一下，然后摇着自己的手机，"告诉你，证据我都拿到了，姓曾的欺负了你。这件事我跟他没完！"

皮一修知道安山和曾乡长有过节，而且仅仅因为车子。

早几年，乡政府只有一辆绿色帆布吉普车。当初买车的时候，书记本想买一辆桑塔纳轿车，可曾乡长不同意。他不同意的理由很充分：山里稀乱的公路，桑塔纳轿车底盘低，经不住磕碰和颠簸，还是帆布吉普跑山路泼皮。书记并不蠢，他明白曾乡长骨子内有想法。一般说来，一个单位如果只有一辆车，这车差不多就成了一把手的坐骑。吉普车买回来，跟书记的私车差不多，非特殊情况别人难得用上。所以，曾乡长是在故意掐书记，不想让他坐着好车到处招摇显摆。但财政上的签字权掌握在曾乡长手里，厉行节约的理由摆上台面也正当充分，书记只好妥协，在购车报告上签字。这样一来，每次进县城办事开会，书记的吉普车就成了一道独特风景，同僚们取笑说，到底是在山里当寨王，环保意识无处不在。书记每受人家奚落一次，对曾乡长的憎恶就加深一层。他唯一能报复的办法就是不给曾乡长面子，只要曾乡长提出用车，他就找各种理由予以拒绝——你曾某人不是坚持买吉普车吗？那就让你的屁股挨不着吉普车的座位。曾乡长碰了几次壁之后也死了心，干脆不打吉普车的主意。他把目标盯上了派出所那辆"捷达"。

公安机关的车辆配置一直走在乡政府前面。一开始，派出所是一辆"仪征"车，后来又换装成"捷达"，上白下蓝的喷漆，警灯和警笛横在车顶，一旦上路，灯光闪烁，哇啦啸叫，拥塞的车辆纷纷避让，再堵的公路立马清道变宽。偶尔出远门，还免去许多不必要的查验和收费——乡政府的吉普车哪能跟“捷达”比！可在曾乡长的观念里，车和车不能比，人和人也不可比呀。一个派出所长，成天坐着好车在乡长眼前晃来晃去，像什么话？正科级大还是副科级大？老子大还是儿子大？这些道理派出所长必须得搞清楚。他如果不清楚，得有人给他上课。所以，曾乡长要坐车的时候，马上想到了派出所的“捷达”。那时候还是皮一修当所长，乡政府办公室马秘书一个电话，说曾乡长下村要用车，皮所长立马安排警车司机接送。一开始，皮所长和兄弟们都是出于一种同情。曾乡长斗不过书记，在坐车问题上怄了气，希望通过“捷达”找回一点平衡和自尊实属情有可原。可是，派出所就一辆车，值班备勤用的。曾乡长有时将车霸在手里，溜达出去往往一整天，不到天黑不归。而且坐车上瘾，居然坐出惯性，隔三岔五就要派出所派车。更何况曾乡长只管坐车，不管维修和油费，派出所一直在做亏本的买卖。皮一修本来面软，一开始没顶住曾乡长的无理要求，后来想中途变卦，又担心以前的人情白送了。他不想前功尽弃，又想不出拒绝曾乡长的招法，往往搞得很被动。

当时还是副所长的安山提醒皮一修：“这么长久下去不是个办法，得下狠心才行。”

皮一修说：“我有什么办法？他是乡长！”

皮一修的意思是曾乡长得罪不起。

安山说：“你怕得罪曾乡长，难道就不怕得罪书记？”

一个曾乡长就让皮一修烦够了，怎么又扯出书记呢？

安山说：“你想想，曾乡长坐着所里的‘捷达’车是不是很舒服？是不是挺神气？”

皮一修行事说话喜欢一枪打到靶上，他没耐心听安山打埋伏。他说：“曾乡长坐车舒不舒服神不神气关我么事？你是不是有屁放得不顺溜？”

安山说：“当曾乡长感觉舒服神气的时候，你应该想到还有人会不舒服的。”

皮一修马上想起一件事。上礼拜他揣着要钱的报告请书记签字，书记磨蹭半天，最后说了一堆困难：“皮所长啊，今年乡财政的缺口比山里的天坑还大，我这里要钱的报告压了半抽屉。手背手心都是肉，我这个家长难当啊，还希望你和民警们多体谅。”往年，书记可不是这么一口官腔。他曾经在许多场合公开说，保派出所运转是第一位的。他还打比喻：“就好比一个家庭，乡政府要把派出所当幺儿看待。”就在年初，书记还表过态，说今年乡财政就是讨米叫花也给派出所安排两万元。现在，书记突然食言，弄得皮一修措手不及。经安山这一提醒，皮一修从乱麻堆里捋出一点头绪。事情的逻辑应该是这样：曾乡长为了扼住书记的风头，坚持只买帆布吉普，而不买桑塔纳轿车；书记因为坐骑档次低受到同僚们奚落，颜面尽失，只好把心中的怨气撒在曾乡长身上，让他连吉普车也坐不上。那么，你皮一修居然大开绿灯，让曾乡长坐着“捷达”车招摇过市，摆神气，这不是朝书记脸上糊屎、甩耳光吗！你皮一修敢这么对着干，书记还怕言而无信？问题不光是这样，皮一修想到了更深的层面：派出所和曾乡长用车的关系不割断，往后恐怕什么事情也难过书记那一关。

安山给皮一修出点子：“所长，我有办法对付曾乡长……”

皮一修还沉浸在安山与曾乡长的宿怨里，安所长命令说：“走，跟我去县局。”

皮一修纳闷："去局里干什么？"

"还能干什么，反映情况啊。这件事连局长听了都感到很气愤！"

皮一修说："安所长，请你冷静考虑一下。我觉得这么处理欠妥。"

安山的态度很坚决："皮所长，在派出所，你是我一向敬重的人，换成任何一件事情，我都可以考虑尊重你的意见，唯独这件事没得商量，你必须跟我走。"

皮一修听到了警车喇叭声。笛声短促有力，传达着司机不耐烦的情绪。他朝院子内望去，所里的"捷达"车正轰着油门，尾气管内吐出一串串蓝色的烟雾。

皮一修拗不过安山，只好别别扭扭地上车。

六

公安局满政委很生气。

他的气愤不仅仅因为曾乡长打了皮一修的耳光，更重要的是皮一修作为当事人居然不配合警务督察大队的调查。

刚到督察大队时，皮一修对大队长的提问装聋卖哑一问三不知，直到安山当面给他放出手机录音，他才知道曾乡长的险恶已经让人无法容忍，再替他包瞒没有任何意义。可是，皮一修又想，曾乡长有组织部和副市长的双重靠山，要想扳倒他恐怕不是一句话的事。倘若扳不倒，自己往后就成了曾乡长碗里的下饭菜，他想怎么吃就怎么吃。即便扳倒了，世人也都会明白，曾乡长是在他皮一修脸上栽的跟头，就算大快人心，这份功劳也没多少意思。不明真相的人定然会这样想，皮一修这家伙表面看起来温温暾暾，像杯白开水，骨子里其实藏着阴险，今后和他共事得多留个心眼儿才行。事情的结果如果弄成这样，他皮一修就内外不是人了。关于如何做人，皮一修有自己的一套行为准则。当所长时，他经常给所内兄弟们说教。他认为人与人之间完全用不着为公事结私怨，只在两种情况下才可以考虑翻脸：一是涉及自己的重大经济利益，在这里必须强调“重大”二字，蝇头小利大可不必；二是关乎自己的人格尊严，这一点是有底线的。具体说到上次喝酒，皮一修的底线是既不能钻桌脚，也不能拿酒水淋警服。至于那个耳光，要说也算底线，但这个底线让大局打了折扣。大局是派出所今后的工作开展和安山与曾乡长之间的关系相处。所以，皮一修在耳光问题上不是放弃自己的原则，他倾向于栽花不栽刺。

满政委只差把皮一修的心事看穿，他指出：“老皮，我给你把话说清楚，你这一耳光是替全国所有警察挨的，这不是你一个人的事情。所以，你不说我们每个警察都不会答应，你想在这件事情上当好好先生或者打马虎眼是不可能的。”

满政委还说：“《禁酒令》是公安部颁布的，谁要跳出来当这个反面典型，不管他的靠山有多硬，我们都要拿下他。”

满政委的态度很强硬。皮一修从政委的话里听出一股很重的杀伐之气。

安山也在一旁撺掇：“皮所长，满政委的心情你应该理解，他是在替我们基层公安民警撑腰打气。”

满政委摆手说：“不！安所长你错了。我这不是在替个人出气，看问题不要那么狭隘，我是在维护公平正义。你想想，一个年近花甲的老者在大庭广众之下居然让乡长扇耳光，而且挨打的还是一名警察，这就不是一般性质的问题了，是可忍孰不可忍！”

皮一修突然想到了《圣经》。他说：“政委，也不是我软弱，《圣经》上都说了：如果有人打了你的右脸，你干脆把左脸也伸给他打，说的刚好就是这个道理。”

满政委听得火冒三丈：“老皮啊老皮，你让我怎么说呢？曾乡长现在打了全国公安民警的脸！我们都把脸伸给他，他一双手打得过来吗？再说，你我都不是基督教徒，别给我扯淡！”

气咻咻的满政委临走时丢下话：“老皮，前怕狼后怕虎不是你的风格。这件事情是项政治任务，你要配合督察大队把材料搞扎实。市局和省厅我亲自去跑，在没有结果之前必须高度保密，这是纪律！”

皮一修没有退路。他只能如实供述，并在督察大队长记录的材料上签字、摁指印。

皮一修总觉得，如果不是因为车子的问题，安山和曾乡长的恩怨不会这么深。

在如何对付曾乡长擅自调用警车的问题上，安山曾经给皮一修献出这样的计策。

当有一天乡政府的马秘书又打电话要派出所给曾乡长派车的时候，皮一修马上让司机小苍把“捷达”开出车库，高调拉响警报，停在院子内待命。皮一修对着电话说：“真是凑巧啊，马秘书。你想必也听到了，所里刚才接到报警，车子马上要出去执行任务。你说，我们当警察的不就是个听人差使的狗命吗？”

“是什么警情？能不能压一压？”马秘书的语气好像很纠结。

“哎呀，马秘书，你说老百姓能有多大个事情比曾乡长的工作重要？可是，他们哪怕就是丢了一口针也跟死了娘一样，还口口声声问我们要速度。简直混账透顶！”皮一修睃了安山一眼，继续胡诌一气，“干脆这样吧，我就说曾乡长有重要工作需要用车，我们赶不过去。”

“那还是不好吧？”马秘书犹犹豫豫地说，“这样一来影响不好，群众不会满意的。”

“有什么好不好？曾乡长一个好抵得上老百姓一百个满意。”皮一修突然来了灵感，这么刻薄的话都想出来了。

“算了，我还是另想办法，你们先出警吧。”马秘书很泄气。

皮一修把话筒对着门外的警笛声，然后收回来说：“那好，我就按照马秘书的指示办，先去给老百姓扯皮。曾乡长那边，还请你多多包涵。”

皮一修放下电话，见小苍还把警车停在院子内空轰油门，没好气地吼：“开呀，怎么还不开走呢？”

小苍委屈地问：“皮所长，你不发话，我不知道往哪儿开？”

“你个猪脑子。”安山说，“你想往哪儿开开哪儿去，记住一定要从乡政府门口过，警报不停地叫。出了街道，随便找个地方把车藏好，不接到电话你就好好待着，别回所里来。”

小苍丧着脸，翘起嘴巴把警车开了出去——乡长头一次碰了软钉子。

可是，这种“狼来了”的鬼把戏后来玩砸了。

有一次，小苍把警车开出去不到半小时，曾乡长就登上门来。曾乡长在派出所院门口一冒头就被皮一修发现了。皮所长当时的第一反应是大事不妙，他装着要去上厕所。曾乡长喊住他，直截了当说：“皮所长，你不用躲了，躲是躲不脱的。”

曾乡长命令皮一修召集全所民警开会。人都到齐后，曾乡长点名质问：“皮所长，你不是对马秘书说出警了吗？怎么除了司机和警车外，你们都没出去？你不会让一个没有执法权的司机单独办案吧？这可不合规定！”

皮一修的脑袋勾成一朵雨中的向日葵。

见皮一修陷入窘境，安山解围说：“我们本来是要出警的，可是小苍把车开出去办私事，害得我们久等不来。这件事情要做出处理。”

曾乡长的目光像两把刀子直接刺向安山："编吧，警察的想象力蛮丰富的嘛，看你编出什么花样来。"

"我这不是瞎编，等小苍回来，我们可以对证的，我现在就给他打电话。"

曾乡长拉住准备出去"串供"的安山，很得意地笑——他和在座的所有人都听到了警车开进院子的声音。

小苍是被马秘书现场逮住后"押"回来的。车门打开，马秘书从警车的副驾驶座上跳下来，嘴内不停地嘀咕："我说怎么就这么巧呢，每次我打电话说曾乡长要用车，你们都总是接到报警。原来，是你老皮存心在耍我。不，严格说来，你是在玩弄曾乡长，欺骗组织。你心里到底还有没有领导？"

曾乡长气得身上发热。他解开上面两颗衣扣，指节敲着桌面咚咚咚说："老皮，我平时看你还像个老实人，想不到你的坏主意还蛮多。你不给车明说就是了，何必玩这种套路！"

小苍在这方面经验不足，他不知道曾乡长早就看出疑点，让马秘书暗中安排摩托车尾随跟踪，发现小苍把警车停在距乡政府不远的农户院子内，然后跷起二郎腿晒太阳、玩手机，便将他逮个正着。小苍在马秘书的"审问"面前漏洞百出，说出的话前后自相矛盾，很快就让皮一修和安山策划的阴谋败露无遗。

曾乡长把皮一修骂蔫了，又转骂安山："你不是说可以对证吗？现在，人证物证俱在，是你问还是我问？"

皮一修让位在即，安山马上将要接任派出所长。在这节骨眼上，他不想让安山和曾乡长之间生出什么嫌隙，决定把事情揽下来。他说："曾乡长，这是我的主意，与安所长没关系。"

曾乡长摇摇脑袋："老皮，不是我小瞧你，你只不过被人利用了，这种小聪明你还玩不出来，一定是别人帮你出的歪点子。因为你还没坏到这种程度，有人比你更坏！”说完，他拍了一下桌子，对马秘书说：“我们——走！”

皮一修像做错事的孩子，一直把曾乡长和马秘书送出大门。他回头望望，见后面没人跟来，低声下气说：“曾乡长别生气，以后你要用车，随叫随到。”

马秘书剜他一眼：“是吗？”

皮一修说：“我也想明白了，我们这一切都是曾乡长的。”

马秘书拍拍皮一修的肩膀：“唔，这就对了。”

皮一修折转身来，见安山还站在阶沿上，有些埋怨说：“这就是你出的破主意，你是在给我喂药吃，你这叫搬起石头砸自己的脚！”

安山早想好了。他把握十足地说：“皮所长请放心，这次算他赢了，下一局我一定给你扳回来。”

皮一修很诧异：“你凭什么赢他？”

“只要他再敢向派出所要车，我就有机会。”

耳光的事反映上去数月之久，一直没有等来任何消息。安山暗自打探，督察大队长私下里给他透露，满政委真的带着材料跑了市局和省厅，而且已经引起上面足够重视，接下来会有大动作。但是，由于行政隶属关系的原因，曾乡长的帽子不归上级公安机关管，要处理他程序很复杂，只能慢慢来。督察大队长劝安山少安毋躁，要有耐心。

这样的日子让皮一修不好过。许多事情，上面要么只吹风不落雨，要么是雷声大雨点小。用一句时髦话说，他们往往搞双重标准，给下面布置工作要求雷厉风行，不折不扣，可基层有什么问题反映上去，哪怕并不复杂，他们也一拖再拖，拖来拖去就不了了之。这中间的原因其实挺简单，无非是权力和利益的角力！皮一修像个做贼心虚的人不敢到乡政府去，害怕一不小心碰到曾乡长无以面对。有两次安所长安排他去乡政府办事，他都找借口推掉了。他甚至连上街走到乡政府附近时，都做了亏心事似的东张西望，好像曾乡长无处不在，随时随地都会逮住他。挨到年底，局里隐约传出话来，说省厅准备在年后派一个工作组下来，专门调查处理“耳光案”。可等到新年上班后，时间又过去了一个月，调查的事仍然鱼不动水不跳。关于“耳光案”的传言甚至发生了微妙变化，大意是说工作组遇到阻力，暂时下不来，可能还要往后推些日子。

这消息是安山告诉皮一修的。安山竟然当着皮一修的面骂娘：“妈的×，上面办事的效率也太差劲，我头发都快急白了。”

七

安山所说的“机会”终于等来了。

有一天，马秘书刚刚来电话把警车要去，就有老百姓报案说，一伙盗贼冒充乡干部到农户家里，以帮助解决低保和检查卫生为名，盗窃了两个农户存放在家里的一万多元现金。等受害人醒悟过来，盗贼骑摩托车逃走了。

逃跑的方向很明确，警察应该开车追击。只要行动迅速，盗贼就是瓮中之鳖。可是，皮一修手里没有机动车，只好命令副所长安山带人租车出警。安山在街上转来转去耽搁了不少时间，等他们赶到现场时早成了马后炮。安山象征性地追了一段山路，然后就命令返回。

皮一修对安山这种搞法很不满，他担心这件事情有后遗症。他责问安山：“你搞侦查也不是一年两年，像这样的案子时间决定成败。你绕到受害人家里去干什么？你应该带人直接追踪，抓住嫌疑对象再说。”

安山说："当时，我们什么情况都不清楚，怎么光凭人家一个电话报警去抓人？"

皮一修说："狡辩，纯粹是狡辩！我知道你心里是怎么想的。你在阳奉阴违！"

安山说："皮所长明白就好。这件事情如果有失误，完全是因为我们无法机动，租车耗时贻误了战机，我愿承担一切责任。"

皮一修回敬安山："你这是在推卸责任！"

果然，受害人把派出所告了。由于民警出警迟缓，让盗贼得以逃脱，这等于是在放纵犯罪，上面要求追查，派出所在责难逃。

结果查下来，问题出在曾乡长擅自调用值班备勤车辆才造成这样的后果，皮一修和安山都免于处罚。据说，县里有关领导为此专门找曾乡长谈过话，真假无从考证。只是从此以后，派出所再也没有接到过马秘书要求给曾乡长派车的电话。曾乡长照样坐不上书记的帆布吉普车，平时也不下乡，赌气似的窝在乡政府和几个干部斗地主、打跑胡。

一天，皮一修盯着停放在派出所院子内的警车，打哑谜似的说："安所长，这件事情你干得漂亮！"

安山装傻："皮所长，你这话什么意思？"

皮一修也不点破："对付曾乡长这种人就应该用这种邪乎办法，在这一点上你比我强。"

皮一修这么夸赞安山的同时，心底里知道安山和曾乡长的梁子就此结下了。皮一休担心乡长会想方设法把安山撵走，却不料时隔不久自己酒后惹出事端，所长帽子提前落在安山头上。

马秘书打电话把皮一修招了去。刚落座，还没谈到正事，曾乡长正好上完厕所从马秘书门口经过。曾乡长踅进来，热情招呼道："派出所老皮嘛！都好长时间没见你了，找马秘书有事？”

马秘书抢答：“不是要编写乡志吗？皮所长在派出所干的时间长，综治工作这一块想和他碰碰情况。”

“倚重老皮是对的，他是一本活档案。”曾乡长把沾水的手甩几下，继续说，“我建议干脆把老皮临时抽过来干一阵，乡政府给他另开一份补助。老皮，你在派出所反正也干不了什么正事，要不要我和所里打声招呼？”

皮一修骨子内还记恨着那一耳光，他不想搭理曾乡长。

可曾乡长看上去一点也不记仇。他突然想起什么事情似的：“喂，老皮，我怎么觉得这段时间你好像有些躲我？”

“哪里？我很忙的。”皮一修正握着纸杯喝茶，滚开的茶水把他的嘴皮烫了一下，“我现在不当所长，给领导汇报没资格。”

“从另外一个方面也说明，我去派出所不多，对民警关心不够。”曾乡长的思维很辩证，也很跳跃，“老皮呀，我怎么听说派出所有人在暗中告我的阴状？马秘书，你听到过什么风声没有？”

马秘书盯着皮一修说：“我也有所耳闻，但不大相信。”

曾乡长说：“无风不起浪。现在，人心叵测啊……你要注意动向。”

皮一修纸杯里的茶水抖洒一点出来。

曾乡长注意到了这个细节。曾乡长问：“老皮，你紧张什么？难道你心里有鬼？”

皮一修把纸杯放桌上，嘴巴嚅动着，样子是要做辩解。

马秘书赶紧打圆场：“曾乡长，皮所长是个老实人。我敢担保，这种事情哪怕别人指使他干他也不会干。”

曾乡长打出一串响亮的哈哈：“这个，不用你解释。我们共事多年，老皮是什么人我还不了解吗？如果不信任他，我问都不会问。再说了，就算老皮向组织上举报了我，那也是法律赋予他的正当权利，我总不能借用乡长的权势捂住人家的嘴巴不让说话，关键是要做到身正不怕影子斜。老皮，你说是不是？”接着，他换了一种语气：“哎，老皮，我记得上次喝酒时你好像提到过什么事情，是你自己的私事吧，要我签字解决的。”

皮一修迟疑了一下。他在想要不要把那件事情说给曾乡长。

马秘书接话说：“是的，皮所长不能喝酒，你当时硬要逼着他喝，不喝酒不让他说事，他连说话的机会都没有——曾乡长，你那天醉得真厉害。”

“你看你看，我这人就是酒后误事。”曾乡长啧啧连声，后悔不迭的样子。他转向马秘书：“我问你，我醉酒后没做什么出格的事情吧？”

“这个——”马秘书诺诺着，欲言又止。

曾乡长在马秘书脑袋上敲了一丁弓：“什么这个那个？我就不喜欢你这种婆婆妈妈的作风，有话只管直说，我和老皮谁跟谁？”

马秘书被逼无奈，坦言道：“曾乡长，你当时醉酒失态，把皮所长得罪了。你——”马秘书没有说下去，只是做了个扇耳光的动作。

曾乡长指着皮一修：“真的假的？”

皮一修说：“已经过去的事，还提它干什么？”

曾乡长怒气上来，又要去敲马秘书的丁弓。马秘书跳了一下，躲开了。

曾乡长说：“小马，我不知跟你说过多少次，在喝酒的问题上一定要对我监督到位。当我醉酒乱性的时候，不必顾及我的乡长身份，要把我当坏人看待，要严管。可是……”曾乡长有些动情：“马秘书啊马秘书，这是你的工作失职！我说处分你似乎言重了一点，但这件事情你必须向皮所长赔礼道歉，给他一个交代。皮所长不消气，我要拿你是问。”

马秘书说：“请曾乡长放心，我一定想办法补救。”

曾乡长莫名其妙地摇头一笑，背手离去。

对刚刚过去的一幕，皮一修凭职业敏感觉得像是电视剧里刻意安排的一个桥段。

曾乡长离去后，马秘书和皮一修扯了些派出所沿革及发展情况，却只字不提抽调皮一修来乡政府帮工的事。等到皮一修要走的时候，马秘书问："皮所长，你不是有事找曾乡长吗？什么事说出来，包在老弟身上。"

皮一修想到自己和所长举报曾乡长打自己耳光的事，上面说不定马上就会来查，他不敢把私事说出来，他认为说了也是白说，干脆不说。马秘书却不依，拍着胸脯非要逼他说。皮一修就随口撒气说："我手痒，想揍一个人。"

马秘书说："一个警察想要揍人还不容易吗？随便抓个坏家伙就可以操练手脚。"

皮一修觉得，马秘书看起来聪明过人，其实有些蠢。

事情差不多已经摆明。曾乡长知道了皮一修状告他打耳光的事，上面可能有所动作。现在，曾乡长和马秘书串通一气，给皮一修抛出一个诱饵，想用这样的方法堵住皮一修的嘴巴。皮一修心里开始纠结起来。万事留一线，日后好相见。古人把道理说得再透彻不过了。当初，他是不同意状告曾乡长的，不就是一个耳光吗？他就担心羊肉没吃到，惹来一身臊。现在的保密工作真是活见鬼，半点调查处理的动静都没有，曾乡长却早知道了一切。这种时候，自己要是把事情提出来请曾乡长帮忙，就成了赤裸裸的交易，好意思吗？既然已经把曾乡长得罪在前面，皮一修是不可能低下架子求人家帮忙的。

可是，皮一修犯了一个低级错误——他不应该把这件事情告诉"穆桂英"。

八

在事情的算计上，“穆桂英”并不比一个警察逊色。

晚上回到家里，皮一修把马秘书“招安”的经过说了一遍。听说曾乡长有意帮助解决问题，“穆桂英”眼里就闪出柔软的光波，直催皮一修赶快去洗澡。这是“穆桂英”给皮一修约定俗成的奖励信号，皮一修很高兴。“穆桂英”很长时间不主动来事了，皮一修每次都跟叫花子一样讨吃。想不到一个半拉子信息会让老婆不惜以身相报。好消息真是个要命的东西，怪不得范进当年中了举人会癫！尽兴之后，“穆桂英”甚至说了句令皮一修哭笑不得的话：“老皮，你那一耳光挨得值了！”

皮一修的家住在离乡政府很远的岩巴村，而且是在半山岭上。一条简易公路只通到山脚，走到他家还要爬坡一小时。儿子和儿媳妇一直在外面打工，孙子撂家里由老两口带养，现在正上小学四年级。村里的学校因为生源不足早已并入乡里中心小学。从上幼儿园开始，“穆桂英”就陪读。为了方便，皮一修特意在街东头租了一栋民房。房主人搬进县城电梯楼后，整栋老房子闲置，租给皮一修价钱不贵，而且可以无偿使用周边的菜园子。这样一来，“穆桂英”有了用武之地。她兴菜种地，喂猪养鸡，生活和山里自家相比没什么两样。要说稍有区别，就在于她园子内的小菜吃不完可以送人，结人缘，还可以换钱零用，而原先只能拿去喂猪。“穆桂英”兴种的小菜绝对环保。她每天在众人眼皮子底下给菜地里浇猪楼水，淋清尿。大家对她的小菜质量放心，纷纷上门求购，不用谈价，也不必过秤，买菜的人自己在园子内采摘，然后丢下三五块钱就走。“穆桂英”追着人家要找零，你猜人家咋说？人家说：“穆大姐，你再这样，俺就不敢买你的菜了。”如此一来，“穆桂英”只当搬了家一样，压根没有那种寄人篱下的感觉。这样的日子过得惬意。

“穆桂英”竟然过出一个想法：有福之人住街角，无福之人住山坡。要是能在街上批一块地皮，自己修栋房子就好了。房主人见“穆桂英”勤劳厚道，皮一修又是公家人，多少有点权势，就爽快答应送一块地皮给皮一修。可是，批建房手续的权力捏在曾乡长手里。曾乡长不表态签字，房主人送到嘴边的肉“穆桂英”吃不进去。乡政府已经出台规定，集镇建设统一规划，乡政府所在地周边延伸两公里范围内属“严管区”，暂时停批一切住建手续，任何人不得擅自修建房屋，哪怕搭建一个棚子都不行，就算政策解冻，批建也必须优先本地村民。这样一来，“穆桂英”的想法基本上是一种幻想，实现的希望很渺茫。当然，规定也不是铁板一块，有两个外来户就在街道边竖起了小洋楼。曾乡长那里有解释，戴老板是乡里企业的投资大户，贡献非小应该奖励。另一个户主在省里有过硬关系，特事特办属“政治任务”。所以，“穆桂英”的想法皮一修虽说很支持，但解决起来有难度，而且难度颇大。派出所长安山因为车子和曾乡长闹疙瘩不便出面，他多次鼓动皮一修直接找曾乡长“汇报”。他甚至提醒皮一修，“汇报”不能光递报告，同时也要递红包。有些棘手的事情，只要毛爷爷他老人家一出面，解决起来就顺利许多。可是，对皮一修来说，送礼跟做贼差不多。他严重缺乏经验，不知道什么时候送，送多少合适。上次喝酒时，皮一修想当面提一下，探探曾乡长的口风，结果话没出口，耳光却飞上了脸。

想不到就因为这一耳光，“穆桂英”竟然觉得机会来了！

皮一修夫妻俩都感到奇怪，戴老板为什么请他们吃饭。皮一修猜想的答案是戴老板和自己有共同的敌人，他可能已经探听到了什么对曾乡长不利的风声，有意和自己结盟搞统一战线。皮一修对来历不明的饭局一向警惕性很高，但是他想到了戴老板这个活证据的威力。如果上面真的下来调查，戴老板的证言板上钉钉至关重要。因此，就算是鸿门宴他也得去，哪怕是火坑他也准备跳一次。

宴请的地点还是上次那家餐馆，连包房都没变。皮一修有限的笑顿时被风干，像苦瓜皮一样贴在脸上。戴老板察言观色，瞧出皮一修面部表情的微妙变化，看似随意地说："预订迟了，只剩这个包间。请皮所长夫妇吃顿便饭，坐大厅像什么样？"

戴老板的女秘书和乡政府的马秘书也在座。皮一修甚是疑惑，戴老板和马秘书怎么搞到了一起？看来，自己对事情的判断太走样了。戴老板请皮一修夫妻俩坐上席。皮一修客气说："戴老板你要搞清楚，我们都是在乡政府的领导之下，应该请马秘书坐上席。"

马秘书说："今天是戴老板请客，我作陪。你皮所长和穆大姐不坐上席，我恐怕连饭都吃不上。"说完，他还喧宾夺主，拉着皮一修摁在上席座位上。

女秘书给每人发一包烟。"穆桂英"挡住女秘书说："我不抽烟的。"

戴老板说："抽不抽烟都要收下。客无二待，这是个待遇问题。"

马秘书接话："穆大姐不抽烟，皮所长抽，拿回去内部消化吧。"

马上就要开席。皮一修说："俗话说吃人嘴软，戴老板，我想问问……"

戴老板没有领会皮一修的意思："今天我保证，绝对不喝酒！"

"呃，是这样。"马秘书打断皮一修的疑问，"上次在我办公室，曾乡长当面布置两件工作，我还没有落实，不知皮所长记不记得？"

皮一修没答话。

马秘书说："上次也是在这里，曾乡长醉酒失态，让皮所长受了委屈，我有责任，应该有个姿态，这是其一。第二，皮所长说有事情要请曾乡长关照，我看借今天这个机会不妨说说，我和戴老板尽力给你摆平。皮所长、穆大姐，你们都知道，我一个小秘书，要钱没钱，要权无权，只能借戴老板的东风，让他给我撑这个面子。”

戴老板敲一下碗筷说：“马秘书，你这话我不爱听。”他用筷子指指点点：“你、我、皮所长，我们都是兄弟，我早就想约在一起聚聚，可平时大家都忙……”

皮一修总算明白了饭局的意图，他只是没想到戴老板竟然没骨气，这么快就让曾乡长和马秘书收拾服帖拉拢过去了。回想上次“视察”戴老板的工地，曾乡长那是什么气势？他戴老板在曾乡长面前简直连一条狗都不如。更何况自己挨的那一耳光也有他姓戴的“股份”。看来，他们应该得到了确切信息，上面要动真格了。如果是这样，皮一修就用不着向曾乡长妥协。安山已经说过，只要把曾乡长拿下来，一切事情都好办。

皮一修说：“马秘书，曾乡长的话你不必当真。我一个老警察，就好比地上的一只小爬虫，别人不踩死就算命大，不存在得罪不得罪的问题，也就无所谓赔礼道歉。至于家里那点私事，办起来违犯规定，我也不想给领导出难题。”

一旁的“穆桂英”暗里急。她说：“老皮，人家好心好意帮你，你都没把事情说出来，怎么知道领导为难？”

“是嘛！”马秘书说，“穆大姐就比你直爽。规定是人制定的，也是人执行的。不说上有政策下有对策，灵活性和原则性结合总可以解决问题吧？你必须说出来听听。”

“穆桂英”见皮一修无动于衷，准备抢答。皮一修见势不妙，桌底下掐了她的大腿。

皮一修的小动作没有瞒过马秘书。马秘书说：“皮所长，你两口子就不必内讧了。答案我这里有，你和穆大姐不就是想在街上批块地皮修房子吗？”

马秘书的话一出口，皮一修好像突然被人家当众扒光裤子露出私处一样，有些掩饰不住的慌乱——“穆桂英”嘴巴松，早把房主人送地皮的信息泄露出去。

“我觉得你这个要求完全正当，领导是应该考虑的。”马秘书转向戴老板，“一个为当地社会治安呕心沥血数十年、做出过重大贡献的人应该厚爱一等，你说是不是？”

戴老板点头说：“香港移民达到一定年限后也可以申请定居，更何况皮所长！穆大姐搬街上租住至少十年了吧？”

皮一修说：“既然两位提到这事，我就据实相告，我们以前是有这个想法，但现在条件还不成熟，曾乡长就是批我地皮，我也拿不出钱来修。”

戴老板说：“不就是搞地皮修房子吗？这样吧，马秘书，我们兄弟俩分工，地皮我从我的房子旁边让出一亩，无偿送给皮所长，曾乡长那里审批的事你负责搞定。”

“我没二话。”马秘书说，“这得看皮所长领不领情。”

皮一修闷头吃饭。

“穆桂英”碰了碰皮一修：“你表态啊，人家好心好意。”

皮一修把埋在饭碗里的脸抬起来，磨蹭说：“感谢两位关心，让我回去想想。”

九

“皮一修真是个老顽固。他居然软硬不吃。”

曾乡长听了马秘书的汇报，没有表现出多大失望。

曾乡长提了一个问题："小马，如果你走在路上，有一块石头挡住去路，你该怎么办？"

马秘书没有回答。曾乡长经常给马秘书出这种莫名其妙的脑筋急转弯问题，马秘书没几次蒙对过。他害怕曾乡长这种阴险的提问。

这次，曾乡长并不逼着马秘书回答，他在玩设问。他说："解决这个问题通常有两种办法。如果你有足够的力量就把拦路石掀走。要是你还不够强大，就只好绕道走开——皮一修有恃无恐啊，得让他死了那条心。"

"有个问题，我很费解。"马秘书说，"我发现曾乡长近来好像对皮一修很客气，而他却有点不识抬举。"

"你是说我在拿热脸贴他的冷屁股，是不？"曾乡长说，"告诉你，小马，家长教育小孩子有一个说法叫又打又摸，不知你听说过没有。"

马秘书似有所悟地点点头，拍马屁说："您这叫以德服人。"

曾乡长继续高谈阔论："在权力场上，玩的就是一个平衡术。我为什么突然对皮一修转变态度？因为我通过皮一修已经达到杀一儆百的目的。一个领导者不仅需要有剪除对手的决断和魄力，还得有一种化敌为友的智慧与胸怀。小马，将来你想成大事，要学会几套基本功。"

没多久，派出所出现重大人事变动——所长安山和县公安局治安大队郭教导员对调。像这种年中个别调整，在县局人事安排上尚属首次。满政委送新所长履任谈话时说，这是组织上的意思，完全是工作需要，与安山和郭教导员个人的工作成绩和表现没有任何关系。皮一修觉得政委的话纯属此地无银三百两。意思很明了，这种异动完全来自上面的行政干预。

新所长一到任，曾乡长又接连搞出两个大动作：平时，乡里的帆布吉普和派出所的"捷达"车调换使用，只有到县局开会办事或者出县城以外办案，郭所长才能要回“捷达”车；皮一修被临时抽调到乡政府配合马秘书编写乡志，每月补助一千元。现在，曾乡长大权在握，郭所长立足未稳，没有叫板的本钱，一切由曾乡长说了算。

每天，皮一修穿着便装，按部就班地到乡政府上下班。马秘书的办公室内临时拼进一张桌子，皮一修和他对坐。皮一修的工作很轻松，主要职责是查资料、搞核对、做整理，没有任务指标，多干少干无所谓，迟到早退由他便。有时候和马秘书聊白话，一聊就是半天。人不接触不了解，在一起干过一段时间后，皮一修发现马秘书其实亦有许多情绪，他对曾乡长唯唯诺诺的背后也隐藏着不满。马秘书大学毕业的当年就报考公务员，岗位是乡政府文秘，因为没有背景被分到这个屙屎不生蛆的穷乡。他以自己的情商对曾乡长极尽恭维，谨小慎微当爷一样伺候，可仕途上的进步还是比人家慢了三拍。有一天，马秘书不知是有意还是无意吐露真底，说尽管曾乡长的副市长舅舅暗中下死力斡旋，但上面还是揪住“耳光案”不撒手，调查组一定要下来。现在，其他外围工作都做到位了，关键是找皮一修座谈。

“真要有人问你，你准备怎么说？”马秘书问。

皮一修反问马秘书：“你是那件事情的见证者，要是组织上问你，我该怎么说？请你赐教。”

“我什么都没看见。”

“小马，你这是昧着良心瞎说。”

“对不起，皮所长，我只能这么说。我相信那天所有在场的人都会这么说，在权势面前，别跟我提狗屁不值的良心了。”

“哼！”皮一修想到了安所长的那份录音证据。他理直气壮地说，“我就不相信，有些人吐出的涎水能舔回去。”

马秘书当然明白皮一修所说的“涎水”指什么。他轻蔑一笑：“上面已经明确表态，醉酒之后乱说一气的话不足为证。要不然，还需要调查个鬼！”马秘书见皮一修神情挫败，干脆说：“你自己对医生说的，吃饭时让沙子磕出个血泡。这证据人家早拿到了，而且比什么都有说服力。”

皮一修说：“照你这么说，调查组还来干什么？”

“程序不能乱，形式主义有时也不失为一种工作方法。”

皮一修感到有一个很大的气场正把自己团团围住，让他呼吸窒息却又无法逃脱。这个气场的操盘手就是曾乡长。

曾乡长又幽灵般地走进办公室。

“怎么样？老皮，工作还适应吧？”曾乡长的话总是那样掏心掏肺。不待皮一修回应，他转向马秘书：“我给你交代的任务落实没有？”

马秘书说：“曾乡长，我照你的指示办了。皮所长想在街上修私房，戴老板答应送地皮，批手续的事就要你曾乡长大笔一挥……”

曾乡长说：“老皮，这件事是可以考虑的嘛。你先打个报告给我。马秘书你这作风就是拖拉，我不问上你的脸，你迟迟不报告。这件事我对你有看法。”

皮一修不领情。他说：“谢谢曾乡长好意，我还要和家里商量一下。”

曾乡长说：“修房子是百年大计，要抓紧。我这里有权不用过期作废。”

一个周末，皮一修专门去县城看望安山，问及“耳光案”的进展，安山告诉皮一修：“曾乡长对你很照顾，你不必考虑我的感受，我建议放弃吧。”

皮一修说：“小安，你把我看成了什么人？”

安山说：“老所长请不要误会，我是说的真心话。局长已经暗示我，‘耳光案’如果不就此止步，我恐怕连这个教导员的位子都保不住。”

皮一修直冒火："妈的，这事情真是邪门了——我不怕！我来当恶人。"

安山理解皮一修的话："我也不是怕谁。老所长，你快退休的人了，曾乡长在那儿扶正后，好歹还得干几年。你的事情如果被卡住，不知要拖到猴年马月，等你一退休，黄花菜就凉了，能够在曾乡长任上解决问题，也算过得去。我不想坏你的好事。人争闲气一场空啊！"

皮一修和安山握别，两双手握得铁紧、很长久，直到双方的手心都握出汗来。

回到乡里没多久，调查组真的下来找皮一修谈话。过程特简单。皮一修彻底翻供，说曾乡长根本没有打自己的耳光。调查人员问皮一修为什么在县局督察大队的材料上言之凿凿，皮一修说自己那天喝多了酒，说了些什么全不知道……

调查组回去没多久，曾乡长的任命下来，他顺理成章当上了书记！马秘书鸡犬得道一荣俱荣，也升任办公室主任。

十

年底，皮一修一连三间三层的小楼房竣工，框架式结构，耸立在戴老板的欧式小洋楼旁边。虽说两栋楼房摆放一起，好比一只凤凰一只鸡，在气派上不可同日而语，但皮一修和"穆桂英"都很知足。如果不是作风建设抓得紧，乔迁之喜他完全可以摆酒庆贺。还过一年，皮一修就要退休，到时候他就和老婆待在自己亲手打造的新房子内消费晚年大把的日子，一心一意送孙子读书，见空喂养牲口，伺候菜园。修房子的时机把握得真好。常言道人走茶凉，如果不是在退休前解决安居工程，他最终只能回到岩巴山里去。从这个意义上说，他还真得感谢曾书记那一耳光。

有一天，皮一修和“穆桂英”一起上街买东西时，在乡政府门口碰到了曾书记，也就是原来的曾乡长。曾书记的发型变了，由原来向右“一边倒”的自然型改成翻批，还喷了定型发胶，人的精气神看上去也比原先高许多。

“呵呵，老皮呀，你的新房子盖起了，我路过时欣赏过，不错嘛。要不是现在抓作风建设，我还想讨你一杯喜酒喝呢。”曾书记热情地打着招呼。

“曾乡长，”“穆桂英”有些紧张，把曾书记习惯性地喊成了“曾乡长”，“你是我家的大恩人，不管作风不作风，我们要请你喝酒——老皮，你说对不对？”

皮一修说：“那是当然。”

曾书记指着皮一修：“你真敢和我喝酒？你不是说——”

“穆桂英”替皮一修说：“再大的约定都算了，曾乡长，哦，不，曾书记——你看我这记性。你约个时间，我和老皮请你喝一顿酒，不醉不算，我要让他犯一次规。”

“那好吧。老皮提前说，我就做安排，有些话我还得和老皮单独沟通沟通。”

喝酒的事就这么定了下来。

皮一修找出家里唯一的一瓶茅台酒，二十年窖藏。这瓶酒他一直舍不得喝，放在家里好长时间了，长久得已经想不起它的来历。

还是上次喝酒的餐馆，还是那个甩耳光的包间，还是戴老板带女秘书，曾书记带马主任，唯一多出的一个人是“穆桂英”。这都是皮一修征求意见时，曾书记亲自定下的。他这么决定似乎用意深刻，是要有意戳一戳皮一修的痛处。皮一修不敢违逆，咬牙一概应承下来。

一瓶酒显然不够喝。坐定后，皮一修问服务员，餐馆里有没有茅台酒。

服务员很为难："我们这种小店，不备高档酒，备了也很少有客人喝。"

马主任说："皮所长，我们曾书记带来两瓶，够了。"

"我们请客，喝曾书记的酒像什么话，餐馆里没有我就上街去买。"皮一修说完要起身。

坐上席的曾书记伸出鸭蹼一样的手向下扇扇，制止了皮一修："老皮，如果不是这样的敏感时期，我应该送你一个大红包才合情理。既然上面有规定，我们都不能乱来。但是，我拿出两瓶酒一块吃顿饭总可以吧？你放心，酒是我私人的，我绝对不动公款。"

"是、是、是。曾书记的话任何时候都一言九鼎。"大家随声附和。

第一杯酒是皮一修夫妇一起敬大家。

酒水落肚，马主任说："曾书记，我听说皮所长在喝酒的问题上可是发过毒誓的，今天为了答谢您破例喝酒，诚意可鉴啊。"

曾书记说："老皮，如果为难就少喝点，意思意思就行了。"

"穆桂英"说："曾书记，今天这顿酒，我让老皮陪您喝够喝足。"

曾书记开玩笑："那可不行啊。地府那边的老母亲怎么交代？"

"穆桂英"说："喝完酒，我就和老皮去老娘的坟上请罪。相信老人会原谅他这一次。"

说话间，皮一修已经把自己的酒杯斟满。他端起来，拉着"穆桂英"，欠着身子走近曾书记说："曾书记，大恩不言谢。这杯酒我们两口子敬您。"

曾书记见"穆桂英"只端着茶杯，说："怎么？又弄虚作假？"

皮一修不自然地嘿嘿笑："她真不能喝酒。"

曾书记不喜欢别人以茶代酒敬他，上次的耳光就是这么引出来的。

众人都替“穆桂英”捏着一把汗，场面上的气氛骤然紧张起来。

曾书记从桌面上抄过一只杯子说：“这样吧，老皮，你把你杯子内的酒给嫂子匀一点，哪怕一滴都行。这总可以吧？”

众人绷紧的心松弛下来，气氛趋于缓和。

想不到“穆桂英”居然来横的。她抓过酒瓶，把自己杯子内的茶水泼掉，然后倒满酒，举杯道：“曾书记的酒风我听说过。今天我是请客人，不用您照顾，就算是甲胺磷农药，我也喝下去，而且单独敬您。”

“穆桂英”这番话很给力。曾书记当然不想输给“穆桂英”，潇洒地喝下了敬酒。接着，皮一修又上。这样一来，曾书记接连喝下三杯。其他人都不会袖手，他们争先恐后，人人向曾书记表达“敬意”。有祝贺他升迁的，有感谢他关照的，有工作没干好或冒犯过领导赔礼请罪的，理由五花八门，不一而足。总之，酒桌上只有一个主宾。这个主宾毫无疑问就是曾书记，大家没道理不敬他！可是，曾书记酒量再大也经不住这样的轮番攻击，没多久就表现出蒙眬的醉意。

皮一修开始了第二轮敬酒。他一次摆开两只杯子，都斟满酒。

马主任见阵势不对，问：“皮所长，你要干吗？”

皮一修端起第一杯酒说：“上次在这里，曾书记给我敬酒我没喝，惹得书记不高兴，今天这杯酒先补上。”喝完，他又举起第二杯：“这杯酒是我自罚的，上次得罪曾书记，请领导大人不记小人过。”

曾书记拍着胸脯，把外衣脱下来，挂在椅背上，然后吩咐服务员也斟满两杯酒，说：“人敬我一尺，我敬人一丈。老兄既然慷慨，我也不能含糊，是不是？”话音甫落，杯干酒尽。

“好酒量！”戴老板鼓掌赞叹。

曾书记大着舌头说：“老皮，我记得上次你拼死抵抗滴酒不喝，你这个家伙深藏不露啊。可惜呀，今天这酒桌上少了一个人。”

大家都明白曾书记指谁。

曾书记说："要是安山那小子不调走，今天是不是更热闹？"

皮一修明白，曾书记不是替安山惋惜，而是在拿他说事，显示自己的权威。他一语双关地说："曾书记，铁打的营盘流水的兵。警察在一个地方时间干长了不利于工作。安所长能调进县局，还得感谢您的关照。"

"关照？"曾书记瞪大眼睛，喷出满嘴的酒气说，"我实话实说吧，安所长一直和我过不去，他拉拢一些人暗地里搞我的名堂，结果落得怎样的下场？我得让他领教领教，一个敢和上司作对的人没有好下场！"

戴老板见曾书记话不投机，马上给女秘书递眼色。女秘书一直在等机会。她走到曾书记身边，鼓凸的胸差不多都抵着书记了。女秘书摇动腰肢，嗲声发出邀请，要和曾书记喝交杯酒。曾书记一本正经说："我和谁都没喝交杯酒，只和你喝，影响不好吧？怕人家有看法。"

女秘书说："这里除了穆大姐，就我一个单身异性，要喝交杯酒，再没别人呀。他们谁有意见谁来喝，本小姐来者不拒，奉陪到底。"

"那是那是！"众人都表示赞同。

曾书记这杯酒喝下去，身子就歪歪斜斜没有了站相。女秘书顺势扶着曾书记让他落座。曾书记一只手搭在女秘书肩上，不肯坐下去。他突然向皮一修发问："老皮，你心里对我没意见吧？"

皮一修说："曾书记，你这是说的什么话，我们全家感谢你都来不及，哪会对你有意见？"

书记连连摆手："不、不、不，你没有说真心话。你心里其实蛮恨我，我知道。"

马主任说："曾书记，皮所长他对您真没意见。"

"你晓得个卵！"曾书记说，"我在这里因为醉酒打过老皮一耳光，这是你亲口告诉我的。他能不记恨我？”

“曾书记，你是性情中人。那件事我给皮所长做过解释，他表示理解。”马主任说，“这叫不打不相识嘛！”

曾书记截断马主任的话：“你不要插言，让老皮自己说。”

皮一修说：“曾书记，马主任说的是实话。我也实不相瞒，原来心里是有点过不去，但现在没有了，真的没想法。”

“那好！”曾书记想站起来，他努了一把力却没成功，磕巴说，“你要是真没想法，我们哥儿俩单独再走一个，如何？”

皮一修欣然接受挑战，把酒满上。这一杯下去，书记就像一堆烂泥，上半截身子委顿在桌面上。后来，他勉强用一只手肘撑起脑袋，直勾勾地盯住皮一修，吐字艰难地说：“老皮，我欠你一样东西。”

大家都不明白曾书记在说什么。突然，曾书记抓过皮一修的手，把脸伸给皮一修说：“你、你打吧！我、还、欠你一耳光。”

皮一修的手竭力往回拽，好不容易才挣脱。他说：“曾书记，话都说开了，何必呢。”

“你、不、打，是不是？”曾书记扬起巴掌，“你、不、打，我自己来。你看、清、楚……”说完，曾书记狠命地往自己脸上扇耳光，啪啪啪，一下、两下、三下……等马主任反应过来将他拥住的时候，那些清脆的耳光声响了一连串。

众人皆惊，不知所措。马主任很淡定地挥挥手：“曾书记真的醉了……”

神 算

一

夏天刚踩着头，神仙湾的天气不热不冷。段长松又习惯性地开始散步。当然，是在早晨。

近几天，他的心情不是太好。辖区内接连发生几起怪怪的案子，他和弟兄们没日没夜扑腾着闹，硬是没半点眉目。农户的耕牛查不出线索也就罢了，可刘赶三的女儿遭仇老师强奸，段长松请监护人配合调查一下，家长居然不干。你说刘赶三这两口子是不是有毛病?

昨夜里跑过一场雨，街面上到处氤氲着来不及散尽的水汽。太阳升得好猛，才只到六点钟，就爬上东山头一竿子高，把整条乡街照得亮晃晃、湿润润的。段长松甩动两条长腿，以他退伍军人的步姿朝街东头逛去。此时，东街方向传来蹩脚的二胡声，是老掉牙的《洪湖水浪打浪》。没别人，这曲子是从吴瞎子那把漏风的二胡里“锯”出来的。

吴瞎子原本只是个边瞎子，小时候和玩伴砸石灰，左眼失了明。后来右眼不服输，赶脚似的跟着白内障，蒙了很厚的云，满世界就全黑了，真是祸不单行。对吴瞎子来说，白天和黑夜没什么区别，它就像一枚铜钱，只是时间的正反两面。在内心深处，吴瞎子更喜欢黑夜。他认为白天是喧闹的、浮躁的、功利的，它在本质上不属于盲人，只属于明眼人。盲人需要安静、淡定，需要在安静淡定里思辨和记忆。黑夜是安静和淡定的，失明的瞳孔只有避开白天光亮的干扰，才能在沉静里把纷扰的世界“看”得透彻，然后对虚妄的人事做出判定。在吴瞎子看来，他是幸运的——他用自己的博闻强记学会了算命。生活向他关紧两扇“门”的同时，却给他打开了另一扇窗子。这窗子就是智慧的天眼。站在这扇窗口前，他把自己想象成一个睥睨众生的旁观者，窥视着生活的喜怒哀乐和芸芸众生的吉凶祸福，给埋头赶路的人们拨开云翳指点迷津。吴瞎子算命几十年，据说本事了得。有个湖北妹子曾翻过黄连垭来乡街上抓药，顺便给重病的母亲算命。吴瞎子一番掐算后催女孩尽快回去，说她母亲已经病愈，不用吃药，连算命的钱都免了。吴瞎子的意思太明白，病人已经升入天堂，去了极乐世界，那是仙境，何须求医问药！后来证实，那位患病母亲果真没有熬到女儿的救命药！这事的真假没法考证，街上的人都这么传说。有脑子不大灵光的好事者多此一举地求证于吴瞎子，结果可想而知，吴瞎子除了拉他的二胡未置一词。于是，吴瞎子在人们的口口相传里成了半个神仙——神仙湾并非徒有虚名！只是他的二胡水平就差火了，“锯”来“锯”去老那么几曲烂调，简直是在街上制造噪音！不信你去问问，恐怕满街人的耳朵都让他的二胡声磨出了老茧。

段所长，早嘞。二胡突然歇声。

段长松本没想跟吴瞎子招呼，准备绕过去的——他受不了吴瞎子的二胡，可还是没躲过。都说人的器官功能可以转移，吴瞎子眼上的功夫难道真的让给耳朵了？段长松对这件事情产生兴趣，他收住脚要向吴瞎子求证一下。

吴师傅，你神呢！连我走路的声音都听得出来。

你才神。吴瞎子停下弓弦，巴结说，都说警察是神探。

段长松蹲下来，弹出一颗烟，烟落地上，砸了吴瞎子一只脚。他再抠一支栽进吴瞎子嘴内，对火时，吴瞎子一只手抬起来遮风。段所长，乡干部中数你最没架子，对老百姓亲热。你看，我一个瞎子，这……还抽你的高级烟……像什么话。

你真听出我了。

当然。街上知名人士走路的脚步声我都听得出来。吴瞎子嘚瑟地偏偏脑袋，侧过大耳扇子，我都听几十年了，就这点本事。

那你说说，你还把我听出什么来了？

你信？

当然信。

那可不行。吴瞎子得意道，哄哄别人可以，对段所长可不敢瞎说。

我看你不是不敢，是没真本事，怕露马脚。

这么一激，吴瞎子就发了倔。那我就直说了，你不怪我。

接下来，吴瞎子说，段长松最近准定碰到了什么糟心事，心情应该比较压抑，要不，走路的脚步不会这么拖沓、滞重。

满街都在传强奸案和盗牛案，派出所长的日子肯定不好过——吴瞎子蒙的，段长松心里有谱。

不过，段所长的苦恼马上就会过去，正所谓拨云见日。

段长松追问，此话怎讲？

吴瞎子说，因为你遇到了贵人。

贵人？

是的，有人可以帮你。

段长松索然，骂一句，你他妈阳天白日说瞎话。他拧着脖子满街望望，贱人都没一个，哪来的贵人！

吴瞎子似是懂了段长松的心思，自顾自说，我说的贵人，远在天边近在眼前。

段长松拍着吴瞎子的大腿，就你？

吴瞎子不答话，只笑。

段所长心里也笑。吴瞎子这话什么意思？难道他知道点案子的线索？

街头响起嘈杂声，赶场的人陆续来了……

二

满街上都在传，说仇老师真不是东西，对十二岁的小女生也敢下手，简直畜生不如！

也有替仇老师辩驳的：仇老师不是那种人。他好歹也是知识分子，难道不懂为人师表的道理，连猪狗不如的事情都干得出来？不可能的！一定是有人和他过不去，存心陷害他，人家女孩子都检查过了，并没破身，在县里大医院检查的，还动了仪器，我们应该相信科学。

段长松听校长说发了奸幼案，脑袋就嗡的一下大了。以他的经验，奸幼案是最不好办的。一对一的强奸往往缺少直接证据，受害人未成年，又没有证据保护意识，光凭她说的有什么用？再说，这年头执法讲文明，就算把仇老师抓来审，他咬死不开口，警察也不敢动他半个指头。过去的经验告诉段长松，对坏家伙来说，三句好话抵不上一顿好揍，警察不打好人，有时候，坏人还是应该敲打敲打的，因为你一天不打，他们的皮肉就发痒。他们的皮肉一痒就要惹事，社会就不安宁。可现在，一道文明执法的绳索把警察的手脚捆紧了。你只要动动手脚，嫌疑人就扣你一顶“行刑逼供”的帽子，压得你抬不起头来。因此，案子破得了就破，破不了搁那儿，警察又不是神仙，美国那么发达的国家，破案率才不过百分之二十呢，谁还拿自己的帽子和饭碗跟坏人玩？不值得！

学校一帮人简直扯淡。出了这档子糗事，居然还想保住面子，内部搞调解。时间都过去一天一夜，仇老师就是再蠢，也该把所有反侦查的对策都想好了，警察再去找他，肯定成了马后炮！

可是，马后炮也得放。这可不是一件小事，弄不好是要追责的。许多时候，过程即是结果，甚至比结果更要命。段长松带民警先去学校了解情况。

事情是门卫最先发现。门卫也是老师，一个刚刚更年期的肥胖女人。

段长松接触她，说说，怎么个情况？

午睡时，小女孩先去的宿舍楼，仇老师后进去。

顺着门卫手指的方向，段长松看见教师宿舍楼。这栋楼只有三层，五个单元，看上去有些陈旧，从结构到材料明显带着上世纪末的建筑痕迹。段长松在心里估算着宿舍楼和教学区的距离。

二十分钟过去，还不见小女孩出来，我感觉不对，就去探究竟。门卫一直在叙述，仇老师的卧室在西头单元的二楼，我上去后把耳扇扣在门上，听出房间内有异常动静。

成了？段长松的心里像被人踢了一脚。

门卫摇着头，我不确定成没成，但有摇床的响声，嘎嘎嘎、擦擦擦……

段长松停住记录，你当时应该敲门制止一下。

我也这么想过。可是我怕得罪仇老师，我们同事之间无冤无仇。

结果，这个恶人你还是当定了。段长松只在心里说。

门卫还算有心计，她不想公开得罪仇老师，但她却担心有事。一个小丫头让仇老师就这么破了身子，往后怎么做人？良知最终让门卫抹下情面，她决定给仇老师留一个提示。她故意咳两声，然后踏出很响的脚步声下楼。没多久，仇老师从宿舍楼出来，经过校门口时，门卫用心瞟他一眼，发现仇老师热出满头满脸的汗水。随后跟出来的小女孩被门卫叫住。门卫用一种母爱的口气跟女孩套近乎。仇老师提前叮嘱好了，小女孩先不吐真话，说是去仇老师房间拿本书。拿书显然用不了那么久。后来，架不住门卫老辣的连吓带哄，小女孩才道出事情的枝叶。仇老师果真把小女孩哄上床，一步步诱导着不谙世事的孩子脱衣服……根据女孩的口述，仇老师最后应该没干成，因为他软。

段长松明白，是门卫的咳嗽和脚步声搅了局，让仇老师下面挺不起来，坏了仇老师的好事——门卫意外地把小花朵救下了。

听得出来，门卫没撒谎。因为许多细节是编不出来的，段长松看过门卫留在学校的证言，完全对上。

问题是校长接到门卫报告，不是先报警，而是把仇老师和小女孩分别找来问话。仇老师掂量出事情轻重，当然不会承认——他也确实没干成想干的事。小女孩早让仇老师串通好，两人的话一个版本，问是白问。教师奸幼，多丢人的事！学校还办不办？校长还当不当？校方能摆脱干系？所以，校长骨子内希望是这个结果。小女孩的母亲就租住在学校附近陪读。校长派人把母亲找来，安抚一番。母亲听说没成事，既不想得罪老师，也想保住孩子名声，没闹，可心里却放不下，矛盾。校长看出家长有纠结，建议她还是带孩子到县里医院做个检查。这样的事是真是假，光凭男女双方说的不靠谱，医生的结论也才让大人放心，校长心里也有个准数。

母女俩是下午搭班车秘密去的县城医院。医生检查后告诉母亲，女孩是囫囵身子，没事。母亲听了高兴，悬着的石头砰然落地。人在两种情况下最容易干傻事，高兴的时候叫得意忘形，失意的时候叫鬼迷心窍。女孩的母亲一高兴，居然做了件离谱的事情，她给仇老师发手机短信，说女儿好好的，是场误会——仇老师是女儿的班主任，有道是“一日为师终身为父”，老师可得罪不起啦！

这个短信就是丢进水塘内的一块石头，把平静的水面搅出了浪花。仇老师早就憋着一口恶气：胖得像猪一样的门卫老师坏了他的好事不说，还把状直接告到校长，她安的什么心！现在，小女孩屁事没有，仇老师倒来了底气。他找到校长和门卫，要求讨还公道——一个堂堂教师的名节岂能随便玷污！事情的复杂程度已经超出了校长的掌控能力，他在骑虎难下的情况下才不得不报警。他要借助派出所的力量厘清这团乱麻。

说完这些，校长“嗨”一声，当着段长松的面发表自己的看法。仇老师纯粹是没事找事，一泡屎非要翻出来臭。孩子没事就万事大吉，可这根搅屎棍非要揪住门卫不放，我看他是让鬼摸了头！他都扑到女孩身上去了，下面也有了接触，未必还是件光彩的事？再说，门卫在外面闹出动静，他肯定心里急、慌，要不，软蛋个啥？

段长松嫌校长啰唆，打断他的话，要他把小女孩的母亲请到学校来，他想亲自问问。

校长不情愿，他不理解派出所办案为什么支使他打电话，他又不是警察！段长松见校长动作迟疑，提醒道，碍于身份，我们出面不是太好。

校长电话过去，果然碰了一鼻子灰。孩子母亲先是数落，继而警告。女儿的事不都弄清楚了吗？派出所还插手，你们到底什么意思？怕满世界的人不知道吧？女孩的父亲刘赶三也抢过电话帮腔，如果传出风声，毁我女儿一辈子名誉，我和你校长没完！我买瓶农药喝死在学校里。你告诉警察，让他们别咸吃萝卜淡操心！放过我们吧，我服你们了。

校长很没趣，放下电话对段长松说，她不来就算了，要不，干脆把姓仇的抓去审讯，这家伙……虾子头上顶泡屎不知香臭，他怨不得别人。

仇老师讨还“公道”的意图十分强烈。目前没有任何直接证据锁定他的犯罪行为，相反，医院的那纸结论成了他的尚方宝剑，就连受害女孩的家长也出自保全名声的狭隘，客观上在替仇老师说话，典型的助纣为虐。这时候，要想攻克仇老师没有任何胜算。

段长松没理校长，然后看看手机时间，抬脚往教师宿舍楼走。他记住了，从教学楼到仇老师房间只需要三分钟时间。

段长松要回派出所。

校长说，警察让我很失望。

段长松说，对不起，我跟你一样失望。

三

晚上，段长松去找“贵人”。

“贵人”租住的房子是间地下室，上下要走旁边山墙十多级水泥台阶。一个瞎子为省钱，住这样的地方多不方便。

房东是个五十多岁的寡妇，姓张。她自己在门面上开餐馆，早上下米粉面条，蒸包子馒头，白天炒快餐盒饭，生意一直寡淡。吴瞎子算命就坐在张寡妇餐馆前的阶沿上，而且是长期无偿占有。一个瞎子，何以值得张寡妇如此眷顾？人们有多种猜测。有人说，瞎子肯定算过，看准张寡妇的阶沿能给他带来好运，故而不挪窝；也有人说吴瞎子可能和张寡妇有一腿，吴瞎子有儿子没老婆，张寡妇有女儿没老公，他俩一个锅要补，一个要补锅，周瑜黄盖愿打愿挨的好事！还有稍微靠谱的一说，吴瞎子和张寡妇在生意上相得益彰——吴瞎子能给张寡妇的餐馆带来人气——算命的人饿了累了，说不定就要来一碗米粉、面条什么的。张老板，下碗面条，要少放酱油多放辣椒，干脆还煮两个荷包蛋吧。吴瞎子会不失时机地垫一句，张老板刚收的正宗土鸡蛋，你口福真好。女人应答，现在的土鸡蛋很贵，一块钱一个，白送你吃，保证不赚一分钱。在这样的对白里，生意应该做成了。

说起来，吴瞎子也是个苦命。儿子吴海亮十七岁了，高中没毕业就一直混社会，整天打扮得像个二流子，头发喷定型发胶，嘴里吹口哨，时不时还打个响指，脚底像安了弹簧，走路都在蹦跶，没一个正相，不晓得他成天到底干些什么。儿子不成器，让吴瞎子白操了心。

关于儿子的身世，吴瞎子从来没向他提过，吴海亮似乎也无所谓。那个早晨，天气贼冷。整条乡街的生活节奏让冷空气冻住，突然降下来许多，人们躲在被窝内，变着戏法没完没了地做着同一件事情，所有的门面都不愿打开，只有吴瞎子的二胡声在冰冷的空气里孤独地响起。

吴师傅，请你排个八字。早晨的开张生意，我要给你加钱。

吴瞎子接过钱，是张老人头。他捻着，心里一阵狂喜。算命以来，这样的好事还是头遭遇到——大冷天撞狗屎运了。

客官，请问求官还是求财，问婚姻还是讨吉祥？吴瞎子收好钱，自吹自擂说，不管问哪一行，请到我吴瞎子，你算找对人了。

吴师傅，我只替别人问问运程。来人报出一个生庚，他的口音有点侉。

吴瞎子掐算一阵，开始胡诌起来。按照贵庚，这是个男命，出生尚不足月。他命里主金，将来长大后是个吃公家饭的人，三岁开始行运，八岁走大运，一生衣食无忧，命里七分正财，三分偏财……老板，你这一百元算命钱花得值当，我不给你找了，我要收喜钱。

大凡算命之人，都喜欢听奉承话。但光说好话，别人不一定记住你。这方面，吴瞎子经验很足。俗语云，金无足赤人无完人，哪有一帆风顺的命相！毛爷爷干那么大的世事，也有败走麦城的时候，何况一般俗人！所以，吴瞎子总能给人家的命运算出点瑕疵，并指点迷津。比如现在，他就算出这男孩命里缺水，流不出去，取名时最好择带水的字儿。

他还说，这孩子命重，克父母，爹妈中应该有人带点残疾才好。

恭喜你！师傅，我真的找对人了。算命的人丢下话，不声不响地跑开。

吴瞎子先没反应过来，等他的脚踢出椅子旁边的一个包裹，客人已经杳如黄鹤。他听出了包裹里的哼唧声，猫叫一样柔弱，然后解开包裙，抖索着摸到了一团肉，吴瞎子的手顺着肚脐往下挪，直到摸着裆里的小牛牛，就这样捡下了儿子。他大半生都在算计人家，万万没想到阴沟里翻船，让别人把自己算计进去。他给小东西取名海亮。这名字既填补儿子的命运不济，也寄托着一个瞎子虚妄的期待。

一开始，姐姐听说要她帮着带孩子，一百个不情愿。姐姐的话句句呛人。你一个瞎子，自己一张嘴巴都塞不饱，哪来的闲钱剩米喂他的肚子？更何况还是个来历不明的野种。可是瞎子铁了心，明知道自己这辈子讨老婆没指望，送上门的儿子不要白不要，你当姐姐的儿女双全，我瞎子哥总得有人接续香火。姐姐说，带野杂种可以，但不能白带。姐姐是吃不起半点亏的人，吴瞎子答应每月按期付给她工资和孩子奶粉钱，姐姐才答应收下海亮。人就是这样，生得亲，也养得亲。小海亮吃奶粉真是海量，吴瞎子的月供根本不顶事。海亮丢下奶嘴儿就哭，小嘴巴直往女人怀里拱。女人哄不住孩子，听着哭闹声揪心地疼，无措之际撩开衣摆，让小家伙的肉嘴吮她的乳头。本来只是权宜之计，未料女人体内的母性让一张不依不饶的小嘴巴重新唤醒，她先只是感到乳袋子一凉一乍，瘪下去的两个肉球渐渐鼓胀起来，后来居然分泌出汁液——小海亮口福不浅。女人也是一把年纪，开始还羞答答，脸上臊得红一阵白一阵，像做了什么见不得人的事似的，后来见海亮叼住乳头可人的样儿，心里涌出千般温柔万种怜爱，拿指头蹭着海亮的小肉脸，嗔怪道，你个混账东西，还真把老娘当亲妈了，啊呀，世上还有这等怪事！这让我怎么好意思！传出去会笑死人了呢！明眼人谁都明白，瞎子的姐姐是在臭美。她的一惊一乍其实巴不得想让全世界的人都知道，她这五十多岁的身子还能养儿子，而且奶汁儿充足得很！随着小海亮一天天长大，女人开始打起小算盘，她不在乎瞎子哥给她的钱，只在乎小海亮长得乖不乖。私生子大都鬼聪明，这已然成为一条铁律。小海亮的可爱和聪慧渐渐攫住了女人的心，让吴瞎子的姐姐找到了血缘之外的另一种母爱。小海亮只要不在她眼前晃动，她就感到世界少了色彩，生活黯然失色。

小海亮会说话后，把吴瞎子叫爹，自然管吴瞎子的姐姐喊妈。他不亲街上算命的瞎子爹，只亲喂养他的妈。除了到街上找瞎子拿钱，他很少陪瞎子爹。吴瞎子想留他在街上陪自己睡一夜，海亮都不干。海亮说，他要回去跟妈妈睡。所以，街上的人都明白，吴瞎子养儿子只是个名分，他最终竹篮打水，攒下的几个钱都白花了。

大白天，段长松不敢贸然去见“贵人”，即使到了晚上，他也不想惊动房东张寡妇。神仙湾乡街上人很多，但吴瞎子只一个。他过得不容易。段长松不想因为丁点纰漏给吴瞎子的生活带出什么麻烦。派出所长在这里干久了，甚至待不下去，可以申请调动，拍屁股走人。可吴瞎子注定走不出这条乡街。他的生命和神仙湾连在一起，最后会终老在这里。

直等到张寡妇的楼上熄灯，段长松才下到地下室。他先敲门，门内没人应声。段长松摁亮手电，挑开窗户上贴着的塑料布扫去。房间内不见吴瞎子的人影，一张木床上乱七八糟地堆放着衣服和被子，地上除了一张小方桌、两把木椅外，别无他物。地面潮湿，屋里霉臭的气味从窗户里扑出来，刺得段长松鼻子痒痒，他没忍住，一个喷嚏还是从捂紧的巴掌里噗出来。段长松想到了楼上的张寡妇——吴瞎子居然“走夜路”了。“走夜路”是神仙湾人的一种说法，意即夜里出门和相好幽会。看来，人们的猜测不是空穴来风，吴瞎子眼瞎心不瞎，不可小觑！

段长松刚转过头，背后有异物梭动的“嗖嗖”声。他警觉地侧转身，手电光撞上一条菜花蛇，足有一米多长，滚圆的身子肉溜溜、黏糊糊的。这个夜行客是从窗户里溜出来的，它在吴瞎子的房间内搜寻一阵，一定很失望。段长松的手电光随菜花蛇肥硕的身子扭来扭去，直到它吐着猩红的芯子顺着墙根往山上爬去。

吴瞎子不能住这样的地下室了，弄出人命怎么得了？段长松往回走，心里产生一个想法。

第二天早上，段长松走进张寡妇的店子，朗声道，张老板，来一碗牛肉米粉。

当时张寡妇正埋头用力在案板上揉面粉。段长松的光顾对她来说是个极大的意外。声音惊直了她的身子，张寡妇慌乱中抬手去拢耳际的头发，结果弄巧成拙，指头在脸上擦出一道白白的粉印，看起来很滑稽。她招呼段长松落座，拖过椅子用抹布先是一番扑打，继而揩了又揩。张老板，莫客气了。张寡妇回道，段所长是稀客，把你的警服弄脏了怎么好意思？吴师傅还没上班？段长松见阶沿上少个人，想转移话题缓解一下气氛。

早上听到楼下咳嗽，他可能感冒了。张寡妇应答着，想不到段所长能到我这小店照顾生意。

张寡妇知道，派出所吃早餐一直都在街西头的“天香餐馆”。

派出所有食堂，平时大家都在所里免费吃。食堂周师傅的手艺不错，他每天早上把开水烧好，把稀饭煮熟，把调料配齐，然后敲钟。民警们起床洗漱，时间有迟早，口味各不同，米粉、面条、稀饭三大样，都是自己动手。只有上面来客，段长松才领着弟兄们上街换口味。名义上陪领导，实际上打牙祭。他们定点去的地方就是“天香餐馆”，出派出所大门往左拐，五分钟不到的距离。“天香”是老板娘的名字，她手脚勤快，人也长得标致，尤其是一张嘴巴甜得像涂了蜂蜜。她的店子内容齐全，品种丰富，不光有包子馒头、面条米粉，还煎锅饺、炸油条、熬海带汤。店面收拾得亮亮敞敞，餐具桌椅也是一色新。张寡妇的店子绝对不可比。她的墙面不刷白，看上去黑乎乎的，像挂着一块陈旧的抹布，最扎眼的是墙角上还结了两蓬蛛网，网上歇着蜘蛛。它们和店子的主人一样，从不在乎客人的感受，把握十足地守株待兔。那些餐具也都是早先家用的，看起来一点都不卫生。所以，派出所民警吃早餐就算走错路也不会到张寡妇的店子内来。张寡妇有这样的自知之明，怪不得段长松一进门，她显得手忙脚乱。

其实，段长松还真不是冲着吃早餐来的。他要找张寡妇商量一件事。

张老板，你楼上还有没有空着的房子？

一间空着，有人要租？一早上段所长莫不是给我介绍生意来了？

我租。

张寡妇当然不相信。段所长，你开什么玩笑。

我是真租。不过不是我住，我想让楼下的吴师傅搬上来住。段长松没有提到蛇，只说，他眼睛不好，住楼下不方便。

他加不起房租。

我说过，我出钱。

我不明白你的意思。再说，你出钱，我也不好意思收。还有……我和一个瞎子隔壁住着，这……恐怕不好。

这有什么？段长松想到自己昨夜里扑空，心里暗自好笑，嘴上却说，这是我安排的，不怕别人嚼舌头。

随后，段长松把自己和乡税务所毛所长议定的方案说了出来。毛所长是段长松高中同学，他俩大学毕业后又同时分到这个偏僻山乡，一起共事多年，关系铁得很。昨晚上，段长松从张寡妇地下室一回去，就找毛同学商量，将张寡妇的税钱免了，给吴瞎子换个房间。对税务所来说，张寡妇每月那点税钱收不收无所谓的，事情就按段长松的意思定下来。

张寡妇听说段长松不是付给她现钱，而是让税务所减免全年的税收，心里很乐意——这不光是收入不减少，而且是件有面子的事情。她要免掉段长松的早餐钱，段长松坚持付钱，还威胁说如果不收钱，下次就不来吃了。张寡妇知道段长松办成这件事后，哪怕再用轿子抬他，他也不会来照顾自己的生意了，就干脆收下。临走，段长松叮嘱张寡妇，吴师傅搬家的事就别说是我帮的，让他领你的人情。

张寡妇想到了什么，她说，你这是什么意思？

段长松说，别误会，我没别的意思。

张寡妇本来还想问问段长松，为什么要对吴瞎子好，派出所又不是民政所。这时候，吴瞎子磕磕碰碰地上来了。段长松发现，坐下来的吴瞎子一只裤脚卷了两圈，松松垮垮地，他的球鞋上沾着黄泥巴。段长松脑子内闪过疑问——难道“走夜路”的吴瞎子不是和张寡妇，而是去了别处？

段所长早啊。吴瞎子把段长松听出来了。

段长松回道，吴师傅，你答应过的事别忘了。

吴瞎子嗫嚅着，当然，我记得的。

四

这个早上真是多事。

月亮坪村又发盗牛案。失主新起了楼房，距老屋场两百多米远。主人乔迁新居，牲口房却还留在原地。半夜里，牛栏内那头大黄牛让盗牛贼不费吹灰之力就得了手。段长松和教导员带民警赶到时，村长和原先几个失主早就等在一起，正嘁嘁喳喳地议论着什么，见段长松一干人驾到，都突然噤声，目光很不自然地朝民警身上乱戳。段长松心里明白，村民对警察有看法，盗牛案子连发几起，一件都没破掉，他们心里有意见，发发牢骚很正常。段长松只是有点烦村长，小个子村长做人又做鬼，刚才他一定是在背后撺掇村民给警察制造麻烦。现在，他把段长松拉到一边说，段所长，这次如果不把盗牛贼揪出来，他们几个商量要凑钱给派出所换块牌子。

民警小田不知道村长肚子内在使坏水，凑过来接话，什么牌子？

这个……村长睃了段长松一眼，阴险地笑笑，我就不说了，说出来不中听。

段长松扒开不明就里的小田，指着村长鼻子说，我先让老百姓掀了你的帽子，你信不信？

村长得意地摇着头，表示不信。

我问你，乡里多次布置各村成立夜巡队，别村都落实，你搞了没有？夜巡队的经费乡财政是专门做过预算的，你扣着不用什么意思？你成天吃喝打麻将，在县城还玩小姐，公安局治安大队都有你的案底，你当我不知道？告诉你，你把屁股揩干净点，别老占着村长的茅坑不拉屎。全乡别的村卵事没有，就只你月亮坪村连连丢牛，我怀疑你是故意给盗贼放水，你是不是暗中和他们串通一气拿了提成？

遭段长松一番抢白，村长蔫了。他本想给段长松一个下马威，没想到段长松嘴皮子比枪杆子还厉害。他哈腰说，他们也只是嘴巴快活，我看谁敢？谁敢胡来我收拾谁！哼，换粮食局牌子，他们才是真正的饭桶！段所长，我们现在听你指挥。

手下的弟兄已经顺着牛的蹄印寻到公路边。段长松看到路面上清晰的四轮车轮胎印，回头问村长，周边有几个牲口交易市场？

村长说，一共三个，最远的十五公里，最近的三公里，还有一个大约八公里。

段长松吩咐教导员带村长租车往八公里的市场去，自己带着失主驾车赶往十五公里外的市场。教导员问，最近的市场要不要去人？段长松很果断，不用。一泡尿远的路，盗贼请车是多此一举，再说，在这么近的地方销赃，我谅他们也不敢！段长松最后交代，记住，被盗的黄牛三岁牙口，四蹄粗壮，体大健硕，最明显的特征是眉心有一撮白毛。民警都换便装，到了交易市场先找牛，发现牛后先盯紧不动它，一定以物找人，人赃俱获。

天气有些闷热。厚厚的云层把天空与大地的空间压得很紧，太阳像一个阴险的坏蛋，坐在浓云上面使劲扇火，人就成了蒸笼内的馒头，连呼吸都感到吃力。天气预报说，近两天有特大暴雨，局部地区甚至有龙卷风，要防止山体滑坡和泥石流等自然灾害。段长松头发里冒出的汗水顺着脖子往下直淌，连抓方向盘子的手都汗涔涔的。跑完九公里，警车离开主干道驶上一条简易村道。这条路烂得不成样子，路边的坑洼弄不好就会让捷达牌警车搁浅。段长松眼睛瞪得铜铃大，不敢随便眨巴。所里弟兄们都说，段所长把警车看得和他儿子一般重要，这话绝对没水分。派出所就一台车，出警全靠它，油修费用都得自己管，随便坏一下，也不是点点钱，所以，它坏不起！现在，段长松心里很矛盾，快车不敢开，可慢了又怕盗贼销赃后闪人，心里只能干着急。这时候，教导员那边来电话，说是扑了空。段长松问查过市场的交易记录没有，教导员说，查过，没疑点。段长松就要教导员他们迅速往这边聚拢，并在沿途留意调查，看有没有其他新线索。

警车翻过一个名叫九人堆的山垭，失主说，马上就到了。段长松觉得九人堆这地名怪瘆人的，随口就向村长打听来历。村长说，当年，贺龙率队长征路过这里时，有九个"红脑壳"伤兵掉了队，被一伙白军追杀于此。后来，当地老百姓将红军尸体就地掩埋，就有了这名字。说话间，公路边冒出一户人家，段长松把车停下，跳下去问些情况。农家的主人正在东边山墙码劈柴。他告诉段长松，凌晨四点钟的样子，我瞌睡醒了，正好起来屙尿，听到有车子轰轰过……对的，是柴油车……叭叭叭像放屁，汽油车的声音小，这个我听得出来。我一电筒扫过去，看到一辆四轮车……

段长松打断他的话，看清没有，车上拉什么东西？

飙得飞快，一轰就过去了，我没注意。

段长松甩一支烟过去，赶路。

翻过九人堆垭口没多久，牲口交易市场就隐现在眼前。段长松把车停靠在路边，然后领着民警小田和失主徒步向市场靠近。居高临下的视线里，他手搭凉棚，市场的情况一览无余。这个市场处在一条溪沟边，一溜牛毛毡搭成的棚子东西向摆开，百十米长。才是上午十点多钟，棚子下面就聚集了好多贩子和牲口。大热的天，牲口和人都不耐烦。牛们喷着响鼻，不时哞哞地嘶鸣，把屎尿任意屙在棚子内，像要发泄不满；贩子们到处游说，用尽所有的赞美之词夸耀着自己的牲口，只想早点把手里的牲口脱手，把赚回的钱揣进兜内走人。可事情总是不尽如人意，好愿望一定要折扣。这里是人精扎堆的地方，贩子们都在精打细算钩心斗角，他们的如意算盘都不会轻易得逞。这样一来，整个市场就显得脏乱不堪和没有秩序，老远都能闻到一股臊臭的气味，到处充斥着骂娘的怨怒。

段长松他们一直在公路边远远地观望。失主肯定地说，棚子内没有他家的黄牛。

可是，在市场的外围，段长松有了新发现，一头系在小杉树上的黑牛低头啃吃着地上的青草，不远处的一扇岩巴上坐着个穿白衬衣的年轻后生，不时抬头朝黑牛瞟一眼，想必他就是牛主人了。在交易市场的牛贩子中，这个年轻人显得有些另类，样子看上去漫不经心，颇有点姜太公钓鱼的味道。黑牛与昨晚失主被盗的黄牛显然大相径庭，可是，月亮坪村被盗好几头耕牛，刚才路边农户的主人又确定地说亲眼看见四轮车开过来，段长松当然不会放过每一个疑点。他指着黑牛的方向问失主，看见那头牛吗？

失主点着头。黑牛跟我家黄牛像一个模子脱出来的，只是颜色不一样。

段长松继续问，旁边那年轻人认得不？穿白衬衣的。

失主很看了几眼，然后说，怎么会是他？

他是谁？

太阳山村的祝根。这家伙坐牢去了，什么时候回来的？

祝根？段长松脑海内马上浮出这个人来。几年前，段长松还在隔壁乡派出所干副所长，配合这边打掉了一个盗牛团伙，其中有个叫祝根的。他觉得这名字好土气，所以印象特别深刻。这家伙有盗牛前科，刚出狱又出现在这样敏感的地方，看来，今天有戏了！

教导员他们正好赶到。段长松吩咐教导员带小田绕过去，堵住市场东头，特意让他盯住那个叫祝根的，只要有什么异常情况，先把他拿住再说。这个市场太好控制，两边都是大山，只有东西两个出口，盗贼如果在这里现身，那真就叫瓮中捉鳖。问题是现在情况不太明朗，被盗的黄牛没有现身。段长松的第六感觉告诉他，这个交易市场内一定隐藏着不可告人的秘密。他决定投石问路。

他问村长，认不认得邻村有个叫祝根的年轻人。

村长说，听说过这个人，名字耳熟，但不认得人。

你们不认识，好！村里被盗的几头牛总该认得吧？

看见了肯定认得出来。

段长松知道，村长上任前干过牛贩子，就如此这般地嘱咐一番，指派村长去探底。

村长故意卷了半边裤脚，嘴内嚼着一截不知名的草茎，然后歪戴着草帽跑下去，先在市场内转悠一阵，再接近白衬衣，两人交谈过一阵，生意肯定没谈拢。村长后来躲一边给段长松回电话：这人有问题，牛也有问题。村长说，牛虽然不是村里被盗的牛，但报价低得离谱，我假装怀疑是头病牛，才把生意搅黄了。这人吧，长得细皮嫩肉，哪像个牛贩子，说话也吞吐，舌头像生了锈，说话时一双眼睛滴溜溜老往旁边瞅，一看就不是好东西。抓回去一审，准定吐出屎肠子来。

村长啰里吧嗦，但说出的话句句管用。段长松说，你就在周围转转，千万别引起年轻人怀疑。

说话的当口，天地脸色骤变。闪电撕裂厚重的云块，裹挟着雷声从乌云的缝隙里砸下来，顿时，大地开始震颤，整个狭小的溪沟市场像是涂过一遍水墨，暗得只剩下一个朦胧的轮廓。暴雨是雷电劈下来的，它们像赶集一样，从四面八方汇聚而来，风催赶着它们奔跑的脚步，给它们以力量和疯狂，恨不得要把市场的棚顶掀翻、砸穿才好。段长松他们簇挤在一棵杉树下，躲雨只是个形式，大雨像鞭子一样抽打在身上，人人淋成落汤鸡，脸上淌下的雨水用手抹都抹不赢。即使这样，段长松的视线始终没有离开交易市场。人和牲口都躲进棚子内避雨，只有系在杉树上的那头黑牛还在原处没人照应。白衬衫的年轻人早在大雨降临的那一刻躲在岩罩下面。棚子内有人无济于事地喊，喂，那是谁的黑牛？也不牵开躲躲，淋了热雨要生病的……

大雨肆虐了大约四十分钟。它来得迅猛，也收得利索。最后一阵风扫荡过去，漫天的乌云散尽，一座虹桥跨过溪沟卧在东边的山口，市场内牛贩子的吆喝声复又响起，解凉的牲口开始躁动。雨水冲洗过后的交易市场又恢复了先前的生气。奇迹依然是段长松最先发现的。系在远处杉树上的黑牛就像神仙下凡一样，居然摇身一变成了一头黄牛，最显眼的还是眉心那撮白毛。沉不住气的失主指着黄牛喊，天哪！那是我家的牛。在他的喊声里，段长松发现躲在旁边的年轻人像一只惊鼠撒腿往东头逃窜。他这是不打自招，自投罗网。教导员他们早已在必经路口设伏。小田从背后跟上，瞅准时机，一个抱膝顶摔，就把祝根收拾了。

段长松他们押着祝根指认现场。淋湿的便装有一搭没一搭地贴在警察身上，看起来花一块白一块。失主扑向自己心爱的黄牛，像找到失散多年的儿子一样，嘴巴在牛脖子上一个劲地亲吻。见一个年轻人戴着手铐被警察押过来，许多牛贩子放弃生意不谈围拢来看热闹。他们叽叽喳喳议论着，围绕黑牛变黄牛这件蹊跷事发表各自的看法。

有人说，这头牛是天降神物，非等闲之辈。

有人说，刚才这场雨是桩巴龙路过，它要给人间一点颜色看看，所以，黑牛变黄牛了。

是啊，这样的事情还是解放前发生过，我们只听老人说过，亲眼看到这还是头一次。

……

段长松见人们越说越神，指着周边地面上一层淡黑的流水说，看清楚了，这是墨汁，是这家伙干的好事！

有认出祝根的人发出惊呼，天哪！祝根这家伙居然给黄牛化装，亏他想得出来。

五

等段长松吃完早餐一离开，张寡妇就催促吴瞎子搬家。

吴瞎子听说是要他搬到楼上住，不加房租，而且和张寡妇住隔壁，开始还矫情，说，牛吃稻草马吃谷，各有各的福。我还是住楼下，我只有住楼下的命，都习惯了。

张寡妇由不得他。她亲自下楼把吴瞎子的铺盖卷和其他几样物品搂上来。好在吴瞎子的东西并不多，她三四个来回就完事了。不是张寡妇要发慈悲，吴瞎子不搬上楼来，她的税钱就减不掉。张寡妇嘴皮子紧，没把段长松抬出来。这让吴瞎子沉浸在莫名的感动和想入非非之中。他决定要送张寡妇几个蒿子粑粑作为答谢。

蒿子粑粑是姐姐前天送来的。姐姐上街赶场，给瞎子哥带来十多个。开春回暖，野蒿刚钻出土地，人们就掐了它稚嫩的茎叶，洗净蒸熟，然后掺进糯米粑粑里，用木杵捣，再趁热做成个，蒿子的色香味就都渗透在糯米里了。蒿子粑粑既可当菜吃，亦可当饭吃。用油盐煎，拿红糖拌，吃法由着各人的喜好来。每年，土家人开始做这道美食的时候，清明节就不远了，一直可以做到端午。姐姐没忘记，瞎子哥从小就喜欢吃蒿子粑粑。

吴瞎子从姐姐手里接过粑粑，问怎么不把海亮带来“看看”——吴瞎子都有两个月没“看”到儿子了。姐姐说，海亮打工回来后很少落屋，跟别人做生意赚钱。吴瞎子听了很高兴，儿子总算长大了，开始懂事，晓得自己挣钱了。

姐姐有事要和瞎子哥商量一下。

她说的是海亮割包皮的事。姐姐不懂什么包皮，只听医生说，海亮的鸡鸡皮长了，头出不来，要动手术切掉一截。否则，他的鸡鸡就白长了，男人该干的事干不成，传宗接代的大任更指望不上。姐姐说，动手术需要很多钱，海亮早先不懂事，现在病上了身才开始着急，可挣钱不是件容易事，手术费用高得吓人，现在穷人有病治不起。

吴瞎子听了很焦急，问割包皮要多少钱？

医生说，至少三千块。

还缺多少？

差蛮多。

我帮着凑。

姐姐要的就是瞎子哥这句话。她知道海亮平时对瞎子爹不亲，但籽不连瓜瓜连籽，瞎子心里还是放不下儿子。

姐弟俩说好，下一场姐姐上街来拿钱。两个场期间隔十天，能挣多少吴瞎子心里没个准数，生意好的话五到八百不成问题，甚至一千多都是有可能的，差起来就说不好。吴瞎子知道海亮的病耽搁不起，医生讲了，像割包皮这种小手术，做得越早越好。吴瞎子打定主意，实在不行的话，就找别人借点钱，至少要凑足一千块才拿得出手，也才像个当爹的。可他一个瞎子，来源全靠望天收，又没有什么值钱的东西做抵押，谁会借给他钱？他在头脑里把所有熟悉的人都过了一遍，几乎没人让他有把握借到钱，稍微有点指望的无非就是老板娘张寡妇。租住这些年，不管别人怎么议论，吴瞎子对张寡妇一直揣着好感。张寡妇年轻时名声不好，生了个女儿居然连父亲是谁都成了一笔糊涂账。女儿长大后，对自己的蹊跷身世颇为不满，把所有的怨怼都撒向母亲，以致嫁个港佬后就再无音讯。寡妇门前是非多。张寡妇收留吴瞎子，街上已经有了种种传言。天下没有不透风的墙，更何况张寡妇的耳朵又没聋！但哪怕再不中听，张寡妇从没有要撵吴瞎子的意思。吴瞎子也曾试探性地问过，张老板是否有找个伴过完下半辈子的想法。

张寡妇答非所问，我女儿迟早会回来看我的。

吴瞎子听懂了张寡妇的意思。一个半老徐娘的女人决意要用自己下半辈子的清白名声赎清自己年轻时的罪过，求得女儿的谅解，让她重新回到自己身边。她之所以把瞎子留住，就是要让自己断了某些非分的念想，也借此堵住那些不怀好意的臭男人。

姐姐走后，借钱的想法只在吴瞎子脑海里闪了一下，他最终没有向张寡妇开口。

对男人来说，借钱这种事不到万不得已是难以启齿的。话一出口覆水难收，别人给你面子，你欠下的不光是债务，还有人情。倘若遭人回绝，钱没借到，脸面也跟着丢了。

吴瞎子不开口借钱，还有另一个原因——他想到了别人指给他的那条路子。

六

祝根是段长松碰到的一块硬骨头。

一开始，他死活不认账。

说吧，黄牛是咋回事？段长松不想和祝根兜圈子。

我不知道啊。我大不了就在市场内转转，看看行情，不知道怎么就让警察抓来了。

听听，祝根连现场抓获的黄牛案都不承认，更别想从他嘴里抠出什么陈谷子烂芝麻。

段长松说，我问你，墨汁哪儿买的？瓶子丢在哪儿？

祝根狡辩说，你说些什么啊，我怎么听不明白？

段长松不得不把村长请出来。他指着村长问祝根，你的记性再差，总不至于不认得他吧？段长松又转向村长，我问你，你向他买黄牛时，他报价多少？

村长说，三千。

你还价没有？

还了。村长说，我还成两千，故意压他的价。

为什么压价？

我怀疑他这头黄牛来历不明。我是要试探他。结果，他答应成交。

段长松和村长的双簧戏还在演。段长松说，依你看，这头黄牛到底值多少钱？

其实，这黄牛值三千块……

你还有什么要说的吗？段长松挥手让村长离开，然后把话头子甩给祝根。祝根抵赖不过，他贼眼溜溜乱转，最后也只是就事论事承认了这期案子，而且咬定是自己一个人干的。这些有过前科的家伙，也不知从哪里学来的一套，忠义之气堪比当年的关公，嘴风比刘胡兰还紧，要想让他供出同伙简直比登天都难。段长松已经习惯了这样的情况，他曾经还碰到过更邪乎的。有个蟊贼半夜里偷电视机遭受害人追赶，刚好碰上段长松带人巡逻撞上。逮住后，小偷居然说电视机是路上捡来的，他还没想好到底应该把电视机交给警察，还是自己寻找失主。总之，他是准备做一件拾物不昧的好事。警察既然来了，他当然选择交给警察。对这样的“好人”，警察得小心伺候着才行。现在，段长松对阵的祝根，就是这路货色。

段长松：把偷牛的事情彻底说说吧。

祝根：就那么回事，没什么好说的。

段长松：我的意思你没听明白。

祝根：是你没讲明白。

段长松：那我就明白地给你说，第一，这案子不是你一个人干的，把同伙的情况说清楚；第二，据我们掌握的情况，你还干过几次，都要说清楚。

祝根：我觉得你不懂法。

段长松：请赐教。

祝根：你这是诱供。

段长松：你的话有些道理，但也可以理解为一种善意的提示。我问你，牛是用四轮车拉过去的，你自己没有车，你也不会开车，司机和车你总要给个说法吧，替他们扛着对你没好处。

祝根：我临时拦下车，司机不认得，货送到就走了，车牌也没记住。

段长松：认罪态度决定对你的处罚。这个，你懂的。

祝根：三年前，警察对我也这么说过，结果呢？哼，老子再不会上你们的当了！

祝根不以为然地看段长松一眼，然后打了个很长的哈欠，开始装瞌睡。段长松知道，审讯再进行下去没有多大意思。好在这时候，外围的情况查出眉目。教导员说，祝根近两天频繁联系一个叫吴海亮的年轻人，他是吴瞎子收养的儿子，长期跟吴瞎子的姐姐住在月亮坪村，他不是司机，也不会开车，如果和祝根系同伙，应该只是内应。

段长松强调说，祝根的联系人中，是不是有司机？要挖。

都查过了，就是没有。教导员说，祝根从牢里出来的时间不长，他的交往圈子很简单。不过，教导员无意中提到一个特殊情况，就在案发当晚九点多钟，祝根给吴瞎子打过一个电话。

段长松追问，这个情况怎么不早说？

教导员吞吐说，一个瞎子嘛，和案子怎么扯得上？他们可能是为算命的事吧。

段长松马上联想起那天晚上他去地下室会“贵人”发现吴瞎子不在，第二天吃早餐又看到吴瞎子球鞋上沾着的泥巴。他马上安排下去，让教导员带小田迅速抓获吴海亮，同时，到移动部门秘密调出吴瞎子近段时间的通话记录。

这边刚刚布置完毕，乡人大主席领着一帮人到派出所来了。人大主席神秘兮兮地说，有工作上的事情要和段所长单独谈谈。人大主席来得真不是时候。派出所还留置着祝根，审查正陷入僵局，案子才起个头。派出所本来就人手少，出不得半点纰漏，哪有精力应付他？段长松征求主席的意见：能不能改天谈？主席回头看看身后一帮人，笑着摇摇头：不可以！这件工作很重要。乡政府谁都知道，后面这句话是人大主席的口头禅——人大主席关注的事情没有不重要的，他每次都是这话。

还是那起强奸案。

仇老师没讨回什么公道，事情反而闹开了。学生家长们开始传言，说仇老师猥亵、奸污女生已成家常便饭，他干这方面的事情经验很足，每次都能规避法律风险，逃脱惩罚，连派出所都拿他没辙。甚至还有一说，称县公安局的一位副局长是仇老师的连襟，派出所要扳倒仇老师，先得过副局长那一关，那位副局长又分管刑侦口。所以，这里面的猫腻不言自明。许多女生家长不放心把孩子送到学校，纷纷要求转学，学校快要办不下去了。人大代表们心急如焚，他们的态度很明白，像仇老师这样的祸害不除，人民群众不满意。段长松更明白，只要人民群众不满意，他和所里弟兄们一年的劲就白使了。

人大主席上门来，说得直接点就是问责。他嫌一个人分量不够，还带着一帮人想给派出所施加压力。他想让段长松明白，不是他人大主席非要和派出所过不去，而是民意不可违。在段长松心里，人大主席和人大代表的分量是清楚的。公安机关每年都在搞民意测评，年中年尾各一次，人民群众对派出所的工作满不满意，很大程度上，生杀大权就掌握在这些人手里。他们说你行不行也行，他们说你不行行也不行。本来，段长松骨子内对这种孩子过家家的游戏不感兴趣，但别人很在乎，组织上也很在乎。组织上一在乎，他不引起重视就不行了，因为这不仅关乎他个人的荣誉和政绩，还牵涉到派出所的地位和手下弟兄们的利惠。自己既然已经爬到派出所长的位置，就有许多的目光在关注，包括亲人和朋友，甚至还有家人。人活一张脸，段长松不想让人家把自己看扁，就是到了该下台的那一天，也要体面地下来，不能留下什么话柄，让人在背后戳脊梁骨，更不能让人拿住什么事由不明不白把自己轰下台去。

段长松将人大主席和代表们招呼到小会议室，把强奸案的办案进展“汇报”了一下。他只是在应付，走过场。这件案子现在遇到了困难，既有法律的“瓶颈”，也有一些客观原因，段长松正在寻求突破的办法。

问题是就在这节骨眼上，祝根的案子上手了，牵扯着精力。所里就四号人，他一时还顾不过来。所以，真实的情况暂时还不便说得很细。好在代表们的兴奋点不在派出所的工作进度，而在于仇老师作案的某些细节，满足代表们一些心理上的好奇，尤其是人大主席，一再打断段长松，要他复述仇老师哄小女孩脱衣服上床的过程。他的许多提问虽然都很稚拙，但自以为是的口气却像一个刑侦专家。人大主席最后“强调”，老百姓不关注过程，只在意结果，希望派出所举全所之力，尽快拿下此案，将强奸犯绳之以法，给人民群众一个满意的交代。

段长松接过主席的话表态，一定的，这件工作很重要，我们会抓紧办。他的话一出口，人大代表中有人暗地里哧哧笑。

刚刚送走客人，教导员的电话就打过来。他们找到了吴海亮，麻烦是吴海亮刚刚在县医院割完包皮，医生说住院消炎至少要三天时间。段长松说，割包皮不是什么大手术，先把人带走，消炎的事让看守所的狱医去做。教导员说，医院不同意把病人带走，主治医生说他眼里只有病人，没有犯人。还说要带人也可以，警察必须留下书面保证，病人出了任何意外都不关医院的事。这样的保证书教导员不敢写，他请示段长松该怎么办。段长松也没想出什么好主意，医生的意见要尊重，但案子等不起。他告诉教导员，按程序办好法律手续，然后陪吴海亮在医院住下，终止他和外界联系，除了医生，不让别人接触他，方便的时候可以做好讯问笔录。

吴海亮太嫩了。

警察想要知道的事情，只要他做过的、知道的都招了。他相信“坦白从宽，抗拒从严”。问题是祝根狡猾大大的，吴海亮知道得太少。

祝根从牢里出来才两个多月。他出来后一无所有，还是决定干老本行。上次进去前，他只是别人手下的一个马仔，老大把许多事情都瞒着他，每次他出力最多，最后只分到很少的赃。现在，他吸取上次的教训，准备物色一个得力帮手，自己当老大。当是时也，月亮坪村的吴海亮辍学后成天东游西荡，做梦都想天上掉钱，他弯腰就能捡钱。他俩一拍即合，真他妈的缘分！分工是明确的，吴海亮负责踩点和提供信息，销赃分赃的事祝根说了算。干这行是有规矩的，不该知道的少打听，这是最起码的一条。所以，吴海亮很听话。吴海亮连吃三回“窝边草”都顺利得手，尝够了甜头，割包皮的钱也有了，他很感激祝根。段长松注意到，关于作案用车和销赃的情况，吴海亮一问三不知。他说，他负责望风，祝根上手后径直往公路上去，他就回家睡觉了，司机和四轮车都没见过。他还说，老大说他年轻，耳根子不硬，嘴皮子不紧，松得跟寡妇的裤腰带一样，刚出道的人都这样，知道得越少越好。

祝根被刑事拘留关进看守所，吴海亮的刑拘手续也批了下来，只等他的包皮手术消炎结束，警察就给他换“环境”。虽说系列盗牛案还有很多的工作要做，但祝根、吴海亮一伙盗窃耕牛已是板上钉钉的事实，哪怕就是月亮坪村的黄牛一案，都够他俩喝一壶了。余下的工作，段长松准备交给教导员去办，他要把主要精力放在强奸案上。这件事拖不起了，人大主席一年难得登门一次。这件事如果让他惦记并再次登门准定不是好事。

七

段长松悄悄站在吴瞎子房门口时，听到了张寡妇嘤嘤的啜泣。

段长松原本是想悄悄接触吴瞎子。吴瞎子上次主动说他是段长松遇到的“贵人”，吴瞎子的话那么自信，必有他自信的理由。段长松是职业警察，他思辨严谨，行事果敢，侦查破案只忠于自己的经验和智慧，从不轻信来自生活中的某些偶然和奇迹。可现在案子积压，陷入困局，段长松就不由得想到了吴瞎子。那些心怀鬼胎的人机关算尽，到头来极有可能在一个瞎子面前戒备松弛，露出什么蛛丝马迹。段长松有必要知道一个瞎子到底能帮一个派出所长多大的忙。另外，吴瞎子的通话记录显示，月亮坪村黄牛案发的当晚，祝根给他打过一个电话，段长松恰好发现吴瞎子那天晚上不在地下室，第二天早上还见到了吴瞎子胶鞋上的黄泥巴。还有一个更重要的情况，在吴瞎子近期的联系人中，居然有仇老师。电话是仇老师主叫吴瞎子，时间正好是强奸案发的次日凌晨5点多钟，后来还有过两次。这个时间节点太过敏感，段长松不关注不行。这些情况都和吴瞎子有着某种神秘的关联，段长松隐隐觉得吴瞎子的疑点在上升，不排查清楚不行。段长松办案子就是这样，他的灵敏的嗅觉常常能闻到别人嗅不出来的气味，他对所有关系人的任何疑点从不放过。他反对那些想当然的经验，他也不把破案的希望完全寄托在科技手段上，他相信笨办法往往就是好办法。

哭声是从吴瞎子房间内传出来的。吴瞎子的劝慰声夹杂在张寡妇的哭声里，让段长松大致听懂了事情的来龙去脉。应该是张寡妇收到了女儿从香港的来信，信上传递的是一个让单身母亲绝望的信息。

老吴啊，你说养儿养女还有什么意思？你给我造成的伤害让我一生都不能原谅你。这是小芹信上写的混账话，我半个字都没改。我要是在你面前说半句假话，我就天打雷劈。你听听，这是一个女儿对妈妈说的话吗？晓得她是这么个白眼狼，当初生下来我就该把她往粪坑里扔了，溺死这个妖孽。我屎一把尿一把将她哺养大容易吗？娘有再大的过错，也轮不到她做女儿的记恨一辈子，我的命怎么就比黄连还苦啊，呜呜……

张老板，小芹不懂事，就只当没生她一样，少怄气，气坏了身子是自己的事。

老吴，别人的话好说，轮到自己头上都一样。我看你那个儿子就算了，将来恐怕也指望不上。不如攒几个钱，该吃的吃，能喝就喝，等哪天眼一闭脚一蹬，划不来。听说海亮割包皮，你还给他凑钱，你蠢！

我也只是尽责任，大头是他自己挣的。我家海亮可比以前懂事了，听我姐姐说，他一直在挣钱。

段长松听得心里酸酸的。看来，不管吴瞎子的算计如何高明，都算不出儿子的祸福。他压根就不知道海亮是个盗牛贼，马上将面临牢狱之灾。最可恨的是满肚子坏水的祝根，自己这辈子注定跟高墙铁网缘分未尽，偏还要捎带上别人。他如果瞒天过海，把吴瞎子父子俩同时拉上贼船，吴瞎子可就惨了。

倒是张寡妇看出一些迹象。她提醒吴瞎子，你说海亮挣钱？我看他不是那种下得起力气的人，成天把自己打扮得像个花花公子，挣的恐怕也不是正路钱，你要管住他。

他才只十七岁，能干什么坏事？

老吴，你就莫看老皇历了。现在的孩子胆子天大，跟赶山狗一样，有人吆喝一声，呼地蹿出去乱咬，什么事都干得出来。

吴瞎子没回话。

时间不早了，你睡吧。张寡妇要走。

还坐会儿，我没瞌睡。吴瞎子留客的语气里充满着温柔和不舍。

张寡妇说，我明天还要起早床弄早餐。

接下来，房间里弄出乒乓声响。段长松在这种不明响声里落荒而逃。

第二天早晨，段长松走近《洪湖水浪打浪》。街面上寂然无人，只有张寡妇在案板前揉面粉。

吴师傅，我想请你跟我走一趟。

跟你走？

是的，我想请你帮我算一卦。

就这里算吧。吴瞎子似是在开玩笑，我上门算命是要加收钱的。

在这里算命，让人家看见不好，还是去所里。段长松的话里其实含着双关。

么事？求财还是案子上的？

都有。求财“生”无底，探案“午”出头。这一卦很复杂，所以要请你上门。

吴瞎子停顿几秒钟，脸上起了轻微的痉挛。我一个瞎子，到派出所算命，成何体统？

段长松看看揉着面粉的张寡妇，话里有话说，吴师傅，我给老板娘说一声，现在没别人，再一挨，街上可就热闹啦。

吴瞎子好像听懂了段长松的弦外之音，无可奈何地拾掇他的二胡、装彩头的铁皮盒子，还有敲路的竹棍。

张寡妇求情似的说，段所长，你先走一步，我给吴师傅下碗面吃，他还没吃早饭，我保证他吃完就来。

段长松领着吴瞎子是不太好看。他稍微犹豫一下，最后同意了。他对张寡妇说，这件事希望还跟上次一样，保密。

在派出所，段长松和吴瞎子的对话听起来有点像打哑谜。

段长松说，吴师傅，说起来，我们两个人的职业有相近的地方，都是在算计着人和事。

我哪敢跟你比。吴瞎子谦虚道，你是正当职业，我这在三教九流里摆不上台面，挣钱糊口而已。

今天把你请来，我也想打肿脸充胖子，给你算一算。如果算准了，还请吴师傅爽快地应答一声。

天气并不热。吴瞎子的手抬起来，在额头拂过一把汗。

段长松说，吴师傅最近应该进了一笔小钱，是偏财。

我天天算命打卦，进的都是小钱。

那是你的正财，我说的是偏财。段长松强调，比如说，随便帮人家租趟车，钱就轻松赚到手了。

看段所长说的，这样的好事哪轮得上我这个瞎子？我除了死记硬背照本宣科哄人家几个钱外，再没捞钱的路子。

有的人是手不干净，可吴师傅是鞋没擦干净，连裤腿上都糊着泥巴。说起来，也真是为难你了。祝根太缺德，他不该拉一个失明的人垫背。

吴瞎子的脚像遭到土蜂蜇着，挪动一下。

段长松说，有些事情是逼着干的。比如说，包皮该割了，没钱哪行？段长松的话像一根针，捅穿了吴瞎子这只气球。

站在山顶好唱歌，碰到高人好说话。我只问段所长一句话，进去得多长时间？

要看是谁。像吴师傅这么聪明的人，打个转也是有可能的。你说过可以帮我，我当然也应该帮你。来而不往非礼也。

不多说了，你拿纸笔记。段所长，我是没办法啊，儿子的病……我鬼迷心窍……吴瞎子的嘴角在不停地抽搐，他的双腿像被人抽去骨头，软塌下去，委顿在地上。

不忙着，段长松扶起吴瞎子，我们先谈谈仇老师。他那么一早上打电话给你，一定是有什么重要事情。

旁边负责记录的小田颇有疑惑。按说，吴瞎子应该先把自己的问题交代清楚，然后才能检举仇老师。段所长为什么反着来？

我和仇老师是熟人。他遇到难处都找我算命，他的命运又好又不好。

吴瞎子的话很辩证。

说他好，老师当然好，教人子弟，为人师表，日不晒雨不浇，轻松拿工资。说他不好，他总是不顺。先离婚，再婚那年又出车祸，我都给他算准了。

所以，他很相信你。

是的，那天打电话，他说遇到了麻烦。说是有人陷害他强奸女学生。我一听，就感觉事情不妙。

怎么个不妙法？

段所长你想，这样的事是随便说的吗？他如果真没干，肯定不会问我。有句俗话说，心中无愧，哪怕打雷。无风不起浪，仇老师肯定没干好事。

你当时这么说的？

我没那么蠢。仇老师说派出所没找他，问我会不会有麻烦。我分析，派出所可能是没有足够证据，才没动他。我告诉他，如果三天过去后警察没找他就平安无事了。

你怎么敢肯定三天？

办案讲求神速，这种案子三天不抓人，多半成了夹生饭。看来，吴瞎子在街上这些年没白混。

段长松一想，时间都过去了五天，仇老师肯定相信了吴瞎子的鬼话。你真的认为他平安无事？

段所长，强奸八辈子缺德，那是大罪，没证据的话我哪敢乱说。

事情很巧，仇老师就在这时候又给吴瞎子打来电话。吴瞎子的电话让段长松收了放桌上。段长松说，吴师傅，仇老师的电话，你接吧，不要说你在派出所，好好开导开导他。我也想听听。说着，段长松把吴瞎子的手机摁到免提位置，并同步录音，让吴瞎子对着说。

我要立功！吴瞎子会意。

喂，我是仇老师呢。

这么早，有事吗？

没别的事，就是感谢你啊，吴师傅，你说过三天没事就平安无事，现在都五天了。你成了神仙，我要买烟给你抽。

哦，是这样的，仇老师，我那天算错了，周六、周日派出所是休息的，不能算在三天之内，你如果今天没事就真的没事了。

你的意思是说，我还可能有麻烦？

好歹过了今天才算。仇老师，有没有麻烦要看你是不是真有事。时真命不假，时假命不真。你得跟我说真话，我才算得准。

这个……是这样的……哪里真有事？仇老师在电话里吞吞吐吐。我给你吴师傅过实话吧，那天确实没干成，我本来可以开处的，门卫那个死婆娘跑来寻魂，下面老二不争气，老不来事。幸亏它不争气，否则死翘翘了。你有什么好主意吗？

你既然没干成，怕个卵？警察找到你，你就实话实说，强奸，光脱了衣服只接触应该不算的，进去才算。

你的意思是说没进去不算？

当然不算，我想，就算也只能算一小半，够不上坐牢吧。

……

段长松有底了，马上安排教导员和小田去学校传讯仇老师。仇老师听了吴瞎子的话，心里有底气，很自信地跟警察走。

进了派出所，教导员和小田领着仇老师从走廊上过，他看见正在接受调查的吴瞎子。这是段长松着意安排的。

仇老师，为什么把你叫到派出所来，你自己心里应该很清楚。段长松聊天似的开头。

那件事情是别人陷害我的，公安机关要为我做主。我堂堂人民教师行得端走得正，不可能干出那种为人不齿的事情。

段长松听着仇老师的话，心里有点作呕。他说，我们也正是想澄清这件事情，有人报案，我们就得作为，我也是职责所在，请仇老师理解。

当然理解。仇老师说，不知道段所长要我怎么配合？

其实很简单，你只要如实把那天的事情说清楚就可以了。请注意，我强调的是如实。

吴师傅怎么在这儿？你们找他有事吗？仇老师是在摸段长松的底细。

哦，是这样。段长松敲打仇老师说，许多心里有鬼的人都把算命先生当成救命稻草，许多时候，吴瞎子那里有我们需要的线索。我们会不定期地请他来。你看，都绕到哪儿去了，我们还是谈正事。

仇老师避重就轻，把事情的经过瞎编了一遍，最后说，女孩有检查结果，这能说明所有问题。

对！检查结果对你有利，对我们办案也有说服力。但是，人家对事情的真相有怀疑呀，按你刚才说的，也存在逻辑上的自相矛盾。我们不把事情给人家说清楚，怎么证明你的清白？

段所长，我真的没干成，是门卫陷害我。

她为什么要陷害你？而不是别人？

仇老师想了想，说，她早就有意勾引我，可她胖得像猪，看着都叫人恶心。见我不上套，就来这么一下……她是心理不平衡。

段长松心里想，仇老师简直成了一条疯狗，在编瞎话乱咬人。嘴里却说，我也相信你没干成，处女膜证明了一切，没干成才是最关键的。仇老师啊，我想帮你，但你不配合，我使不上力。

仇老师怀疑吴瞎子已经出卖了他，但他猜不透段长松心里到底还揣着多少底牌。段长松的话让他心里的压力减少许多。他说，段所长，我对你讲实话，我当时产生过邪念，我真该死……

顺着这句话，仇老师把事情的枝枝蔓蔓大体招了。他平时不学法，哪知道按刑法规定，他的行为已经构成强奸。

吴瞎子的事也水落石出。

祝根出来和吴海亮搅在一起后，一直叮嘱海亮不能把盗牛的事告诉瞎子爹。

吴瞎子差不多是公众人物，祝根进去前偶尔找他算过命，让他指点迷津。吴瞎子对祝根自然也了解，乡里的鸡鸣狗盗之徒就那么几个，他们都装在吴瞎子心里。他们的屁股一撅，吴瞎子就知道拉什么屎。出来后的某天，祝根上街请吴瞎子卜卦，问求财哪个方向吉利。吴瞎子听出是祝根，心里开始一惊，问，小兄弟，几时出来的？满了吗？这日子过得真快啊。

祝根佩服道，吴师傅，我看，你可以当神仙了。前年你给我算命，说有三年牢狱之灾，只一个月就兑了现。

不对嘛，吴瞎子回忆说，才只两年多点。

祝根纠正说，判三年，减了几个月，表现好嘛。

现在哪里发财？

还干老本行。

吴瞎子知道，祝根的老本行是偷牛。他正色道，你就不怕再进去？

怕有什么用？我没钱。

当时，吴瞎子也正为海亮割包皮缺钱发愁。他心里感慨地想，钱这东西坏就坏在名儿上，“钱”与“欠”谐音，对每个人来说，钱永远都是欠着的，永远都不会满足。要不然，那些贪官怎么就收不住手脚！

祝根说，吴师傅，你能不能帮我一个忙？白天不耽搁你的生意，晚上做。

吴瞎子知道祝根不干好事。他说，我一个瞎子能帮你什么忙？你找错人了。

你帮我一次，给你三百元报酬。

吴瞎子这几天生意寡淡，按约定，姐姐上场拿钱的日子就拢来了。没有钱，海亮的包皮没法割。吴瞎子紧急需要这三百元。

祝根要帮的忙是租车。吴瞎子纠结了许久，才说，我只是帮你租车，你给我辛苦费，其他的事我都不知道，而且我们说好就这一次。

吴瞎子的道行果然很深，祝根并不点破他。他们的合作很成功。就在当天晚上，吴瞎子接到了祝根的电话，让他半夜里租车赶到月亮坪村公路边……

八

接连两天，乡街上都没见到吴瞎子。

按说，神仙湾偌大一条乡街，多个人少个人并没什么，更何况是个瞎子！可是，少别人行，少吴瞎子不可以。乡街上的人都习惯了吴瞎子的存在，他用二胡“锯”出来的《洪湖水浪打浪》已然成了这条乡街上不可或缺的音乐符号。人就是这样，当一种习以为常的生活秩序突然改变时，总显得别别扭扭，甚至不知所措。尤其是那些算命打卦的人，在张寡妇餐馆的阶沿边没见着吴瞎子，像一只只失魂落魄的苍蝇，都表现出无措和失望。他们的牲口不见了，需要吴瞎子指路应该往哪个方向去寻找；他们的儿女婚期在即，要请“吴师傅”帮忙合八字，择个良辰吉日；就连有人夜里做了噩梦，也得请他测测吉凶，把郁积于心的疑虑化解消弭。现在，吴瞎子不声不响地消失，连个口信都不丢下，人家多不方便！人们到处打听，可谁也说不清吴瞎子的去向，问张寡妇，张寡妇知道吴瞎子去了派出所后再没回来，但段所长有过暗示，让她保密，她也只好把嘴皮子像腌菜坛子一样捂紧。于是，留给人们的只有猜测：吴瞎子是不是回家有事呢？不对呀，他一个瞎子，有事也不关他什么事！或许是他病了，正在哪家医院治疗？

乡街上的人哪里知道，短短几天里，吴瞎子经历过一场牢狱之灾。

很显然，吴瞎子是祝根盗窃耕牛案的同伙。他明知祝根盗牛，却亲自租车按约定时间赶到案发现场公路边，接应并运输赃物，后参与分赃。犯罪事实非常清楚。可是，段长松决定把吴瞎子捞出来。他已经在卷面上做够了文章。吴瞎子咬死不承认知情，坚持说自己只收了三百元劳务费，然后帮助祝根联系一辆四轮车“拉货”。段长松并未深究，他心知肚明地打了马虎眼，顺着吴瞎子的意思形成案卷材料。这就为段长松给他办理取保候审留下了足够的法律空间。吴瞎子的残疾人身份是明摆着的，他没有前科，在盗牛案中仅仅只是从犯，而且就参加了一次，得的钱很少。更重要的是，吴瞎子有重大立功表现，按照段长松的逻辑，仇老师的强奸案是吴瞎子协助公安机关破获的。这样的人符合从轻或减轻处罚的刑罚原则。

在公安局法制室，段长松用各种理由坚持给吴瞎子取保。法制室主任开玩笑说，段所长，我真搞不明白，一个瞎子，值得你下死力保他。

不是我要保他，按照他的交代，把他定成同伙证据不足。

主任说，吴瞎子在本案中绝对是知情者，这个细节你们没问开。

段长松装傻说，老兄办案子就这个水平。

不是水平问题，而是你刻意为之。在我面前，你就别要小聪明了，我按你的意思办就是。

本该刑事拘留的吴瞎子最后变更强制措施，改为取保候审。

离开法制室的时候，段长松给主任丢底说，这吴瞎子，是我安插在街面上的线人，辖区内许多鸡鸣狗盗之徒都相信他的神算，他帮我的忙不少啊。仇老师的强奸案就是他协助我们破的。小田这才明白过来，为什么段所长坚持让吴瞎子举报在前。

狗日的祝根，把吴海亮害了不算，还把吴瞎子拉进来。段长松在处理这起案子时小心翼翼，他不忍心看着父子俩同时落进浑水。吴海亮参与多起作案，没有法律的空子可钻，他的牢狱之灾是免不掉了。段长松反复交代手下，千万别把吴海亮参与作案的事告诉吴瞎子。教导员说，瞒得过初一瞒不过十五，案子一破，马上就会传到吴瞎子耳朵里去。还不如趁早告诉他，让他有思想准备。段长松却不以为然，他的意思是瞒住一天算一天，等吴瞎子知道后，那是他的事。

在看守所，吴海亮得知祝根把瞎子爹拉下水，指着祝根的鼻子破口大骂，你真不是东西，老子出去后找你算账！

第三天大清早，乡街上依然传出吴瞎子的二胡声。

吴瞎子总算回来了。人们都轻轻舒出一口气，有一种走出失落后回归生活的感觉。只有少数几个略懂音乐的人听出，吴瞎子的二胡声远不及原来轻快，带着某种说不清的滞涩和凝重，好像夹杂着主人的心思。

派出所的门前连续热闹了两天。

先是那几个被盗耕牛的村民组织一帮子人到派出所燃放鞭炮，送锦旗。他们的鞭炮摆满了半条街，鞭炮炸响的声音让街上居民的耳朵失聪半天，淡蓝色的烟雾弥漫在乡街上空，和雾岚一起遮蔽了头顶的蓝天和阳光，硫黄和硝铵的气味飘荡在每个角落，有轻度鼻炎和其他不适病症的人不断地咳嗽、打喷嚏、流眼泪。永远快乐的只有那些小屁孩，他们撅着屁股，抬一只手臂挡住炸飞的碎纸，抢捡那些没有炸响的鞭炮。不要抢，当心炸着！一年中，这样的日子对孩子们来说不可多得，他们自得其乐，对大人的喊叫充耳不闻。

紧接着，由乡人大主席出面，组织了一场更具规模的活动。人民群众感谢公安机关将涉嫌强奸的犯罪嫌疑人绳之以法。乡里唯一的一支腰鼓队都出场了。人大主席和人大代表们走在前面，他们抬着一块匾牌，上面喷绘着“铁警神探，保民平安”的字样。腰鼓队员都是上了年纪的大妈们。她们都化着淡妆，上身穿丝光面料的白衬衣，下身穿蓝色扎脚裤子，连头上的发型都统一起来，在后脑上绾成发髻。一年中，在街头闹市露脸的机会不是太多，她们都很在乎这样的表演，她们尽量在褶子脸上弄出青春喜庆的气息，表情和动作都很夸张。人大主席办事很有头脑，他还请了电视台记者摄像，街上照相馆的老板也跑前跑后地抢镜头。交接匾牌是在电视台记者的刻意安排下摆拍的，段长松和教导员着装整齐地等在派出所门口，他俩从人大主席和政法书记手中接过匾牌，先腾出一只手敬了一个标准的礼，然后和领导长久地握手，最后和两位乡里领导并排合影。看得出来，为了造出一个和谐喜庆的场面，他们每个人都在努力地“笑一个”——茄子！

热闹过去，街上纷纷传说，派出所接连破获的系列盗窃耕牛案和仇老师强奸案都是吴瞎子协助段所长他们干的。原来，吴瞎子还有一个并不为人所知的神秘身份，他是派出所安插在街面上的卧底，从乡街上“失踪”那几天是去干大事了。如果没有吴瞎子的神机妙算，警察至今都只能干瞪眼。吴瞎子才是侦破案件的功臣！和他比起来，警察算什么？他们鸟都不是！

吴瞎子原来这么厉害，乡街上的人原先怎么就没看出来呢？没看出来不要紧，现在有事赶紧去找他算算就是。于是，吴瞎子的生意奇好，窄窄的阶沿上总是不断人，尤其每逢场期，算命的人排着长队等。据说，吴瞎子现在调子蛮高，收费标准也有所上调——原先算个命收价十元，现在涨到二十元，碰上命好的还要另算喜钱。另外，碰上场期人多，他每天只限算五十人，害得那些急于算命的人发了疯地往前挤。

吴瞎子成了远近有名的神算！

段长松所长平时没事，还是习惯性地在街上走走。好几次，他都想走近吴瞎子身边，问他一些近况，但总是远远地看见吴瞎子身边围着算命的人，他想了想，最后还是转身离去……

绝 密

一

五点钟，郭梦正走出局长楼。

钱副局长的办公室在六楼。局长、副局长们都在这层楼办公，六楼便称局长楼。六六大顺，财源顺，仕途顺，爱情顺，身体顺，连打牌手气也顺……数字吉祥样样顺，局长们都信这个。

回到自己办公室门口，郭梦正一手端水杯（水杯是钱副局长给郭梦正沏茶时用的一次性树脂水杯，郭梦正习惯将自己用过的水杯随身带走，他从不给领导留麻烦），一手掏出钥匙刚要开门，麦苗打电话要他回家吃晚饭——回来！只说出简短两字就挂掉，口气没商量。这是他们夫妻间约定俗成的小秘密——家里来重要客人了。

郭梦正是蒙城县公安局治安大队大队长。治安大队的主要职责是维护社会治安秩序，预防和制止一切可能发生的违法犯罪活动。在公安机关，它不像刑侦、禁毒、巡警那样冲冲杀杀，呼隆隆把动静闹得很大，碰到上档次的刑事案子，一般都要移交给兄弟单位办，砸手里的往往只剩那些扯皮嚼筋的鸡零狗碎。它也不像户籍警和片儿警那样，与老百姓交往密切，打成一片。治安警察定期不定期要进入某些特殊场所“检查”一下，遇到那些可大可小的报警，他们还得雷厉风行充当恶人。所以，相较而言，治安大队在公安机关是个费力不讨好的警种，郭梦正和他的兄弟们不大受人欢迎。这么说，郭梦正这个大队长似乎也当得没什么意思。

No，你错了！

事与事不一样，人和人更不一样。在蒙城县公安局，治安大队长的位子成了郭梦正屁股下面的铁交椅。他连续送走三届局长，在全局二层骨干中成了绝无仅有的老资格。曾经也有新局长履任后想把郭梦正的位子换一换——一个人老坐一把椅子，他不吃力，看的人还吃力呢。结果权衡来权衡去，再也找不出比他更适合的人选，最终只好作罢。并非背景硬，也不是手腕粗，说到底还是郭梦正为人实诚，干工作没挑剔。早些年，他带领大队创造的“家长责任制”管理经验被推向全国，占领过各大新闻媒体的头条版面；前年，他们总结出“城镇小旅馆规范化管理”的经验又在省里一炮打响，还开了现场会。这样拿得出手的成绩，让每届局长笃信：郭梦正这人不仅能做事，而且会做事，把他调离治安岗位实在可惜。

诀窍也是有的。在治安口苦心经营十多年，郭梦正在社会面早织下一张网。这张网的每一根丝线就像蜈蚣身上的触角伸向社会的犄角旮旯，让郭梦正时刻保持信息畅通，耳聪目明，一打一个准。因此，郭梦正每天都很忙，只要哪根线的源头动一下，他就要循线追踪，用他的话说，这叫抓主动。而且，这类工作大多只能安排在晚上进行。所以，他一般不回家吃晚饭，没特殊情况，麦苗也不会打电话催他。除非家里来了重要客人，非回家不可。

就像今天，三姑姑上门来了，他不回家吃晚饭无论如何是说不过去的。连麦苗都知道，这个三姑姑在郭梦正心里的位置有多重要！

二

黑山乡的廖金发最近闹得挺厉害。

他白天缠着华乡长要求结账。华乡长下班后开着小车一溜烟回了县城家里，廖金发晚上就把被子搬到乡政府门卫室睡觉，前后有了五天。门卫姚老头直接向华乡长诉苦说，如果还不想办法把廖金发轰走，他这门卫工作就没法干了。廖金发不走，他只好走人。

华乡长嘿嘿笑。姚老头的话他半点不怵——乡政府已经欠下姚老头三个月工资，他如果就这么不辞而别，等于白干一季度。所以，华乡长心里有把握，刀把儿捏在他手里，只要乡政府不拿钱，姚老头和廖金发一个都不会走，撵也撵不走。于是，他跟姚老头半真半假开玩笑，姚伯，现在门卫室一人变成两人，一岗换双岗。廖金发等于是我们乡政府增派给你的治安力量。你是要开工资的，人家可是义务协防，两人搭伴，我看很好嘛，别计较了，人要知足。

好个屌，姚老头有气，廖金发几天不洗漱，开门就拉尿，浑身的臭味儿能把蚊子熏死，谁受得了？

华乡长当时正吃苹果，他眉头紧蹙，喉咙里翻涌一下，像有什么物质泛上来。他把剩下的小半边苹果扔进垃圾篓，回姚老头，只听说人脏水，没见过水脏人的。他廖金发自己受得住，你就不能坚持一下？

姚老头进一步诉说，廖金发夜里睡觉打呼噜，鼾声比野猫子叫春还厉害。我几夜没合眼，白天值班像吊死鬼，打不起精神。要是工作上出什么差错，把坏人放进来搞破坏，你华乡长可别批评我喽。

华乡长很年轻，喜欢打哈哈。据说，这也是他应对各种复杂矛盾和问题时屡试不爽的惯用招数。他指点着姚老头哈哈笑，姚伯，真还让你说对了，那个廖金发正是坏人，你现在的任务就是盯住他，如果发现他干坏事，就直接打电话向派出所报警，让警察抓人。

姚老头不识时务地说，廖金发说你们才是坏人，他还点名说你华乡长跟黑社会……姚老头没让自己的嘴巴放肆下去，马上夹紧舌头，把后面那些难听的话堵住。

华乡长脸色冷峻，冷得像上了一层霜。最后，他说了句赖皮话，熬吧，再熬几天，他会自动撤退的。

廖金发本是黑山乡一个小包工头。金水乡有个十公里村道的建设项目，早已纳入县里扶贫开发计划，进了财政笼子。廖金发不知通过上面哪层关系在众多竞争者中脱颖而出，拿下这项工程。招标的程序表面上走得顺风顺水，可华乡长作为甲方法人，在整个过程中失去话语权，让廖金发不明不白中标。廖金发这人很不懂味，这一点令华乡长感觉颇为蹊跷，也不舒服。所以，华乡长要给廖金发上一课，让他长记性。廖金发落到现在这步田地，明眼人都知道，应该是华乡长在故意玩他。项目是乡政府的，乡政府才是甲方，按照承包合同，乡政府负责沿线的征地调整和补偿，确保施工不受影响。廖金发先带资施工，待工程验收合格后，县里按政策分期分批将资金拨付给金水乡政府，然后由甲方和乙方结算。表面看来，事情并不复杂，廖金发先投资后受益，乡政府招商引资为民办好事。可是，廖金发从泥水瓦匠干起，在建筑工程行当里小打小闹十几年，他知道其中的水有多深。到了人家地盘上，人人门前三尺硬土，老百姓随便出道难题，你就搞不掂。比如说，你修路要从人家菜园地里过，可以，但你得拿钱。征地补偿国家有标准，人家不依，人家要按自己的标准来，钱不拿到手，你就别想开工。他们随便使出一招阻工的办法，比如说把风吹草动的老头子老婆子往工地上一抬，施工的挖机就寸步难行了。再比如，你在人家屋门口施工搞建设，农民工要到工地上就近干活，你是不能拒绝的。这倒无所谓，反正修路要劳力，雇哪儿的劳力都一样。问题在于雇别处的劳力，工价每天只要一百二十元。当地人可不干，非得一百五十元不可，而且雇不雇由不得你。他们干不成，别人也别想干。莫以为你手里有合同，那是你们甲乙双方的，不关他们鸟事。人家不吃合同那一套，只吃人民币。所以，廖金发背着乡政府暗地里还得请出第三方——从当地找出一个能一言九鼎的代理人——廖金发把这个第三方称之为“影子”。

廖金发找到的“影子”是金水乡的白守利。这个常年剃光头、膀子上文身的哥们儿背景较深，在金水乡能裁判一些事情，有人暗地里把他叫成“影子所长”。据说，有些事他说了，往往就是最后裁定。廖金发需要的正是这种得力干将，他对白守利很满意。背着乡政府，他居然和“影子”签下一份合同，里面塞满白守利的霸王条款。廖金发之所以把老本赔进去至今结不到账，就是这个合同埋下的祸根。想不到廖金发行走江湖几十年，最后阴沟里翻船，让白守利这小子玩了。

廖金发的工程已经验收合格半年，他到县里查过账，该付的五百万元工程款已经全部转到乡政府账上。可是，他至今只领到五十二万元。有人私下里给他透信，说白守利反而领走了一百多万。廖金发找到华乡长要求结账，华乡长承认，钱是到了乡财政所账上，但是，要想把账结清，白守利必须到场。廖金发问华乡长，合同是我和乡政府签的，我是唯一的乙方，怎么扯到白守利头上去了？华乡长哈哈笑，我也不知道，人家手里有合同，合同上有你的亲笔签名。这个问题我还想问你呢。廖金发来火了，现在是我问你，你先回答我的问题。就算白守利手里有合同，也是我和他之间的事，与乡政府屁关系都没有。华乡长还是笑，他说，你不要发火，你一发火我就想笑，我一笑你就会误认为我不严肃。

你最好还是去问问白守利吧。廖金发说，白守利从乡政府拿钱，我这个乙方可以不到场，我拿钱反而必须有他在，这是什么强盗逻辑？我看你这个乡长不懂法！是吗？华乡长这次笑得更阴，盯着廖金发看许久，光摇脑袋不说话，笑得廖金发马上崩溃。廖金发求爹爹拜奶奶，白守利始终不肯现身，开始还接电话应付几句，后来干脆玩失踪，将廖金发的电话拉黑了，打过去，嘟嘟嘟一片忙音像煮粥。

情况如此糟糕，廖金发才不得已背着铺盖卷在金水乡政府门卫室“驻扎”下来。看架势，他准备打一场持久战。

郭梦正对金水派出所反映上来的这个治安情况了如指掌——他有他的情报来源。他觉得金水乡政府的做法有点过分了，弄不好会惹出麻烦。刚刚过去的这个下午，郭梦正向分管治安工作的钱副局长汇报，主要就为这事。

三

拧开门，郭梦正第一眼看到的是窝在客厅沙发上的那团白头发，以及和白头发连缀着的那架枯萎的身体。他认出这个老女人就是三姑姑，笑着叫一声——十多年不见，想不到三姑姑竟老得这么快！

三姑姑显然想从沙发上站起来，可她蹭了一下，没成功，再努一把力才起来，身子却还晃悠，差点没稳住。她急忙伸左手扶住脑袋，停顿几秒钟，喉咙里咕嘟出一个嗝来。三姑姑大概是想上来帮换鞋的郭梦正接包，稍微走得急了点儿，右脚踢着沙发旁边的帆布背包，拖鞋脱落，赤脚踩在茶几前的地板上。凉意袭上脚心，她就像踩着一颗地雷，定在那里不敢动弹。郭梦正趋步上前，搀扶着三姑姑，帮她把拖鞋钩回来，重新套上。

麦苗听到客厅动静，从厨房内踅出，在围裙上擦着手告诉郭梦正，三姑姑晕车很厉害。三姑姑补充说，从没坐这么远的车，早上吃过两粒晕车丸，还用创可贴封了肚脐眼，都不顶用，上车就呕起，一路呕到县城，只差把肠子呕出来，这就是农村人的土命。

郭梦正说，晕车哪分农村人和城市人啊，就是个习惯问题，坐多了，自然不会晕车。我开始进城也晕，而且只晕小车，不晕拖拉机和大货车，人家还笑我土包子呢。

三姑姑笑了。她一笑，脸上就显得轻松许多，皱纹散开，像花儿一样绽放。她对麦苗说，我家梦正从小就会说话，一张嘴巴特甜，小时候，我就看出我家梦正是棵好苗子，将来定有大出息。哎哟，现在你看看，三姑姑当初还是有眼光的吧？其实，三姑姑只是郭梦正刚出五服的远房堂姑，血缘上隔着那么一点儿。要不然，她和郭梦正不至于挨到今天才行走。现在，当着麦苗的面，三姑姑一口一个“我家梦正”，就把中间那点距离缩短了，显得比亲姑姑还亲。

郭梦正骄傲说，我看啦，三姑姑的嘴巴也差不到哪里去，原来，我们郭家人能说会道是有传承的。

麦苗剜了郭梦正一眼，恍然大悟似的，哦，我现在终于明白自己上当的原因了。

上当？你上谁的当了？三姑姑人老实，脑子不会急转弯。

麦苗说，和三姑姑比，我差远啦。

郭梦正嘚瑟道，可惜生米煮成熟饭，有人想后悔来不及了。

臭美吧你，我遇人不淑，只有这个贱命。

三姑姑听出点道道来了，两口子是在正话反说秀恩爱。她对麦苗献殷勤说，你跟着我家梦正不亏，享福了，看这日子过得跟皇宫娘娘一样。

三姑姑，你看到的只是表面现象。麦苗一脸的苦大仇深，控诉道，梦正要官没官，要钱没钱，一天到晚不晓得忙些什么鬼事，还这保密那保密的，好像离开他，天就塌了，地球就不转了。就拿今天来说吧，要不是你三姑姑来，枪都打不着他。

麦苗的怨气又来了。

郭梦正不能由着她的情绪漫滤开来。他揪着麦苗的话尾巴说，三姑姑坐这么远的车，肯定饿坏了，我们吃饭去，边吃边聊。

总的说来，麦苗的心是热的。摊上郭梦正这个谜一样的警察丈夫，她受的委屈比幸福多，而且不足为外人道也。但再有怨言，她也无非嘴碎点，听得多了，郭梦正就只把她的牢骚当作新闻重播。

吃完晚饭回到客厅，三姑姑拉过沙发边的帆布袋开始向外掏东西。三姑姑带来的礼物很丰盛，有蜂蜜、茶油、红薯粉条、干蕨菜……鼓鼓胀胀塞了一满袋。她一件件掏出来，放在大理石茶几上，嘴里不停地解释。三姑姑的每样东西皆有来历，从数量到质量都是有说法的。比如蜂蜜，三姑姑说，整个采蜜的过程我都鼓着眼珠子盯着，质量和卫生有绝对保证，你们就放一万个心，闭着眼睛吃。再比如说茶油，三姑姑居然启用设问句，知道茶油厂怎么掺假吗？我直接拿瓶子从储油缸内舀，他们装好的我不会要，鬼知道他们转过背去会做哪些手脚，我才不会上他们的当。

郭梦正看着茶几上每样东西的成色，知道这些的确都是难得的土特产，上等货。他问三姑姑，很贵吧？

那是当然。三姑姑说，去年蜂蜜还只有七十块钱一斤，今年涨到八十了。茶油也不便宜，我们尽管是熟人，少了五十元人家都不卖。

郭梦正说，三姑姑，感谢你给我们带来这么多货真价实的土特产，但我把话说前头，这些东西我都要算成钱付给你。

梦正，你说这话三姑姑不爱听。这些东西出在我们山上，城里拿钱不定能买到。我头一次跨侄儿家门槛，总不能两只肩膀抬张嘴空手进门，别钱不钱的，你要提钱，当心我骂你。

麦苗说，三姑姑，你的心意我们领了，但钱是一定要给的。这么贵重的礼物，不是点点钱，更何况你是花钱买来的，又不是自产，人老财不来，你和三姑父挣钱不容易。

三姑姑说，难得麦苗侄媳这么知书达理，其他的话就不要再说了，我和你三姑父是穷点，但也不差这几个钱。

郭梦正还想说点客气话，三姑姑发话了。我这次来，是有重要事情求我家梦正帮忙……

这就对了。郭梦正心里有数，三姑姑无事不登三宝殿，她必定是带着使命来的。刚才这些土特产就像一篇文章的开头，只是一个精心设计的悬念，后面引出的才是主题。

很可惜，三姑姑的事情有点棘手，解决起来难度大着呢。她给郭梦正出了道不小的难题。

四

听完郭梦正的汇报，钱副局长犹豫着说，这件事我已有所耳闻，但详细情况不太清楚。

钱副局长的话尽管听上去随意，郭梦正还是有种意外的感觉——这不符合钱副局长的处事风格。共事多年，他简直成了这个顶头上司肚子里的一只蛔虫。或许是职业使然，钱副局长对可能涉及治安稳定的情报信息一向如临大敌，他的工作理念是宁可信其有不可信其无，防患于未然是他指导工作的基本原则。放在以前，像廖金发这么敏感的信息，钱副局长只要听闻，会在第一时间做出强烈反应，紧急召见郭梦正研究对策，并拿方案付诸行动。这回不知怎的，他在这样操蛋的信息面前显得出乎意料的超然和淡定，让郭梦正摸不着头脑。

两人之间的沉默很短暂。钱副局长率先打破，郭大队，你对这件事情有什么看法?

钱副局长来历不明的沉静让郭梦正心里没底，他把皮球踢回去，我没什么看法，专门给您汇报，就是来请示的。

钱副局长用右手食指点着郭梦正，你这个人呀，就是心细如发。当然喽，干我们这行的，还就得需要你这样的人。你想听听我的意见，是吧？那好，我就表明态度。钱副局长端起茶杯抿了一小口，然后说，在这件事情的态度上，我是同情廖金发的，我对金水乡政府的行为有看法。人家的工程已经验收完工半年了，资金也全部拨付到位，凭什么拖着不给？人家银行里还欠着贷款呢！当初，为拿下工程，廖金发带资施工，现在填着利息天天找乡政府催账讨钱，这不坑人吗？我可以大胆臆测，华乡长和那个姓白的之间有猫腻，他们在拿廖金发当猴耍。可能觉得应该调整一下情绪，钱副局长语气缓下来，是不是这样，你认为呢?

贷款修路，这是钱副局长传递出的新信息，这样的细节连郭梦正都没掌握。看来，钱副局长对廖金发了解得并不比自己少。郭梦正更加疑惑了，钱副局长既然知情，为什么还说只是耳闻、详细情况不太清楚?

钱局长，您说的正是我的心里话。郭梦正牢骚说，每每碰到这种事情，不管有理无理，上面总要求我们维护政府的权威。可是，他们哪能理解我们的难处啊。

你有这样的认识我很高兴。钱副局长打断郭梦正的话，我们的宗旨是什么，老生常谈的五个字嘛！所以，任何时候，我们的屁股都不能坐偏，不能一味地为了迎合某些人的胃口，把我们自己放在火上烘烤。梦正啊，过往的经验告诉我们，许多事情本来很好解决掉，可有人硬要积少成多量变成质变，最后闹得无法收场，这样的教训太多、太深刻了。我们应该引起注意。

这样的宏论，钱副局长只在酒酣耳热之际才激情发表，平时很少听到。今天不知受到什么刺激，郭梦正有些懵懂，他只有点头的份儿。

你看，谈来谈去，我们讨论的都是些形而上的问题，还是扯具体工作吧。廖金发想得太天真，以为抱着铺盖卷在乡政府门卫室睡几夜就能拿到钱。如果世界上有这么便宜的好事，人人都可以到县政府门口睡大街，发财了！

郭梦正提出，钱局长，我想明天带队里的小丁到金水乡去一趟。

钱副局长想了想，拍板说，别叫小丁了，我俩去。我要会会那位华乡长。我侧面打听过，据说华乡长年轻有为大有来头，这种人你不一定对付得了。

郭梦正说，不至于吧？这点小事，我看不必劳驾局长亲自出马，您就坐镇指挥，我们先搞一个回合再说。

不行！钱副局长断然否定，郭大队，县里马上要举办柑橘节，稳定可是大事，不能有丝毫马虎。人家耗得起，我们可等不起，你我肩上的担子不轻啊！

事情就这么说一不二地定下来。

最近，县里人事有变动，传言政法委常务副书记拔擢到临县任政法委书记，进常委。钱副局长正在秘密运作，想把常务副书记腾出来的座椅抓到手。县里有领导已经暗示他，操作顺利的话应该不成问题。这样一来，他的副局长位子也挪出来了。给谁呢？当然只能给郭梦正，给谁都不如给他。抓治安稳定这一块，公安局再也找不出比郭梦正更合适的人选，这几乎是县里所有领导的共识。在提拔重用干部的问题上，钱副局长虽人微言轻，但他最有推荐权。

这时候，钱副局长觉得有必要给郭梦正透露一点口风。他说，郭大队，政法委那边近期有动作，听说没？

动作？郭梦正装萌的表情骗过了钱副局长。实际上，关于常务副书记的擢升他早已听到风声。从业务上讲，郭梦正才是真正的情报高手，如果连这么重要的信息都逃过了他的视听，他这个治安大队长真就不称职了。只不过，郭梦正对副书记调任后的人事安排没往深里想——那不是他应该关心的事情，他压根也不会把政法委副书记的异动和自己屁股下的座椅联系起来。现在，钱副局长的话一出口，他隐隐感觉事有蹊跷，心里稍许活泛起来，脸上现出水亮的光泽。

一棋活全局，这是有多米诺骨牌效应的。钱副局长不无兴奋地说，梦正啊，机会难得，我给你算一卦，你恐怕碰上好运气了，你命里主贵人。

钱副局长把话都点到了这份儿上，郭梦正还能不心领神会？可是，这么无厘头的事情，他心里还是拿捏着分寸。他仍然装萌说，跟着您钱局长干，我天天都有好运气。说到贵人，那当然就是您钱局长了。

钱副局长在郭梦正肩上重重拍一把，赞许道，我就欣赏你在任何事情面前都这么有定力。放心吧，好好干工作，但做好事，不问前程。我在任何时候都会挺你。

那就明天上午八点钟，我开车接您。郭梦正恰到好处地转移话题，金水乡那边怎么通知？

钱副局长说，让派出所龙所长给乡政府联系。最后，他叮嘱郭梦正，刚才的话不能外传，仅限于你我之间，连麦苗都要瞒住，这可是绝密的绝密啊！

放心吧。郭梦正指着自己的脑袋，钱局长的话到这儿就进了保险柜。

五

最后，三姑姑从怀里掏出一沓照片。照片的主体背景是一栋东倒西歪的土砖房，正屋三间，左边连着两间偏房，当厨房和杂物间用。二十多年过去，这栋土砖房还深深留在郭梦正的记忆里——那是一个感恩的记忆，是一个终生抹不掉的情结。

郭梦正的高中是在三望坡中学度过的，学校离家很远，有二十多公里山路，没通公路时走一趟要花大半天。三姑姑就住在三望坡半山腰上，站在她家屋门口，可以依稀地望见三望坡中学。那时候，郭梦正一学期很少回家，山路难走倒在其次，家中一贫如洗，回家也未必能如愿以偿取到伙食，他还不如不回。

一个周末，郭梦正恰在街上饥肠辘辘地瞎逛时，碰到上街赶集的三姑姑。亲人相见格外喜。三姑姑搓揉着郭梦正瘦骨嶙峋的肩胛，无尽爱怜地说，梦正啊，你在这里读书时间也不短了，怎么就没想到去看看你三姑姑呢？你看——三姑姑指着半山腰上那栋若隐若现的土砖房说，那就是三姑姑家，不远，只是要爬上坡路。咦，今天是星期六吧，走，跟我回去。

郭梦正其实早知道三望坡住着三姑姑。他只是觉得自己和三姑姑的亲戚关系疏了点。一个读书的穷孩子上门攀亲，无非是要打点秋风。三姑姑如果不认他这个无所谓的舅侄，自己多没意思！更何况还有不知深浅的三姑父。郭梦正虽少不更事，但读书人的穷骨气还是有的。陶渊明尚且不为五斗米折腰，他也不会因为生活费不足而盲目投亲靠友。所以，尽管曾多次萌动过去三姑姑家的打算，他最后都被自己否决了。现在，三姑姑已经向他发出邀请，郭梦正当然打心眼里高兴。看得出来，三姑姑是真诚的，是盛情的。她的话虽不多，但一句一个钉，能揳进人的心里去。人亲骨头香，堂姑也是姑啊。

那次去三姑姑家，郭梦正吃了哑巴亏。三姑姑是个打算盘的持家人，见郭梦正这么好的劳力上山，不想白白浪费，顺便买了一包化肥，要郭梦正帮他扛回家。五十斤，并不重，对一个十六七岁的男孩子来说本该轻而易举。可三姑姑哪知道，郭梦正为了节约口粮，从头天晚上到第二天上午还没进食。他早饿得两眼昏花，走路都踉跄。可他没把自己饿肚的情况告诉三姑姑，硬撑着帮她把化肥背回了家。他放下一包化肥，也放下一摊汗水。三姑姑或许从郭梦正的狼狈样看出蹊跷，对侄儿犒赏有加。她给郭梦正煮了四个糖茶蛋打底，接着刷锅造饭。做着这一切的时候，三姑姑既没商量三姑父，也不用看他的脸色。三姑父一直围着三姑姑转，唯命是从。三姑姑说，水缸里没水了，三姑父马上就找了水桶去挑水。三姑姑说，灶里的火跌下去了，炒出来的菜不好吃，三姑父立马起身去阶沿上搬柴。很显然，在这个家庭，三姑姑内外都当家。这一点，让郭梦正感到宽慰和释然。

那天，三姑姑特意杀了一只正在下蛋的土鸡，另外炒了四个菜，很合郭梦正的口味。吃饭时，尽管郭梦正在心里一遍遍告诫自己：少吃点，斯文点，别让三姑姑和三姑父看笑话，但差不多一天没吃饭的郭梦正怎么也按捺不住强盗一样的食欲，筷子和嘴巴忙得像打仗，接连吃了三大碗米饭。三姑姑一直赔着笑坐在旁边陪吃，她不停地给郭梦正搛菜，碗里都快剩不下了，脸上慈祥的笑容堆得跟饭菜一样冒尖。看着郭梦正饥不择食大快朵颐的吃相，三姑姑善解人意地叨咕不停，梦正，攒劲吃，多吃点，你这个年纪正是长身体的时候，可不能亏了肚子。俗话说，进门三大碗，说的就是年轻人。三姑父一旁笑着，不停地点头，对三姑姑的观点表示赞同。郭梦正受到鼓舞，吃得狼吞虎咽。

郭梦正清楚地记得，那天返校时，三姑姑给他包了三升米和一大钵菜，那些没吃完的鸡肉，三姑姑一点都没留，连鸡汤都给他装上了。三姑姑后来还把郭梦正送了很远一段路。路上，她掏心掏肺说，梦正啊，你要发奋读书，将来考上大学，替你爸爸妈妈，也替我娘家争口气。我们郭家往上没出大学生，希望都寄托在你身上。三姑姑没什么支援你，但饭还是有吃的。回家的路太远，往后，你每周都来，我给你弄些菜和米。三姑姑的话体己而温馨，散发着一种催人泪下的意绪。郭梦正当时鼻子一酸，没忍住的泪水淌下来，咸了一嘴。走出很远，他回头还望见三姑姑孑立在山头上，手搭凉棚目送着他。风把三姑姑零乱的头发拂起，撩开的衣襟扑扇着她瘦弱的身子。在三姑姑身后不远处，那栋蔫不拉几的灰白色土砖房恍然若梦……

往后，郭梦正并没常去三姑姑家。隔段时间他才去一次，每次去，三姑姑都竭尽全力给他弄顿好吃的改善生活，然后让他带着一周的伙食返校。有两次，三姑姑上街，还专门给郭梦正送过东西。

参加工作后，郭梦正常常在梦中与三姑姑和那栋破败不堪的土砖房交集。好几次他对麦苗说，吃水不忘挖井人，做人要懂得感恩，等有了时间一定专程去三望坡乡看望三姑姑，多年不见，也不知两位老人过得怎样。想不到梦中的那栋土砖房竟回到现实生活中来了。此刻，它就落在大理石茶几上，定格在尺幅之间，同一道难题摆放在一起。

三姑姑指着照片说，梦正啊，你三姑姑一家人要电死在这栋土砖屋内，日子没法过了。

顺着三姑姑的指点，郭梦正这才注意到土砖房上面横着的三根“绳子”。三姑姑介绍说，她家的土砖房是上世纪七十年代末修建的，九十年代初，乡里架高压电，测绘的人说，电线跟棋盘上的“车”一样喜走直道，要从三姑姑屋顶飞过去。当时为了改变家乡不通电的落后面貌，客观上三姑姑也不知道高压电会给他们带来潜在的危险，二话没说让农电站把高压线从屋顶架了过去。险情是最近两年才出现的。雷雨天电闪雷鸣，刮风下雨，雷电居然把三姑姑屋顶的高压线多次劈断。通电的高压线垂落在屋前屋后的林子里，烧了三姑姑家门口一片楠竹林和屋后一块杉树林。三姑姑绘声绘色说，梦正啊，你三姑父蠢得跟猪一样，高压线搭在杉树上嗞嗞冒蓝烟，他还要拿竹竿去挑电线，幸亏有人喊住他，要不然，他如今骨头能打得鼓响，坟山上早长茅草了。

三姑姑的讲述听得郭梦正和麦苗心里一惊一乍的。

三姑姑继续说，我们的竹子和杉树烧了就烧了，也不要求人家赔损失，可是，我们要农电站把电线移一下，你猜人家农电站站长怎么说？他说，移电线？你以为是移动一把椅子那么容易吗？那是要花很多钱的。谁出钱？你们出不出钱？三姑姑拍着大腿，数落农电站站长，说他这话说得好没水平。我将他的军，电线不移可以，我们一家人的命谁担保？我们一家人要是电死在屋里，归你负责。你要敢担保，现在就给我写条子，到时候，我只找你，不找政府。

人命关天，这些人也太不像话了。一旁的麦苗对三姑姑表示声援。

郭梦正的额头拧成疙瘩，他对三姑姑一家的处境深感忧虑。三姑姑大概也看出来了，悲情地说，梦正啊，不到走投无路，三姑姑也不会放下架子投奔我娘家侄子咧。

他们谈到很晚，除了家常，最多的话题是围绕着悬在屋顶的高压线，三万伏的高压，五口人命，什么概念？那可真是命悬一线啊！郭梦正做了详细记录，能不能给三姑姑解决问题，他心里真还吃不准——面对电老虎，他没有半点胜算的把握！

六

第二天上午，钱副局长没让郭梦正直接把车开进金水乡政府大院，而是绕进派出所，与恭候大驾的龙所长一起去乡政府赴会。

经过门卫室时，姚老头见是派出所警车，屁颠屁颠凑近车边，想跟龙所长打招呼，郭梦正没把玻璃摁下来，他吩咐龙所长，走，别停下。姚老头干过十五年民办老师，据说转正时，县教育局有人使手脚，让一个领导的亲戚顶了他的指标。为这事，他一直上访不停，成了全县民办教师上访群体的骨干人物。说起来，姚老头曾经和郭梦正父亲同过事，县里查明这层关系后，就把姚老头作为重点包保对象安在郭梦正名下。郭梦正对姚老头恩威并施，联系金水乡政府前任书记，也是他的党校青干班同学，给姚老头安排了现在这份门卫工作，姚老头这才安静下来。然后，他顺理成章被郭梦正发展成安插在社会面的治安眼线。姚老头工作负责任，干得很卖力，关于廖金发的相关信息就是他向郭梦正密报的。

坐后排的钱副局长透过贴纸玻璃向门卫室内的廖金发瞥去一眼，廖金发蓬头垢面，样子很是落魄。他朝警车这边张望一瞬后扭过头去，似有约定一样，并没有拦驾喊冤的意思。龙所长脚下加力，油门一轰警车开进院子。郭梦正与钱副局长的心思不谋而合，他们暂时不想和廖金发正面接触，如果让华乡长揪住什么辫子，往下的戏不好演。

八点半钟，乡政府会议室内，与会人员到齐。人不多，华乡长、钱副局长、司法所长、财政所长、乡政府主管政法工作的副书记，另加郭梦正和龙所长。会议主题单一、明确，华乡长是召集人，也是主持人，开场白自然由他来。

首先，特别欢迎公安局钱局长一行来我乡指导治安稳定工作，解决疑难问题。钱局长和郭大队长才是全县治安口的专家，具有丰富的工作经验和魄力。我相信有公安机关的支持，有钱局长亲自坐镇，再大的难题都会迎刃而解。下面，先请钱局长作指示。说完，华乡长竟煞有介事地带头鼓掌，把会场气氛尽可能往严肃里弄。

华乡长这番话意涵深刻，不光有形式上的客套，更具推脱责任的意味。以钱副局长的老辣，他当然不会上华乡长的套。他摆手止住大家的掌声，看似随意道，华乡长言重了，我这个副局长就是到处救火的消防队长，哪儿有火星子燃起来，我和郭大队长就往哪儿扑打。这次来也只不过是听差遣、尽职责而已。事情已经明摆着，廖金发赖在门卫室不走，严重影响到乡政府正常办公，扰乱了社会治安秩序，我们责无旁贷。大家都知道，柑橘节是我县今年重大的节庆活动，外地橘商纷纷涌入我县，金水乡又是柑橘主产地，弄不好就会损害“全国柑橘之乡”的名誉。所以，县里的要求非常高，一切可能引发治安问题的苗头都要消灭在萌芽状态。我想，廖金发的问题不解决，可能是一个不安定因素。所以，小事不可小视，切忌百密一疏。至于我的角色定位，我不同意华乡长刚才给我戴的高帽子。我特别声明，解决廖金发的问题，我们不会袖手，但乡政府才是名正言顺的主角，我和郭大队长充其量就是个跑龙套的。在此表个态吧，公安机关一定配合好各位的工作，希望在乡政府领导下尽早把问题圆满解决掉。

华乡长第一拳砸在弹簧上，被钱副局长强力反弹回去。他晃动脑袋，语气里不无明显的自嘲，钱局长这么低调，我还说什么好？那好吧，时间往前赶，大家抓紧把情况给钱局长他们介绍一下。

会场沉默，阒寂无声。华乡长的目光绕场一周，见没人吭声，最后在财政所长身上打住，开始点将，你先来。

财政所长发言简单，就是公布了一下账目。他承认关于那五百万公路专项资金已由县财政局全部拨付到位，到目前为止，廖金发分两次签字领取了五十二万元，其中，两万元是施工中从财政所借支的，另外五十万元是完工后领走的。白守利签字领走了一百五十万元，分三次领款。

郭梦正佯装不知情，打断财政所长的话，白守利是什么人？他怎么领钱？

这个……财政所长看着华乡长，支吾道，这个有领导签字，我们只是按指示办事。

华乡长不慌不忙，笑吟吟提示郭梦正，后面会有说法的——司法所长，你接着来。

司法所长刀削脸，鹰钩鼻，《麻衣神相》上说，这种面相的人主刁蛮。他清了清嗓子后开腔，这件事情的复杂性在于廖金发背着甲方，私下里和第三方白守利签了一份合同。如果没这个，一切都好说。该合同中明确约定，在施工过程中，原材料组织、民工雇请和工地秩序均由白守利全权负责，廖金发算半个甩手掌柜，他不给白守利开工资，白守利在该项目中享有百分之十的股权。

郭梦正追问，这百分之十算不算干股？

司法所长笑得比较阴险，如果钱局长愿意的话，可以这么理解。

财政所长接着说，按照这个合同，我们初步算了一下，白守利应拿的部分远超过一百五十万。所以，目前还在可控制范围内，没有廖金发说的那么严重。

钱副局长问华乡长，白守利直接从财政所拿钱是否合适？

这个——华乡长指指司法所长，法律方面的事情我不好说，你给领导解释一下。

司法所长把脸仰起来，索然望着钱副局长，请问领导有什么具体疑问？

钱副局长说，我们都是吃法律饭的。我从你们提供的资料里看到，这项工程的甲方是金水乡政府，法人是华乡长，乙方只有廖金发一个人。以你的职业判断，廖金发和白守利私下签订的合同有效吗？

司法所长说，从法律层面来看，这的确是一份无效合同。但无效是针对双方而言，廖金发也不能拿这个合同说事。

狡猾的司法所长是在打反击，他实际表达的意思是说，既然合同无效，你钱副局长就不应该揪住合同不放。换言之，你围绕无效合同所说的话统统无效。他的话等于是当面掴了钱副局长一个响亮耳光。

郭梦正反驳道，问题是乡政府现在单方面给白守利结账，等于是甲方实质上认可了这份合同的合法性，不是别人要做计较。

嗯，这个，我可以给几位解释一下。华乡长见钱副局长和郭大队长两厢发力，攻势甚猛，司法所长快要抵挡不住，终于沉不住气。他习惯性地挥着手说，白守利是本地村民，对当地情况熟悉，处理某些棘手的事情方便，有利于工程施工。廖金发或许正是看重这一点才和第三方签订合同，他们双方是自愿的，我们认不认这份合同无关紧要，要紧的是他们认。廖金发事前认，事中认，事后不认就是过河拆桥，这是其一。第二，合同中写得很清楚，民工这一块和施工所需的原材料由白守利负责。恰好这两块涉及的人都是本辖区村民和私人老板，他们干了活要按约定领工资，从个体老板那里赊的材料也应该按期付款。要钱的人持着欠条，他们只认白守利，不认廖金发。所以，这两笔该付的钱廖金发到不到场我们都要给，没理由不给。中央有精神，不能拖欠农民工，这个你懂的。钱局长，在处理这个问题上，乡政府有一个基本原则，就是无条件保证老百姓利益不受损失。你可以想想，廖金发一个人拿不到钱，就可以赖在乡政府吃喝拉撒睡，扰乱我们正常的办公秩序，如果所有相关的村民和个体老板拿不到钱，都跑来找麻烦，我们乡政府岂不是翻了天？所以，我们先得稳住大头，解决主要矛盾。从稳定工作计，我想，我们的工作是到位的，我们的出发点和钱局长应该也是一致的。

财政所长接话说，我们目前支付给白守利的一百多万仅限于华乡长说的这两笔钱。

好！钱副局长问，那么，有什么理由不给廖金发付钱？

谁也没说不给他付钱。因为他和白守利有个百分之十的股权约定，这个百分之十是个模糊概念，合同总额的百分之十，还是利润的百分之十？税前还是税后？等等等等，总之，我们不好处理。我们担心廖金发领钱后拍屁股走人，白守利回头找乡政府扯皮。这样的事情以前发生过，我们有教训。反正钱就摆在乡政府账面上，他俩什么时候到齐，什么时候清账。擤去鼻涕脑袋轻，我们并不想拖欠谁。

操！华乡长把自己摆得干干净净。

郭梦正说，按华乡长的意思，现在问题的焦点是廖金发必须找到白守利，共同来乡政府结账。

就这么回事。华乡长坦然道，廖金发光赖在乡政府不管用，他得把他的合作伙伴找来。

乡政府也可以把白守利找来嘛，问题不就解决了？钱副局长有意试探华乡长。

华乡长压根不买钱副局长的账，廖金发当初和白守利私签合同时，他眼里有乡政府这个甲方吗？嘿，现在结账有麻烦，就指望乡政府替他擦屁股，算了吧。我看，他最好就在门卫室睡安稳觉，说不定哪天白守利会自动找上门来。

不就是找个人吗？找白守利就这么难？在场的政法书记一直没发言。他不明就里，把事情想得比较简单，只动嘴不动脑子。

华乡长白他一眼，然后把矛头指向派出所长，找人的事，乡政府没义务，我认为廖金发可以拜托派出所龙所长。警察抓坏人一抓一个准，找个好人还不易如反掌？哈哈，我开个玩笑。

妈的，说来说去，所有问题最后都摊到警察头上。钱副局长很生气。他想，碰上华乡长这种癞皮狗，今天这事不会有什么结果，整个圈套环环相扣，早就设计好了，钱副局长破不开这个局。

会议开得很短，再开下去也没意思。华乡长留钱副局长他们在乡政府吃了午饭再走，说要尽地主之谊。钱副局长气都怄饱了，哪来的心情吃饭！他以时间尚早还有别的工作为由推托。临别，华乡长握住钱副局长的手，诉苦说，钱局长啊，基层工作真他妈不是人干的。你看，一个廖金发就把我们整得焦头烂额。我由此联想到你和手下兄弟们，面对全县错综复杂的治安问题，一年四季都在和这些烂事打交道，真不容易呢。

钱副局长意味深长地说，华乡长，依我分析，廖金发的事情可能没你想象的那么复杂，我怀疑这里面是不是掺杂了人为因素。

你这么认为？我倒想听听。

钱副局长只能点到为止，马上刹车，当然，这只是我个人的一点猜测，姑妄说之，不足为虑。

华乡长想了想，回应道，廖金发其实挺可怜，请您也想想办法，希望能帮他摆脱眼下的困境。说着，华乡长拍了拍钱副局长的肩膀，我知道，您的套路深得很。

华乡长这话听起来软绵绵的，里面其实藏着绣花针，很扎人。钱副局长心里恶骂一句：无耻小人！

最后，华乡长嘴角朝门卫室歪了歪，求助似的说，钱局长，廖金发今天不带走，难道他不够治安处罚吗？

钱副局长暗自得意，玩笑道，他是个缠手货，你想给我喂药吃，我才没那么傻，还是先留在你这儿加强治安力量吧。

回程路上，郭梦正边开车边琢磨着在金水乡政府会上的情景，心里兀自好笑。表面看起来是廖金发向金水乡政府讨账，实际上像红蓝双方对阵斗法。乡政府以华乡长为首，明显倒向白守利那边，而钱副局长和自己则旗帜鲜明地替廖金发撑腰。尤其是华乡长和钱副局长之间的言语撕打互不相让，火药味很浓。郭梦正甚为不解的是钱副局长不仅对廖金发的情况知根知底，而且在对待这件事情的态度上，从一开始就带着毫无疑问的倾向性。他隐隐觉得，钱副局长和廖金发之间有着某种说不清道不明的瓜葛，要不然，钱副局长是不会这么下死力挺他的。

郭大队，你一个人笑什么？

郭梦正回过神来，马上装正经，我没笑。

明明见你笑，还不承认？

真没笑。

我知道你在笑什么。梦正啊，你那点心思瞒不过我的。

郭梦正想起钱副局长给他的许诺，语焉不详地说，还是局座最了解我。

请说句实话，你觉得我们的立场是否有问题？对廖金发不作处理是不是说不过去？

当然没问题！郭梦正很干脆，廖金发才是唯一合法的合同方，他要求乡政府给钱是天经地义的事，告到海牙国际法庭也是这个理。

钱副局长叹一声，梦正，哪有那么多理啊，听我给你说个段子。说是一个年轻人向一位老爷爷问路，老头子，到×地还有多远？老爷爷耳背没听清，你说什么呀？能不能大点声？年轻人又把刚才的话重复一遍。老爷爷手里的棍子戳着地面说，哦，不远了，大概有一百拐杖吧。

年轻人不耐烦了，这是什么屁话？你就不能说成里或公里吗？老爷爷回他说，你也没讲里（礼）呀。

郭梦正笑得直拍方向盘子——高兴时拍手里的物件是郭梦正长期养成的习惯动作。他感慨说，现在真不讲理了，我看那个华乡长和问路的年轻人一个德行。

这里面的名堂很清楚，廖金发拿到工程时绕开华乡长。华乡长回头和白守利设局，用无效合同把廖金发套进去。

郭梦正说，华乡长为什么这么做？

这还不明白，盯着那笔工程款呗。

一个堂堂乡长，这点钱也想伸手捞一把，未免太龌龊了。

钱副局长沉吟道，世界上没有肮脏的钱，只有肮脏的人。人是很现实的动物。在利益面前，有人会把尊严从脸上撕下来，然后把它踩在地上，踹碎——别看他是个人模狗样的乡长。

郭梦正又拍了一把方向盘子，就不能让他的阴谋得逞！

你对这件事情的结果有什么预判？

我看——这次，郭梦正扬起的手没有拍下去，他说，事情不一定那么悲观，廖金发最终或许能结到那笔钱，只是时间问题。

理想主义！你这是典型的理想主义。钱副局长有点激动，姓华的和白守利一唱一和，挖空心思熬着廖金发，就是想逼他让利，最终目的是要把属于别人的蛋糕吃进去一大块——他的算盘打得太离谱了。

进了县城，钱副局长邀请郭梦正下馆子喝一杯。郭梦正说，要下馆子也应该是我请局长，但今天不行，我有特殊情况。

毛主席说，吃饭是第一件大事，什么特殊情况比吃饭还重要？

郭梦正只好据实相告，我家里还有一个重点对象等着呢。

钱副局长愣怔着眼，什么剧情啊？吓我一跳！

郭梦正说，我一个远房亲戚，上访的。

七

第三天是县长接待日，按惯例治安大队要派人进入现场维持秩序。郭梦正觉得，这是一个难得的机会。

要说，三姑姑的事情只算一件正常信访，还不至于和稳定挂钩。郭梦正在车上故意夸大其词，把三姑姑说成重点对象，没想到会让钱副局长揪住不放。听完情况介绍，他追着问，是你亲三姑？

郭梦正说，不是亲三姑，但比亲三姑还亲。

你准备怎么帮她？

郭梦正就把自己的想法说了。

钱副局长说，我们两人想到了一块儿，我也是这个意思。

郭梦正心里没底，这芝麻小事，也不知县长会不会管。

钱副局长很有把握地说，他一定会管，如果换成其他老油条，我不敢打包票。但是，这个县长很年轻，刚刚提拔上来。年轻人希望自己能烧起几把火，树立亲民形象。你明天让三姑姑把材料直接交给县长。电老虎的屁股不好摸呀，这种事情如果没有县长发话，谁都拿不下来。不过，我不同意你出面。

郭梦正表情纠结。钱副局长正好道破他的难处。

梦正，如果没有仕途上的考虑，你亲自出面效果当然会好些。可是，现在是特殊时期，这时候不能因小失大出半点差错。

对钱副局长善意的忠告，郭梦正心领神会。

钱副局长继续支招，让队里的小丁替你顶包，给三姑姑带带路。小丁人品端正，脑瓜子灵活，口风也紧，他办事我放心。

听说要去见县长，三姑姑知难而退。她说，我一个农村老婆子，碰到蛇都浑身哆嗦，哪敢见县长？

麦苗说，县长不是蛇，他也是长鼻子眼睛的人，有什么好怕的？古人说过，当官不为民做主，不如回家卖红薯，就是专说县长的。他是全县人民的县长，也有你一份子。

三姑姑说，就是见了县长，我恐怕一句话都说不出来，还不是白见？

郭梦正抖着材料袋说，不需要多说话，你只要把这个材料交给县长就行了。

麦苗一旁补充道，县长问什么，你就答什么，如实回答。

材料是郭梦正替三姑姑准备好的，他替三姑姑代写了请求电力部门解决屋顶高压线问题的报告，后面附了那些触目惊心的照片。在报告中，郭梦正提出了两套解决问题的方案，要么电力部门将高压线移位，确保三姑姑一家人的生命财产安全；要么由政府出面给三姑姑一家移民搬迁，具体细化到解决屋场和相关建筑材料、适当补偿资金等等。以郭梦正对新任县长的了解以及自己过去工作的经验判断，他认为只要领导足够重视，有八成以上的胜算。

三姑姑听说要让一个生人给她引路，心里不大乐意。她说，梦正，我知道你工作忙，你就不能抽点时间陪三姑姑去见县长？

郭梦正说什么好呢？他总不能把那个最隐秘的原因告诉她吧！不仅不能告诉三姑姑，就连麦苗也不能知道。他思忖片刻，诓骗三姑姑说，不是我不愿出面，这是办事策略。您的事指望这一次不一定能成，我这儿留着退路。实在不行的话，最后还得我亲自出面才行。

麦苗赶紧一旁敲边鼓，三姑姑您放心，梦正他会有安排的，别人的事他都能办好，您的事他敢马虎，我就不饶他。

三姑姑听了这话，心里的乌云散去，脸上也晴了。

戴眼镜的县长斯文、和蔼。看完三姑姑呈上去的报告，他的“川”字眉拧得更紧了，语气凝重地说，老人家，你反映的这个问题很严重啊，一家五口人置于三万伏高压线之下，随时都会有生命危险，可不是闹着玩的。他招呼道，小丁，你过来，刚才是你领来的吧？你先把老人家扶到旁边休息，我安排一下。

然后，县长指定信访局一个年轻干部，马上打电话，叫电力局长过来，就说我找他。

没多久，电力局一位副局长驾到。见县长一脸的不高兴，副局长解释说，局长去市里开会，我替他挑土（挑土是代班的意思），接到指示后立马赶来。县长对电力局长是否在市里开会表示怀疑，但嘴上不能计较。电力部门属市里直管单位，电力局长据说在省里靠山很大，有老虎脾气，年龄也比县长大。县长来蒙城不到半年，和电力局长只照过两面，脸面上看得出来，人家老资格，没把他这个小白脸县长放眼里。

等副局长看完信访件，县长问，你有什么想法？

副局长说，我没想法，听县长指示，我再如实向局长汇报。

县长不客气，别给我打官腔，要你来是解决问题的，没想法你来干什么。我这里不需要传声筒，回去跟你们局长说清楚，这个皮球不准踢。

副局长嗫嚅道，县长，您可能有所不知，这种情况属历史遗留问题，山区普遍存在，只是程度不同而已，解决起来没有先例，而且怕引起连锁反应。

县长说，历史遗留问题就不解决？

副局长说，当然要解决。但解决历史遗留问题的原则是八个字：承认历史，尊重现实。

县长对副局长的说辞颇不满，说，你的理由很充足嘛，但我问你，如果死了人，谁负责？

副局长不含糊，没想过，那不是我想的事。

县长说，我告诉你，高压线是历史遗留问题，但它现在危及人命，这就成了现实。请把我的意思转告你们局长，这个问题要严肃对待。

副局长不做正面回答，他手里还有牌没出完，我们属市管单位，就算解决，也得向上面请示。

副局长这话的意思是公开顶牛了，他压根没把新县长放眼里。县长本想发作，最终还是隐忍下来。他知道，副局长充其量就是个传话的人，他的话都是电力局长教给他的，两国交兵不斩来使，冲他发脾气糟蹋感情。

最后，县长让工作人员做好登记，又在三姑姑的信访件上签下一行字，然后安排小丁复印，原件给电力局副局长，复印件交由三姑姑回执，要她回去等结果，算是对这桩公务交了差。

三姑姑还想问点什么，县长已经开始叫号：下一位，三十六号——

八

郭梦正看了三姑姑带回来的县长签字，心知事情多半无果而终，心里泼烦。他给钱副局长打电话，问他在不在办公室。他要向上司倾诉一下，方可排遣心中的郁闷。

坐定后，钱副局长说，这个结果早在我的意料之中。电力局长是全县最狡猾的一只老狐狸，县长太嫩，立足未稳，怎能驾驭得住他！

电力局长肯定躲在哪儿潇洒，我现在就上手段，查清他的准确位置，然后在县长那儿参他一本，看他怎么跟县长交代。

钱副局长摆手道，冲动！我又要给你说个笑话。

郭梦正说，钱局长，你哪来的那么多笑话？这时候还说，我没心情！

做人要有大格局，越是烦闷的时候，越要自寻开心。钱副局长接着还是说他的笑话。说是有个农人向邻居借蓑衣，邻居的蓑衣明明就挂在墙上，可他睁着眼睛说瞎话，称家里没蓑衣。农人不识趣，指着蓑衣问，那不就是蓑衣吗？邻居脸上的表情复杂了一下，他的嘴角歪了歪，说，是的，我家蓑衣刚刷过桐油，还没干呢。农人纳闷，嘀咕道，我活到一把年纪，还没听说蓑衣上桐油的。邻居无言以答，嘴角歪得更厉害了，不得已对农人说，你怎么非要逼着我说不借呢？我们都留着面子不是很好吗！

钱副局长绕完一大圈，回到原题上来，县长不是傻瓜，他肯定知道电力局长没去市里，只是不想揭他的老底。你再当一回农人，岂不自讨没趣？

郭梦正摊开手，按局长的意思，我三姑姑一家就只能等死了。

不不不，我并不是这个意思。钱副局长连连摆手，要解决你三姑姑的问题，办法倒是有，只是——

钱副局长开始卖关子。

郭梦正说，局长，我还真想不出什么好办法，请您指点迷津。

其实，我也没什么好办法，我这里只有旁门左道。再说，现如今，好办法似乎办不成好事情。冒险的事，不知你敢不敢做。

管他什么门道，能搞定就行。三姑姑对我有恩，花再大的代价，我都要替她解决问题。

钱副局长深意地笑笑，那就不用我教你了，办法都装在你心里。

钱局长这是什么意思？郭梦正有点费解。

极少数缠访者的问题最后之所以得到解决，什么烂招都使了出来。

他们深得猫论之精髓，是改革开放的忠实实践者。这个，你懂吗？

郭梦正终于明白钱副局长为什么不让他领着三姑姑去见县长的原因了。他心里五味杂陈，自己身为治安稳定工作者，难道因为一件小事，非要昧着良心才能达到目的？

钱副局长提醒郭梦正，记住，你千万不要走上前台。小时候看过皮影戏吗？奥妙尽在其中，先琢磨后行动，把功课做扎实点，一个好的导演决定一部大片的成败。

在钱副局长暗示性的话语里，郭梦正变得恍惚起来。他半边脑袋装的是水，半边脑袋装着面粉，然后晃荡成一团糨糊。好了，都不去想它了，还是想点别的事情吧。于是，郭梦正自然而然想到了廖金发。廖金发的事情尚无着落，令他放心不下。他说，钱局长，三姑姑的事先放一放，实在解决不了，还在我的掌控之中，不会给我们的工作添麻烦，我真担心的是廖金发的问题。

不，你错了。这两件事情都重要，必须同时解决！梦正，当前到了关键的时间节点——柑橘节，少不得我们治安大队出力。只要我们把握火候，适当给领导加点压力，问题都能迎刃而解。这样吧，治安大队马上整理出一份《治安要情》，报送县里主要领导和相关部门，让他们心里有数，然后，我们从背后加把火烧它一下。

是啊，华乡长太阴了，应该给他点颜色瞧瞧。

他妈的，屌大个工程，到处都要装香拜佛，哪轮到打点他姓华的？我们当时大意了。钱副局长突然停下来，可能觉得言语有失，马上明说，梦正啊，到这个份儿上，我也实不相瞒，这个廖金发是我一个表哥，当初拿到工程，我暗里帮他出过力，也建议他就地找个托儿，唬住那些贪心不足的村民。没想到他头脑简单，自作主张和白守利签下一份狗屁合同，才造成今天的麻烦。这个廖金发成事不足败事有余，太二百五了。

郭梦正听得头皮发麻，他伸出右手挠痒痒。

钱副局长显然看出郭梦正情绪上的变化，旋即转换口气，我之所以没给你早通气，是担心你工作中有顾虑，你不会有什么想法吧。

想法肯定有了。不管钱副局长言语间如何掩饰，郭梦正还是把其中的利害关系捋得清白。钱副局长和廖金发利益捆绑，说不定，钱副局长才是那项工程的控股方，他们不会让到手的果子平白无故落入华乡长嘴里。

郭梦正揣着明白装糊涂说，钱局长，我所有的想法就是治安上不出乱子。我认为廖金发是有理的，他的合法权益应该受到保护。我这么说，完全是站在工作角度，与廖金发是您亲戚无关。

是啊，正因为我和廖金发是表兄弟关系，这件事情处理起来很微妙，关键时候我不宜出面，还得靠你。廖金发那边如果闹出什么动静，希望你心里有数，务必把握好尺度。

郭梦正试探着问，对方知道你们之间这层关系吗？

钱副局长一脸忧戚，应该是知道的，但华乡长面子上不说破，他们心里是怎么想的我很清楚，就是等着我主动跳出来，想抓点什么把柄，然后达到他们不可告人的目的。钱副局长把一根烟放在鼻子下闻闻，并没点着，然后从中掐断，捻出的烟丝落进烟灰缸里。哼！白守利不过一个地痞流氓，早晚收拾他。华乡长算什么？屌毛还没长齐呢，跟我玩，他还嫩了点。

郭梦正说，钱局长不必多虑，我会抓住机会，把事情处理好。

我相信你的能力。

钱副局长这话是由衷的。工作上合作多年，郭梦正的确是个难得的干将。蒙城县公安局治安大队从没出过半点差错，创造出那些工作经验，连年立功受奖，在省市均有地位。作为主管领导，钱副局长走到哪儿都底气足，脸上风光。他心里有数，这份功劳与郭梦正是分不开的。撇开上下级关系，他俩的私交也非常好。局里许多只能拿到党委会上讨论研究的敏感问题，钱副局长会后都毫无保留地说给郭梦正听。

现在，两件事情把他们捆绑得更紧了。

九

炸药！

半夜里，姚老头的电话把郭梦正从沉睡里惊醒。

长期以来，因为工作性质的特殊性，郭梦正必须全天候待机，而且必须把手机调到响铃位置。这么多年过去，要问郭梦正对什么事物最敏感、最惊惧、最烦恼，毫无疑问就是手机铃声。尤其在夜深之后，那个熟悉的声音一旦响起，睡梦中的郭梦正就会出现幻觉——它就像一道魔咒从地狱深处传来，在无尽的黑暗中穿越时空隧道，直抵郭梦正浑噩的现实生活。

电话那端的姚老头语无伦次地说，郭、郭大队长，不得了啊，我发现廖金发这两天不对劲，刚才就趁他出去上厕所悄悄翻他的包。天哪！你猜有什么？

郭梦正烦死了，耐着性子说，有话快讲，大半夜的，我没心情和你猜谜语。

姚老头这才告知，狗日的里面藏两包炸药。他这是要干什么呀？

郭梦正马上联想起钱副局长说过的话。钱副局长神机妙算，廖金发终于闹出动静来了。他稳住姚老头说，你慌什么？他要炸也不会炸你。

姚老头在电话里打了一个艮，心有余悸地说，炸谁不是炸？我这个情报可值钱啦。即便到这时候，姚老头也没忘记信息费。他必须要提示郭梦正一下。

郭梦正告诉姚老头怎么做，继续睡你的大觉，只当什么都没发现，千万别让廖金发看出什么破绽。一个小时后，我会带人来，到时候你放清醒点，假装上厕所给我们开门。现在是凌晨一点半，记住，两点半以后你要上厕所，别睡死了，听清楚了吗？

姚老头说，听清楚了，不多说了，廖金发马上要回来，那……那我就挂了。

行动很顺利。

郭梦正和金水派出所龙所长带人秘密围住乡政府门卫室。姚老头如约上厕所，里应外合，城门洞开，警察趁机冲进去，将廖金发像死猪一样摁在值班床上。结果，搜查发现，他的包里果真有两包 TNT 炸药，导火线连着雷管，已经安装到位。这两包炸药如果引爆，乡政府及周边民居都足以夷为平地——这是一个不敢设想的治安险情。

行动无疑惊动了乡政府干部。华乡长披衣赶到现场，见过炸药，脸上变成一张白纸。他声音颤抖地呵斥廖金发，你想死啊！廖金发在警察控制下仍挣扎着身子说，老子就是死，第一个就拉着你狗日的垫背。

郭梦正断喝一声，带走！

炸药没爆，却震惊全县乃至市里。钱副局长接到郭梦正的电话后，第一时间给县里主要领导报告。书记、县长睡不安稳了，迷糊中纷纷起床，紧急召集各路人马在县政府连夜开会。

县委书记在会场上没发现郭梦正，朝钱副局长努努嘴，郭大队长怎么没来？

钱副局长回答，廖金发刚刚弄回局里，他正在组织讯问。

那好，你说一下，什么情况？

钱副局长瞟了坐对面的华乡长一眼说，事情发生在金水乡政府，华乡长掌握的情况可能比我更客观、更全面一些，还是他先说吧。

大家都把目光转向华乡长。

华乡长正担心钱副局长把话说乱，巴不得先入为主抢发言。只可惜这件事怎么说怎么乱，就算他有一张能把水里的鱼说上岸来的嘴也无济于事。在座的领导们一个个正襟危坐，脸色越听越复杂。

等华乡长呱唧说完，书记问钱副局长，你有什么说法？

钱副局长逮住机会，极力把矛头往华乡长身上引。他说，现在尚不清楚廖金发到底想干什么。我个人认为造成廖金发产生极端行为的根本原因是他和乡政府之间为结账发生了矛盾，这个情况闹的不是一天两天，我和治安大队、派出所专程去乡政府协调处理过一次，但因为华乡长他们有许多顾虑和客观原因，事情一时半刻得不到解决。钱副局长举着手里的《治安要情》继续说，关于近期全县暴露出的治安隐患我们有充分的预判，已经编成要情提前送达各位领导。唉，想不到廖金发竟敢胡来，胆子也太大了，幸亏没酿成大祸！

县长敲着桌面说，不怪人家胆子太大，要问问我们的工作是不是存在问题。华乡长，你说说廖金发的账到底应该怎么结？

华乡长说，民工工资和材料款已经全部结清，只剩下廖金发和白守利两人之间的扯皮账。

我听明白了。县长抓住了问题的要害，有皮让他们自己上法院扯去，你乡政府搅着干什么，岂不是没事找事？

华乡长狡辩说，我就担心有后遗症。

是有后遗症。我告诉你，炸药就是后遗症！县长盯住华乡长不放，我只要你一句话，廖金发的账准备什么时候结算？

华乡长浑身耸了一下，鼻梁上的眼镜差点跌落下来。他扶了扶眼镜说，我回去马上做工作，争取尽快结完。

尽快是好久？你给一个明确的时间表。

华乡长说，三、三天吧。

有那么难吗？要不要县政府给你安排一个专班？县长说，不行，我最多只给你两天时间。如果不能按期结账，我另外派人处理。

就这样定，我同意。书记说，好险哪！同志们，这一炮如果真的炸响，大家想过后果没有？我们蒙城县可要天翻地覆啦，这绝不是危言耸听！

最后，书记望着在座的政法委书记，你说说。

政法委书记说，我说两个意思。第一，我认为在这件事情上，公安机关的工作是主动的，尤其是治安大队情报信息掌握及时，郭梦正大队长会同派出所处置有力，避免了一起重大事件的发生，值得总结和表彰。第二，目前，这件事情的处理既包括乡政府那边尽快结账，同时也包括廖金发怎么处理，要拿出具体意见。

大家议一议吧。

县长接过书记的话，冲钱副局长说，对这种非法持有炸药危害公共安全的人，法律上是怎么明确的？

钱副局长说，如果严格按照法律规定办事，廖金发完全可以关进去。但像他这种情况，我们过去综合考虑，一般都降格处理。

华乡长马上发言，廖金发这是一种非常危险的行为，必须从严惩处。我认为该结账结账，该处罚处罚，两码事不能混为一谈。要不然，往后谁看乡政府不顺眼，都可以抱一包炸药向政府叫板。这股邪气必须压下去！

县长说，在处理上要认真研究，谨慎对待。廖金发走到今天事出有因，乡政府应该反省。现在，你只要给他结清账目，他感恩戴德都来不及，不至于出现反弹。如果按照华乡长的意思，对廖金发搞秋后算账，那么，我们前期的工作又可能白做了。我倒有个建议，由钱局长亲自对他警告谈话，并责令他写下书面保证，今后再不乱来。

县委书记说，按县长的意见处理，人家会不会认为我们右倾了一点？

华乡长居心叵测地说，钱局长应该有更好的办法。

钱副局长说，我心里是有个方案，可你是怎么知道的？他的话挑衅的意味很浓。

县委书记不明真相，故意咳一声说，都什么时候了，你俩还有心情撕。

钱副局长这才说，顶格处理廖金发肯定行不通，太便宜他也说不过去。我想折中一下，给他治安处罚，拘留十五天。

政法委书记说，廖金发接受起来有没有问题？

钱副局长说，工作由我去做，他不接受也得接受。

华乡长暗藏机锋说，我相信，只要钱局长出面，一切都好办。

钱副局长回应他一个白眼。

十

钱副局长把郭梦正叫到办公室，兴高采烈地说，梦正，干得不错，政法委书记昨天在会上当着县里那么多领导点名表扬了你，我们正在向目标一步步靠拢。

郭梦正知道廖金发的“炸药案”实际都是钱副局长一手导演的闹剧，自己在其中成了一个道具。但是，为了前途，他甘愿当这个道具。他只是不愿像钱副局长那样张扬，把事情摆在明处。他请示钱副局长，把廖金发拘留十五天，他服吗？

钱副局长说，我专门找他谈过，你放心。

郭梦正提醒钱副局长说，对廖金发我没什么不放心的，我倒是担心华乡长和白守利他们会不会暗中整出什么幺蛾子，在背后暗箭伤人。

放心吧，我想在他们前面了。

正说着，金水派出所龙所长敲门进来。钱副局长问他，你不是在局里开“秋季风暴”专项行动动员会吗？怎么擅自溜会？

龙所长说，我是来向钱局长邀功的。

邀功？邀什么功？

龙所长说，廖金发的事，我们派出所一直在配合治安大队干。现在事情搞定了，功劳应该有我们一份，局里不会把我们一脚踹开吧？

钱副局长说，龙所长，你少扯鸡巴蛋。廖金发这件事只有过没有功，你是不是想摊点责任？

龙所长很憋屈，钱局长，我们派出所没功劳有苦劳，这一点您心里可要有杆秤啊，如果论功行赏，记得也分我们一杯羹。

钱副局长拍着脑门说，龙所长，你这么一说，我还真想起一件事来。我给你一个立功的机会，能不能抓住就看你自己的。

龙所长要了一句文，愿闻其详。

现在，局里正搞“秋季风暴”专项打击行动，据我所知，你们所里的工作一直都被动，名次老排不上去。我想，有个人值得你们重点关注一下。

谁？有什么好线索吗？请局长赐教。

钱副局长说，我听说你们辖区那个白守利就是个难剃的刺头，坏事没少干过，难道他就没有尾巴露出来？

龙所长搓搓手，这家伙就是个小混混，平素听到过一些反映，但真要动他，证据恐怕有点问题。

证据是人找的，警察干什么？就是搜集嫌疑对象违法犯罪的证据嘛。我可以给你做个提示，在廖金发的公路施工过程中，白守利就存在强揽工程、敲诈勒索的嫌疑。这一点，他和廖金发签订的那份合同就是铁证！还有，他从乡政府领走的那些钱是不是如数结清了农民工资，他从中到底喝了多少油？等等，都值得一查。

哎呀，这么明摆着的打击对象，我怎么视而不见呢？高！龙所长恍然大悟，他会意地点着头，请钱局长放心，我回去马上安排，一经查证，立马将他绳之以法。

龙所长离去后，钱副局长和郭梦正接着聊。

现在，你还担心什么？

郭梦正说，白守利如果真被抓起来是他咎由自取。

钱副局长关切地问，你三姑姑的事布置得怎样了？

郭梦正说，她回去了。

不是……钱副局长说，我不是只差给你明说了吗？你要趁热打铁把事情解决掉，我可告诉你，柑橘节可是个千载难逢的机会，过了这个村再没那个店了。

郭梦正无可奈何地说，钱局长，跟您干了这些年，我的性格您是了解的，有些事情我做不来。

钱副局长指着自己的警服说，梦正，你是不是觉得我不配？甚至很无耻？

郭梦正说，钱局长，看您把话说到哪儿去了？

梦正啊，我可是一直把你当兄弟。干治安工作这么多年，你还没看清楚吗？许多事情不是我们非要搞那些下三烂，梁山好汉都是被逼出来的。就好比一场登山赛，走捷径的人能拿到名次，捞到好处，你说谁还去走正道？是规则遭到了破坏，而制定规则的人偏偏认可那些邪门歪道。

钱副局长的话也算推心置腹。郭梦正说，感谢钱局长指教，道理我也不是不懂，可是……

唔，钱副局长说，你是不是怕影响前程？我告诉你，只要谨慎处理，坏事说不定还能变成好事，这是符合辩证法的。在我的设计中，这是一个双赢的布局。你好好掂量吧。

郭梦正认真推敲钱副局长的双赢——廖金发顺利结账，他赢了；因为处置炸药案有功，钱副局长在领导心目中留下好印象，必要时肯定有加分，他也赢了。郭梦正还想到了另一层意思。钱副局长一手导演的“炸药案”表面看来天衣无缝，但其中的猫腻，郭梦正知根知叶。钱副局长屁股上沾着屎，现在，他是不是想把自己也拉下水，上同一条船？

最后，钱副局长还开导了郭梦正一通，人，最大的敌人不是别人，而是自己。一个无法战胜自我的人，终将一事无成！

回到家里，麦苗问郭梦正，三姑姑的事情办得怎样了？

郭梦正说，不怎样。

原来，三姑姑怕耽误郭梦正的工作，对他影响不好，回去后只给麦苗打电话，催问电力局有没有回音。

麦苗说，县长都签了字，电力局敢压着不办？

郭梦正没好气，你以为县长的签字是圣旨？如果县长能拍板解决，他就用不着多此一举签那些字了。你没看看他签的都是些什么屁话——请电力局查清基本事实，并按相关政策法规妥善处理，给信访人一个满意答复。

我觉得县长的话很好啊，他不是要求电力局给三姑姑一个满意的答复吗？我现在要告诉县长，电力局没答复，三姑姑不满意！他县长签字的报告比一张擦屁股的纸都不如！

麦苗，你猪脑子啊。我告诉你，电力局的答复就是两字：没门！三姑姑满意不满意都是这个结果。不满意又怎的？你拿竹竿捅天去吧。

麦苗说，你说话能不能轻点？你想明白，她可是你的三姑姑！你不亲我还亲？

这话触到了郭梦正内心深处那个叫良知的地方，那里最软弱、最温馨、最高尚、最无情、最王八蛋。他脑海里不禁又浮现出三姑姑站在土砖房门口的山路上，遥望他上学的身影。那一沓屋顶悬着高压线的照片在他眼前不停闪回。他仿佛看到了惊悚的一幕：滚雷响彻天宇，闪电像一把利剑刺破厚重的云层，它挟带着火球，点燃了三姑姑风雨飘摇的房屋，随后浓烟冲天而起，火海里蹿出几个火人，郭梦正仿佛听到了三姑姑撕心裂肺的呼救声……

别无选择，只剩最后的赌注了。郭梦正想到了钱副局长说给他的那些话，尤其是他提到的“布置”二字。于是，他开始给麦苗编造一个故事：有个女人长期上访，问题久拖不决，于是……

麦苗听懂了丈夫的故事。她说，梦正，你放心，过两天，我会让这个故事在现实生活中重演……

十一

情况来自火车站铁路派出所。

执勤民警在例行治安巡查时，发现一个鬼祟的白发女人，逮住后从她包里搜出农药和传单。经初步查证，白发女人是要趁柑橘节临近之际，在公开场合自寻短见，制造轰动事件，以引起社会舆论关注。

这个信息不啻一声惊雷！整个治安大队除了郭梦正心知肚明显得遇乱不惊外，其他人都如临大敌，很是紧张了一把。

郭梦正一面向钱副局长电话报告，一面亲率警力赶到火车站接人。

交接时，小丁见是郭大队长亲戚，甩动铐子，看着郭梦正不好下手。郭梦正命令他，磨叽什么，铐上！

从铁路派出所同行的介绍中，郭梦正发现三姑姑先天具有当演员的潜质，她把戏演得很到位，老远看见警察上来盘查，撒腿就跑。眼见得就要被追上，她一屁股坐地上，动作麻利地撕开拉链，从包内翻出药瓶，咬开瓶盖仰脖子就喝。警察眼疾手快，冲上去夺下她手里的农药，拼着老劲才将其制服。顽抗的三姑姑出手够狠，她居然把抓她的警察刨成了两张五花脸，有个警察制服上的一颗纽扣都被撕掉了。三姑姑一边反抗一边号哭，让我去死吧，反正没日子过了，天啦……她的号叫声引来众人围观，声势造得不小。

人没有带到公安局，而是由郭梦正直接带进县政府信访接待室。

县长见女人戴着手铐，指着郭梦正厉声批评说，搞什么名堂？不能这样对待上访群众，赶快打开！

县长上去握住老人家的手，吩咐手下马上通知电力局长、三望坡乡的书记、乡长、农电站长赶到县政府紧急处理事情。他安慰信访人说，老人家，何必呢？多大的事值得拼命？我上次已经在你的报告上签字，电力部门会按照要求办的，你要相信政府嘛。

女人一分为二说，县长，你是好人，可是，电力局没好人，他们不管老百姓的死活。

县长说，放心，您的事我管，而且管到底。但是，您必须答应我一个要求，再不要为这事动不动上访，更不要寻短见。说完，他安排两名女干部陪护老人家到隔壁办公室休息。

这次，听说信访人要自杀，电力局长亲自来了，而且速度不慢。三望坡的人没到。从三望坡到县城有将近三小时车程。县长说，我们边讨论边等。

他首先问电力局长，我批给电力局的信访件你看过没有？

电力局长迟疑着说，看，看过。

你们是什么意见？

这个——电力局长吞吞吐吐，近段时间，我们局里事情确实太多，还没研究到这件事情上来。

县长嘟着嘴，直言不讳地说，你不如直接告诉我，那个信访件你连看都没看过一眼，更谈不上办理。

那不是。电力局长见县长动了真格，有点慌神。他嗫嚅道，对县长的指示，我们电力局一向是高度重视的。

算了。县长目光投向别处，对着虚空里说，事情都这样了，你看着办。我要提醒一句，信访人如果真的自杀，我这个县长肯定当不成，你的局长也未必当得安稳。你认为呢？

电力局长额头上冒出汗来，县长，我接受批评，电力局工作没干好，给县里制造了麻烦，我和电力局一班人深刻检讨。请领导放心，我们一定将过去的失误改过来，马上回去开会研究，争取把问题圆满解决。

马后炮，迟了！县长说，等你回去研究，黄花菜都凉了，现在就解决，现场办公！

电力局长把目光转向钱副局长，询问道，钱局长，当事人到底有哪些要求？你摸底没有？

钱副局长示意郭梦正把收缴的传单给电力局长过目。

电力局长一目十行地看完单子，为难地说，移动高压线是有难度的，牵一发而动全身，工程量太大，耗费人力物力财力，我们只能选择给她适当补偿。

县长说，当事人也没说一定要你们改动线路，人家的诉求里就有补偿一条，而且并没狮子大开口，漫天要价。我认为当务之急不仅是要让信访人息访，同时要尽快将他们一家人搬出来。人家既然已经提出要求，倘若有人再被电死在家中，我们无法交代，谁也负不起这个责任！

沉默！会议室里的人连呼吸都憋着气。

县长随后发表感慨，本人来蒙城工作时间不长，但我总的感觉，我们山区老百姓还是善良淳朴的，是有感情的，只要我们站在他们的角度想问题、办事情，用一颗真诚的心关心一下他们的痛痒，老百姓对我们的工作就满意、就支持、就感恩。所以，我们要善待他们，对他们存在的实际困难和正当诉求，要认真落实解决，丝毫不能马虎。

县长一番话说得情真意切，大家都诺诺着赞许点头。

三望坡乡的干部到齐后，开始研究怎么解决信访人的问题。最后达成几条意见，信访人搬出现在居住的土砖屋，新房未建成之前，由三望坡乡政府临时安置信访人一家五口居住；建房所需的宅基地和木材指标由乡政府组织相关部门无偿解决。同时，县电力局给信访人补偿建房资金十万元，不足部分由信访人自筹解决。

三姑姑欣然接受这样的结果。在协议上签下自己的名字后，她扑通跪在县长面前，声泪俱下地说，县长，你是我们老百姓真正的父母官啊！

整个调处过程中，郭梦正自始至终没说一句话。只在这时候，他才上去扶了三姑姑一把，老人家，别这样。三姑姑愤然甩开他的手，朝地板上啐一口，说，什么东西，别碰我！

三姑姑由三望坡乡政府的车接送回去。郭梦正后来听说，三姑姑活到这把年纪还是头一次坐小轿车，只可惜那天她呕得一塌糊涂，同车的书记、乡长担心出事，捂着鼻子直接把她送到乡卫生院打点滴……

回到局里，钱副局长把郭梦正叫到办公室。

怎么啦？情绪看上去不好啊。

郭梦正压着嗓门说了一句话，代我三姑姑向钱局长表示感谢。

钱副局长张大着嘴，你说什么，我没听懂。

你就装吧，郭梦正心里暗自窃笑。

后来，钱副局长把一份申请提前离所暂缓执行拘留的报告和病历证明交给郭梦正，按程序办吧，我最后签字。

郭梦正一看就是假病历。他对钱副局长说，裁决十五天拘留，才只三天呢。

钱副局长笑着说，关他几天，够了，就那么个意思。要不是顾全大局，我根本就不会同意拘留他。

郭梦正无声退出来，要回自己办公室落实钱副局长的指示。钱副局长拉住他，透露出一个神秘的消息，县政法委常务副书记荣升了……

尾 声

三姑姑从电力局拿到十万元建房补偿金的当天，蒙城县发生了两件戏剧性的小事。廖金发被批准暂缓执行治安拘留，请假提前出所。一帮哥们儿带着烟酒和新衣服等礼物早早候在门口迎接他的新生。走出监所大门，他把穿进去的那身衣服脱下来一把火点了，然后换上全新的品牌货。他没有直接回家，而是被朋友们簇拥着咋咋呼呼下馆子喝酒，然后去歌厅唱了一宿歌。与此同时，金水派出所“秋季风暴”专项行动取得最新战果，犯罪嫌疑人白守利因涉嫌敲诈勒索、寻衅滋事等多项犯罪指控被警方依法执行刑事拘留。他被押进看守所的时候，居然有人跟在警察屁股后面起哄、放鞭炮。

蒙城县公安局治安大队准确掌握情报信息，接连成功处置两起重大治安事件，引起省市各级公安部门和县委、县政府高度关注。在柑橘节即将开幕之际，两件事情的顺利处理意义非同一般，它免去许多人的心病，让大家都长出一口气，睡上安稳觉，前行的仕途上更加充满阳光。所以，大家心情舒爽，乐善好施。

不久，省市公安机关纷纷发来电传，要求蒙城县公安局治安大队就两起重大治安涉稳事件的妥善处置总结专门经验，拟向全省推广。省公安厅甚至点名，要求郭梦正在次年年初的治安系统工作会议上做典型发言。

这可把郭梦正难住了。他找到钱副局长，请求把这一摊子破事推掉，没想到话没说完遭钱副局长一顿臭骂，我说郭梦正啊，你脑子没进水都受潮了。这样的荣誉人家求之不得，你还在这里推三挡四，什么觉悟？你以为你一谦虚，你就不是你了？告诉你，这不是你一个人的事，它是兄弟们用汗水和心血好不容易挣来的殊荣，它关系到整个蒙城县公安局的发展和未来，不仅要照办，而且要办好。

郭梦正实打实说，钱局长，有些情况你我心照不宣。我是怕树大招风，到时候坏掉……好事。他本来想说坏掉你的好事，但斟酌再三，最终吞咽了两字。

你错了！钱副局长斩钉截铁说，这是一股推动力，这时候要的就是这股力量。诸葛亮当年如果不借东风，周瑜能打败曹操吗？大丈夫要有大气魄，你只有站到高处去了，别人才不敢对你说三道四，就算传出什么杂音，领导也只能睁只眼闭只眼。说句难听的话，这就是给某些人嘴里塞进的一坨屎，到时候他不吃也得吃！

果然，好消息接二连三传来，治安大队的集体二等功和郭梦正的个人三等功很快批准，那份杜撰的所谓经验材料也在全省治安部门广为传播，各地纷纷学习，点赞不已。郭梦正最多的一天接到过外地同行七个贺电。

越是这样，郭梦正越是惴惴不安。三姑姑的事情是怎么解决的，他心里最清楚，因为清楚又最不踏实。如果没有钱副局长透露给他的人事消息，三姑姑的信访得以解决就仅仅只是一件单一的、皆大欢喜的事情，至于后面会发生什么，郭梦正完全可以不把它当回事。现在，政法委常务副书记荣升了，各种意想不到的光环也戴在头上，棋局活起来。可是，因为三姑姑的事掺杂其中，郭梦正未来的前程充满变数，他的心情能好起来吗？

这个春节，郭梦正是战战兢兢过完的。三姑姑三番五次打电话要来拜年，都被郭梦正拒绝了。有些事情，三姑姑有所不知，她这时候登门，只会给郭梦正添乱！

新年上班不久，县里人事大调整，郭梦正被提拔接替钱副局长，当上公安局副局长，主管治安工作。据说方案报上去，常委会研究时，所有领导都对郭梦正的工作称赞有加，没人投他的反对票。如此说来，郭梦正当这个副局长也算实至名归。

钱副局长却出了点状况，调到县委政法委任综治办主任。政法委的常务副书记职位虚位以待，据说本是带帽留给他的，但常委会上出现争议，个别领导提出，有人举报钱副局长插手了廖金发那项工程，情况是否属实，无根无据，谁也说不清楚。但组织上担心带病提拔让人诟病，衍生出其他问题，于是，事情就黄了。

组织部正式谈话的这天晚上，郭梦正回家吃晚饭，两口子破天荒地喝了一瓶长城干红，说了许多家长里短的闲话。

郭梦正起头说，麦苗，对不起，这些年我日夜扑在工作上，很少着家，亏欠你太多。来，我敬你。

两人的酒盅碰出声响，带着玻璃的质地。麦苗说，我也没感觉出什么委屈呀，你今天怎么突然想起说这些话呢?

郭梦正喷出一个嘹亮的酒嗝，我的意思是说，我今天能当上这个副局长，你的配合很关键。

麦苗想到了三姑姑。她说，我只不过给她打电话说了个故事而已，屁大点事，不至于吧?

郭梦正说，别小看你那个电话，它抵得上我十年的所有付出和拼搏啊!

郭梦正还要磨磨叽叽说些什么，麦苗起身进了厨房。在麦苗的记忆中，好多年来，郭梦正似乎还从没这么腻歪过。这人啦，稍微发达就是不一样!

这天晚上，因为有好消息和酒精的双重刺激，上床后，夫妻俩都有些蠢蠢欲动。

郭梦正提出，来一次?

麦苗说，来就来。

郭梦正暗算一下，近段时间忙得焦头烂额，上次来事还是一个月前，也该来一次了。

麦苗已经把手伸下去，来!

郭梦正嗨一声翻过身子，来!

刚入戏，那个该死的手机铃声响了。它像一记鞭子，两个身体不约而同地抽搐一下。

麦苗：不接!

郭梦正：不接!

……

电视机有鬼

一

看来，应如兵家里必须添置一台电视机了。

应如兵夫妻俩买电视机的能力本该有的，只是那笔军转安置费都拿去签合同买房子了，手头才有点拮据。当然喽，也不单单是钱的原因，反正新房交付后要配置电器，到时候一齐买，省去搬来搬去的麻烦，也避免到时候新旧不一有碍瞻观。再说，现在已进入智能化时代，电器换代好快呀。开发商先说一年期交房，可两个一年期都过去了，至今还没封顶，而家电超市的电视机说不定早换牌子了。所以，应如兵开始租房时不买电视机是有考虑的。

严格说来，应如兵和曾霞夫妇在这座小县城里还没有家——一个在城市没有自己产权房的居民好像水上的浮萍，说上天去都不是一个完整意义上的城里人！

应如兵三年前从部队军转回老家县城，在公安局当警察，妻子安置到电信局上班，夫妻俩都有一份旱涝保收的工资。在外人看来，这个家庭还算说得过去。可在城市，靠薪水过日子能过成啥样谁还不明白呢？

饿是饿不死的，千万别想宽裕。

应如兵一家三口暂时租住在荷花居委会的公寓楼里。县房管局的房子，七十平米不足，两室一厅，一厨一卫，前面是公用走廊，建筑设计带着上世纪末的陈旧，租价却是一年一涨。

隔壁租住着一对年轻夫妇，在中心汽车站开一家烟酒店，连两间门面，生意做得够大。中心汽车站是治安重灾区，也是应如兵的责任田，所以，他和这对邻居很快混熟。交往中，应如兵得知男的姓张，女的姓王，开店好些年了，挣钱应该不少。也不知啥原因，小两口不置房，也没要孩子。早先，他们的店面隔三岔五有社会混混上门收取“保护费”，但自从应如兵带警察接管这里的治安后，那些个混混像耗子见猫一样匿得不见踪影，两口子因此把应如兵视为他们名正言顺的“保护神”。应如兵手下两兄弟早把烟酒店的来路摸得门清。据介绍，小王的一个什么亲戚在县安监局当局长。安监局要烟酒都到小王的店子里随便拿。小王的店子就成了安监局的仓储，安监局是她的金牌客户。

买电视机的事之所以被应如兵夫妇重新提上议事日程，完全因为儿子。儿子应庆国才三岁多点，小脑瓜却有着成人思维，嘴巴像涂过蜂蜜，说出的话特黏人。他管隔壁小两口叫张伯伯、王伯伯，很招他们喜欢。小庆国动不动就溜到隔壁去了——伯伯家有电视看，动画片让他很着迷。也不只是应庆国迷恋动画片，小孩子一般都这德行。可在小庆国这里有些出格，更有点乱套。他常常乞丐赶庙公，进屋后屁股钉在小凳子上，凑近电视机，攥着遥控器不撒手，害得两成年人也只能陪他看动画片。有时候，伯伯弄出什么声响，影响到小庆国的视听，他还嘟嘴皱眉头，弄出一副颇不耐烦的表情，混账得离谱，饭熟了，小王他们还要给小东东搭上伙食。小庆国可没那么多客套好讲，嘴巴渴了要喝，肚子饿了就吃，挑精拣肥也是常有的事，比如抱怨辣子下重了，比如责怪碘盐放厚了，又比如嘀咕排骨没炖烂等等。应如兵多次“现场抓获”，感觉很是过意不去，可儿子屡教不改，瞅空又去敲伯伯家的门。时间一长，曾霞感到几多没面子，商量应如兵说，添一台电视机吧，这么下去可不是个路。

应如兵一咬牙，添就添！

可是，买电视机是要花钱的，而且上档次的品牌货价格都不菲。钱从何来？在建的房子掏空了应如兵两口子的腰包，现在只有裸工资，没别的油水。这几年，工资虽说在涨，物价也没闲着，而且半点都不输给工资的涨幅。他们每月几个银子得精打细算着花，刨去房租、生活费，还有防不胜防的人情开销，加上应如兵的父母在神仙湾大山里过日子，时不时也要接济点。当然，大部分钱都花在儿子身上了，从牛奶、尿不湿、童装，到买零食和玩具，再到上幼儿园，儿子来到这世上似乎就是讨债的，一刻也没消停过。老话说得好，儿女身上好安钱。应如兵两口子晚婚晚育，就这么个宝贝疙瘩，他们给儿子花钱心安理得。曾霞提出买电视机，既顾忌自己的颜面，主要是照顾儿子的感受。

应如兵的意见是，电视机既然要买就一步到位，只能买品牌货，至少前瞻十年不落伍。意见统一后，两口子周末到步行街最大的亚太电器商场做考察。我的个老天，名牌产品价格都居高不下，高得简直让他们无法接受。他们最看好的那款“三星”牌高清智能彩电挂价七千三百元。曾霞和导购干嘴巴仗，讨价还价半天，最后把商场经理都惊动了，人家答应掐掉尾巴，优惠三百元，而且言称在他的权限里，这已经是最大让利了。其实，别说三百元，商家哪怕再优惠三千元，这单买卖也无法成交，因为曾霞的卡里只剩四千多元余额。这是她的全部家底，要算计一家人的吃喝用度，不能全砸在一台可有可无的电视机上。见这两口子不是吃虫的鸟，女导购索然了，马上放弃职业性笑靥，换一副面孔揶揄道，我建议你们还是去小店子看看，他们那里杂牌货多，还价的空间也大些。应如兵觉得导购这话是拿猪尿脬打人，虽不疼但有些气人。他狠了心，决定无论如何也要把相中的“三星”牌彩电拿下来，不然，他咽不下这口鸟气！这时候，他开始感到懊悔。我操，自己人五人六当着警察，竟会穷得连一台电视机都买不起！

曾霞几乎看透他的心思，火上浇油说，女怕嫁错郎，男怕入错行。当初，你要是不当这破警察，恐怕……

妻子最后欲言又止的话戳到了应如兵的要害。

军转时，应如兵本来有更好的选择，可他一片“兵”心在警营，执意要当警察。县政府对军转干部安置很重视，分管武装工作的翟副县长亲自与会，征求每名军转干部对工作安排的意见。应如兵选择的空间很大，只要他愿意去，上面有规定，全县各科局和乡镇都必须按计划无条件接受。军转干部们大都冲着油水足选择去工商、税务、电信、烟草、电力等部门；也有家在乡下的，恋着老婆孩子热炕头，申请要去乡镇政府。轮到应如兵时，他说，哪单位离兵最近我就去哪里。翟副县长问，有什么讲究？应如兵回答，在部队干久了，感情深。翟副县长赞许道，有个性！武装部长开玩笑说，要说离兵最近，当属我们武装部了。翟副县长说，不行，武装部属军队系列，应营长既然脱下军装，肯定不好安排，还得另做选择。

应如兵说，我去公安局吧。

应如兵是这样想的，公安局是准军事化机关，当警察照样着制服，迷彩服换成藏青色一样威武，还可以配枪。当然，公安局不能和部队比，但怎么说当警察也算半个兵，能让应如兵重新找回一些军人感觉。

我分管政法口，要去公安局没问题，但是——翟副县长翻着应如兵的简历，善意提醒道，以应营长的资历，如果下乡镇，组织上可以考虑给你解决副科挂个职，当个副乡长什么的，再不济也可以干武装部长。如果选择留县城去公安局，就只能当一名普通警察。翟副县长的理由是，大家都往城里挤，公安局班子早已超职数。这个，你可要掂量清楚，我们也得先把话撂明白。不然，勿谓言之不预也。

应如兵没二话，铁了心地选择当警察。

别人都费解，在中国逐步走向法治的路上，警察已经不再是一个风光的职业，差不多快成弱势群体，可应如兵还死磕着要当警察，他到底图什么。只有应如兵知道，自己当兵十四年，骨子里早已植入根深蒂固的军魂。他不敢想象，未来生活里如果缺少兵的感觉，日子该会过出什么滋味。

应如兵当警察的第一站是县公安局治安大队，授三级警督衔。穿上制服，抖擞身子，他马上找回军人感觉，仿佛又回到了大西北军营。是啊，当他反复申请留在部队的希望破灭，军转成为不可改变的事实后，他告诫自己，今后无论走到哪里，不管干哪份工作，我应如兵永远都要像一个兵。所以，当上警察后，他依然保持着严整的军人气，走路挺胸收腹，眼睛平视前方，两腿均匀迈步，双臂自然摆动，整个身子绷得笔直，不摇不晃，就像一根移动的标杆。一开始，应如兵的某些军人习气还闹出过笑话。报到上班第一天，他见了治安大队长立正敬礼，弄得大队长措手不及。大队长愣怔片刻，勉强还了他一个不伦不类的军礼，然后讪讪说，应营长（大队长一直叫他的部队职务），你这么一来，我就不好意思了。这不是在部队，别搞那么正规，以后这一套就免掉。可是，应如兵服役多年，见到上司敬礼已成为他的行为习惯，不是一时三刻说免就能免的，需要一段时间适应。所以，他嘴上应着，该敬礼还敬礼。最搞笑的还是那次见局长。应如兵去局长办公室拿一份文件。房门虚掩着——局长当时正聚精会神批阅文件，应如兵立在门口朗声报告。应如兵第一次进局长室，局长年龄有点大，他担心局长耳背听不到，炮筒嗓子喊得有些重。局长吓一跳，心律骤增，手里的水性笔掉班台上。他本想要耍局长脾气的，扭头瞥见门口立着应如兵一本正经摆出立正敬礼的军姿不便发作，定了定神才允他进去。事后，局长对这事耿耿于怀，私下里对治安大队长嘟囔说，那个军转的应什么营长怎么回事呀？说话办事一惊一乍的，他没啥毛病吧？工作还过得去吧？大队长保证说，绝对正常的一个人，要说有毛病都是部队带来的，一身军人的鸟习惯。

虽说，应如兵对自己的选择并不感到后悔，但曾霞刚才的话等于是通牒——他必须想办法尽快把电视机买回家。

二

应如兵当兵是有故事的。它牵涉另一个人。

那年冬天，和他同时报名应征的还有村里的康有财。可每村只有一个新兵名额，这让应如兵有些慌神。康有财明显有优势，他高中毕业适逢村小学女老师休产假，被村支书点名去代课，个头儿也要比应如兵高出两公分。应如兵呢，职高刚混完，成绩邋遢，书是没的读了，正准备回家顶劳力。怎么说呢？就正如刘和刚唱的那样，好男儿就是要当兵！那时候在神仙湾老家，年轻人要想有奔头除了读书考大学，似乎还剩一条路可走，就是走出大山，到祖国需要的地方去当兵，到大熔炉里去锻打。头顶着边关的明月，身披着雨雪风霜，把青春的足迹留给山高水长——有一首歌是这样唱的。

可是，应如兵的当兵梦遇到了挑战，康有财铁了心地要和他 PK 到底。考兵那天，全乡四十多名应征青年集中在中学操场上，考官是北方一位姓卓的接兵连长。第一轮跑步，就有五个人被淘汰出局。第二关队列，出局的人更多，应如兵便是其中一个。齐步走的时候，卓连长把队伍叫停，然后点名，前排左起第五名，出列！

应如兵还在东张西望，卓连长指着朝他走过来，看什么看，就是你！

应如兵跨前一步，立正站着。

你叫什么名字？

应如兵报出自己的名字。

应如兵？走步走同边，我看你哪儿都不如一个兵。卓连长的话引得大家哄笑。

报告连长，什么叫走同边，我不懂。我不懂的就不能算错。

卓连长接新兵多年，还是头一遭碰到生瓜蛋子敢当面顶嘴，他觉得这个同边娃有点意思。

看清楚，像我这样——出左脚摆左手，出右脚摆右手，就叫同边。卓连长边示范边解释。

应如兵看完卓连长的示范动作，马上走步，嘴里不服气道，改过来还不简单吗？错开来走步和摆手就得了。

应如兵的话又引出大家更浪的哄笑。

最后，卓连长宣布应如兵落选。卓连长的话一落音，应如兵竟当着大家的面“哇”一声嚎出来，眼泪鼻涕双管齐下。那不是刁样子，是真哭。

卓连长感到奇怪，走拢去问应如兵，同边娃，哭啥鼻子？

应如兵抽噎着说，报、报告连长，你再考一次吧，我保、保证不走同边。

不走同边也不行，光哭鼻子这一条，你就不够当兵的条件。

应如兵赶紧擤一把鼻涕，顺带着把挂在下巴上的泪蛋子揩了一齐甩地上，报告连长，到了部队，我保证不哭鼻子。我从来都没哭过，不信，你可以调查。

卓连长觉得这小子挺执拗，也挺可爱，就把脸放松，拍拍应如兵的肩膀，好小子，当兵的事另说吧，快点成熟起来，明年再考，我相信你会成为一名好兵。

明年考，我还能跟你当兵吗？

卓连长说，跟谁当兵都一样。

我只想跟你干。

为什么？

因为……应如兵压低声音说，因为你好凶。

卓连长忍住笑忖了片刻，最终还是摆手作罢。

后来欢送新兵入伍，应如兵缠着康有财非要送他去县武装部不可。

戏剧性的一幕发生在武装部换装时。康有财突然哭了，哭得吼吼叫，他把泪水洒落在簇新的绿色军装上，好多人劝都劝不住。卓连长感到挺奇怪，怎么又冒出个哭鼻子的人？乡武装部长觉得很丢面子，问康有财，参军光荣，哭什么哭？

康有财哽咽着说，我想妈妈啦……康有财的父亲在煤洞子里出事死了，一直孤儿寡母地生活。

当兵就要离开家乡、离开母亲去很远的地方。这一点，报名时你难道不清楚？

康有财实话实说，我报名时不想妈妈，现在想妈妈。我不忍心把她老人家一个人丢在家里。

乡武装部长呵斥道，现在才知道想妈妈，迟了！当兵不是儿戏。

康有财还是不可遏止地哭。

看看他的哭相，卓连长来主意了。不是还跟来个哭鼻子的同边娃嚷嚷着要当兵吗？何不换一个？那时候，当兵虽也严格，但手续没现在这么复杂，在武装部填张表，该签字的人都在，现场办公，挺简单。

卓连长和县武装部长商量了一会儿，然后把应如兵叫到办公室。武装部长亲自问话，听说你想跟卓连长去当兵？

应如兵点头说，是的，我做梦都想当兵，可是——

可是什么？武装部长不知道应如兵为什么“可是”。

应如兵说，卓连长他说我走同边。

武装部长听完呵呵乐。他觉得这小子很可爱，激他说，走同边倒不是问题，当兵很辛苦，你身子骨这么小，吃得消吗？

我不怕。

那我问你，这次当兵是去大西北，如果一年或几年看不到妈妈，你会不会想她？

应如兵觉得武装部长这话问得差火，哪有儿子不想妈妈的？他恍然明白，武装部长是在给他下套，他显然不能如实回答，康有财就是教训，那样会把事情搞砸。他用书本上的话说，祖国就是我母亲，无论走到哪里，母亲就在我身边，就在我心里！

好！武装部长拍拍应如兵的脑袋赞许道，蛮灵活嘛，看不出来，你他妈真还是块当兵的料。

随即，康有财脱下军装，由应如兵递补。

事后，卓连长觉得挺有意思。两个年轻人都哭鼻子，一个哭着要当兵，没考上，一个当上兵了却哭着想妈妈，要回去。最后，两人翻了个过儿。

当兵、提干、转业，十三年军龄的应如兵一路走来顺风顺水。

十多年恍如一梦。如今，应如兵想起那段考兵的经历，心里就五味杂陈。说起来，自己是哭着闹着要去当兵的。那是他成年后唯一的一场哭。在老家神仙湾，他的哭至今还成为笑柄，也是一段佳话。每次探家，总有乡亲们会“揭”他这个老底。可不管别人怎么说，应如兵心里都美滋滋、甜丝丝的，那场哭改变了他的命运，他觉得值！

同样哭鼻子的康有财，虽说也因为大哭一场闻名乡里，但哭过之后的命运迥然不同。哭，成就一个军人的同时，却毁掉了一名教师。康有财回去后因为思想觉悟低，被取消代课老师资格，老支书原有培养他入党接班的想法也告吹了。康有财感觉很没面子，不想在村里生活下去，便独自外出闯荡。开头好些年据说混得并不称心，这个厂转那个厂，只拿三班倒的苦工资。后面时来运转，赶上煤炭销路好，价格高，他开始与别人合伙承包小煤窑，胃口越撑越大，竟成了两座煤矿的老板，钱赚得数都数不过来，每天开着名牌车，从城郊的小别墅进进出出。传说他还在外面养了小三和自家户口本上没落名的儿子。

从军那些年，应如兵每次探家都希望能和康有财见上一面，可总没如愿。他向乡亲们打听康有财的情况，人们都支支吾吾，说不清个子丑寅卯。也难怪，康有财发达后，将母亲接进城里享清福去了，别人知之甚少。也或许，人们都知道应如兵和康有财哭着当兵的那点花絮，不愿讨论敏感话题。古时候孔融让梨，成就了一段佳话；现如今康有财让兵，使应如兵跃出龙门蓝衫换紫袍。在乡亲们传统的认识里，应如兵这个军官是康有财拱手相送的，即便康有财现在有钱，但一个私企老板和一个军转干部——就算他眼下买不起电视，也不能同日而语。

不管怎么说，有关康有财暴富的传闻还是让应如兵感到熨帖。如果康有财过得不好，应如兵永远都会觉得欠着人家，就好像他真的剥夺了别人的幸福或财富一样。

现在好了，凡事皆有得失。应如兵心想，成为土豪的康有财不会像自己一样，落魄到连一台电视机都买不起。

三

那就说说买电视机的事吧。

要买电视机，借钱成了绕不过去的坎。找谁借呢？应如兵在心里把所有可能给他借钱的人都“审查”了一遍。他首先想到的是亲戚，可在脑海里一百度，发现那些亲戚差不多都是穷人，自己手头假如宽裕的话，应该借给他们钱才好。再就是朋友。应如兵检索方知，自己军转回来，在这座小县城工作生活的时间较短，结交的朋友不多，而且基本上都停留在君子之交的层面，交情远没到大把借钱的份儿上。关键是他一个大男人，在开口向人家借钱的问题上实在抹不开脸面。自己好歹也是一警察，前身还是堂堂军官，连一台电视机都买不起，说出去人家还不把自己看扁了？所以，即便是朋友中个别有能力借钱给他的，他心里早就打了退堂鼓。看来，这借钱并不是件易事。最后，他想到了邻居小王两口子。他想，勉强能够求助的人仅剩他们了，虽说并没百分百把握，但以应如兵对小两口平时为人的了解，以及他们的财力状况，他觉得可以试一试。

其实，借钱也是讲究技巧的，把握得好，既可保住脸面，又能如愿以偿，可惜应如兵不懂。他找隔壁小两口借钱时，像个口吃的人磕巴半天，脸都憋红了，小张和小王总算听明白，应如兵囊中羞涩是要向他们借钱。借钱的用途是买电视机，买电视机的目的是避免应庆国小朋友动不动上门造访。从动机来说，这当然是件好事，值得鼓励和支持一下——说到底，成年人谁实打实地愿意让一个小屁孩儿绑架，一下退回到动漫时代呢？可是，他俩怎么也想不透，应如兵两口子都拿工资，应队长（社会上习惯把警察都称作队长或所长）货真价实地当着警察，还是带两个“兵”的小萝卜头儿，竟会穷酸到连一台电视机都买不起，也不知他是假廉洁还是真笨蛋。小张看着小王没说话，意思是要她表态。应如兵看出门道，他们家是男主外女主内，借钱的事属内政问题，小张不敢擅自做主。小王稍微迟疑一下，答应给应如兵借钱。不过，她说这段时间手头资金周转不活，过些时候凑齐了就知会应队长。

夜里，应如兵把借钱的事对曾霞说了，满肚子的感激。没想到，曾霞兜头泼他一瓢冷水。曾霞说，哎，我说应营长，你能不能成熟点儿？这样的鬼话你都信？一般说来，曾霞在把应如兵称作应营长，就表明她已经很烦他了，就表明应如兵把某件事情搞砸了，就表明她不能再把应如兵称作“孩他爸”或“老公”了。应如兵狡辩说，怎么不信？大有大难小有小难，做生意也有资金短缺的时候，这很正常嘛。曾霞到底是女人，对小王的小心眼明镜得很。她说，面子是人家给的，脸是自己丢的。人家只是不想当面打你的脸，你就别把脸伸过去好了，我的营长！应如兵还在嘴硬，要是人家最后借了，你怎么说？曾霞说，那也是人家在耍你，故意往后拖，说是慢慢凑，显得这份人情很重，你不感恩不行。曾霞这么一点醒，应如兵还觉得挺有道理。对呀，小张小王生意做那么大，如果真有诚意借钱，别说三五千，就是三五万也不在话下，怎会推三挡四？答案摆明了，就是不情愿。于是，后来碰了面，应如兵再闭口不提借钱的事，而且通过强化内部管理，隔壁小两口经常能听到一个未成年男孩儿屁股挨揍后委屈的哭声……

后来，要不是应如兵的手下在车上抓了个搞扒窃的年轻人，他借钱买电视机的事说不定就不了了之，也就不会发生后来一连串糗事。

转业前，应如兵是酒泉卫星发射中心某部特务营营长。长期的军旅生活，养成他雷厉风行的作风，军事素质也样样过硬。治安大队长发现，这个应营长身上的兵味儿很足，虽说脾气硬点，接受任务从来不讲价钱，也不拿部队资历摆谱，为人低调，进入角色很快，值得委以重任。于是，当年年底调整人事时，治安大队长给了应如兵一个中队长职务，手下带两名兄弟，主要职责是维护县城中心汽车站一带的社会治安。这座小县城有三个汽车站，东站、西站位于城郊接合部，像两座堡垒把守着县城的进出口，地处偏远相对安静，唯有中心汽车站治安状况复杂，是块难啃的骨头。在应如兵接任之前，中心汽车站一带的环境有些糟糕，扒窃抢夺的、坑蒙拐骗的、寻衅滋事的时有发生，闹得乌烟瘴气。走马上任时，大队长对应如兵寄予厚望说，应营长，你要和车站治安联防队携手，给我把那片烂摊子拾掇安静，否则，老兄的日子不好过，我们治安大队在外面的名声也好不到哪去。

中心汽车站保卫科聘请有七名联防队员，原先因管理不善，这支队伍形同虚设，据说还有内鬼和社会上不三不四的人暗度陈仓，沆瀣一气。听说应队长在部队当过特务营营长，作风干练，个性强硬，车站决定把联防队一并交给他管理，还特地给他们腾出两间办公室搞联合执勤。应如兵是个较真的人，见站长动真格，就给站里递报告，要求追加治安经费，主要用于增添警用装备，包括服装、摩托车、头盔、手铐、警棍等器材，再就是发奖金。应如兵认为，改善辖区治安状况的有效办法是要鼓励兄弟们多抓现行。只有现场抓获违法犯罪才能最大限度震慑那些鸡鸣狗盗之徒。站长长期受困于车站治安问题得不到有效解决，对应如兵提出的方案百般支持，二话没说答应拨付一笔专项经费，由应如兵临时组成的巡防队支出，站里统一报账。于是，应如兵带领兄弟们放开手脚干得很来劲。

把手下两兄弟加一起，治安力量不小了。应如兵把警察和联防队员混合编组，实行三班倒，二十四小时全天候巡逻。抓一个现行每人可以拿五十元奖金。五十元虽不多，但不白干。兄弟们有奔头，有甜头，干活儿也就来劲头，舍得吃苦头。通过一段时间整治，中心汽车站一带的治安秩序大为好转。应如兵的名字让某些人记在心里，恨得牙根痒痒。他们的活动空间受到挤压，不得不实行战略转移，把下手的重点选择在公交车上打游击。车上也不行！应如兵对兄弟们说，车站有我们的存在，他们就只剩两手选择，要么金盆洗手，要么束手就擒。

事情就这么来的。

有一天，第二组大梁他们从公交车上逮住一个扒窃的家伙。年轻人一表人才，两边脸颊上长着一对好看的酒窝，看上去绝对不是一张坏人脸谱。可是，他干出来的事情却让人恶心。他的手伸进老奶奶口袋时很不专业，刚把三百多元现金钳在指间，就被大梁和队友逮住。大梁他们长期活动在汽车站一带，虽然着便装，但那些老打交道的“钳工”都认识他们。可惜这个“酒窝窝”初来乍到，或许出道不久，对这一带行情有所不知，活儿干得不够利索，没想到身后有黄雀，而且黄雀的手比他这螳螂还快，自己反倒成了蝉。

“酒窝窝”的嘴巴跟妓女的裤带一样松，带到执勤室三问两审，屎肠子全吐出来。原来，他家也在大山里，与应如兵的老家神仙湾隔得并不远。数月前，“酒窝窝”考上西藏兵，新兵训练结束时，他听说要分到高原某哨所驻防，害怕吃那份苦，就开了小差，又自觉无颜回见江东父老，只好在社会上打流，计划捞点车费后南下打工，没想到出师未捷，伸手被捉。

本来，像这种数额不大，又系初犯，未给受害人造成损失的治安案件，应如兵一般都给年轻人留着前程，不一棍子拍死，教育一番后通知家属领回去，写份悔过书保证洗手不干就行。可是，“酒窝窝”当逃兵的行为刺痛了应如兵骨子里某根神经。他猛拍桌子，娘的脚，你居然还是个逃兵！应如兵觉得，“酒窝窝”的行为严重损害军人形象，让他跟着丢人。

“酒窝窝”哭诉道，那哪是人待的地方？海拔五千多米呢，严重缺氧，气都喘不过来，我会死在那儿的，你知道吗？

应如兵说，你死在那儿那叫报国，你小子就成了英雄，总比当逃兵好。你现在在车上当扒手，而且欺负老人，比狗熊都不如！你知道吗？

“酒窝窝”一听情况不妙，意识到后果严重，你不会因为这事让我坐牢吧？

实话告诉你，你当逃兵比搞扒窃要严重百倍，老子就凭这条先拘留你。

“酒窝窝”说，我当逃兵只能由军事法庭管，你管不着！

妈的，你小子还知道不少嘛。应如兵想，他还在新兵训练期，没授军衔，严格说，还不算一个真正的兵，也就够不上军事法庭收拾他。应如兵又拍了一下桌子，闭上你的臭嘴，别跟老子扯什么军事法庭，你不配！今天落我手里，老子就是军事法庭！“酒窝窝”的话等于在应如兵心口上捅刀子，他冲上去掴了那小子两耳光，还踢了他一脚，然后，命令大梁给年轻人戴上手铐，直接送拘留所关起来。应如兵不是真要拘留他，他只想留置他二十四小时，让他尝尝当逃兵的滋味——这种年轻人，不给他来点教训不知道锅儿是铁打的！

四

就在这天晚上，隔壁小张和小王抬着个大纸箱子敲开应如兵家的门，纸箱子内装着一台“三星”牌液晶彩电。小王见应如兵一脸诧异，解释说，应队长不是要借钱买电视机吗？我在电器超市有关系，能弄到特价货，就直接给买来了。为了证明货的来路正常，质量可靠，小王还特地出示了购买发票和保修单据，要曾霞收好。小王说，售后服务两年内是免费的，但要凭单据，千万别弄丢了。

小王和小张此举弄得应如兵夫妻俩有点尴尬。他们为自己当初小瞧了人家感到难为情。尤其是曾霞，一连声带着歉意说，这怎好意思呢？我们其实无所谓的，就是担心小家伙老蹭你家看动画片，影响你们休息，真的不好意思哈。

小王说，看动画片是小孩子的天性，对开发智力有帮助。小庆国聪明过人，怎么能耽误他看动画片呢？说着说着，小王连政府的口号都搬出来了——再穷不能穷教育，再苦不能苦孩子，是不？

小王的话说得应如兵两口子心里暖融融的。应如兵接过发票一看，居然只要六千五百元，比他们当初和商场经理砍定的价格还便宜好几百。他当即找来纸笔，要给小王打借条。小王说，应队长太见外了，我们隔壁住着，你又不是搬家户，就算你们搬了家，公安局还在，还怕找不着人吗？再说钱也不多，搞那么认真干吗。我还懒得保管条子呢。

应如兵想了想，提议说，那就这样吧，发票你们先收着，就当是借条，等我们还钱的时候，再拿过来。

小王想了想，说，应队长一定这么客气，我就恭敬不如从命。随后，她从曾霞手里接过发票，收了并没急着回去，而是坐下来开始说另一件事。

原来，他们上门来不单单是为了送电视机，还有别的事情。

小王先开口。我们还想向应队长打听个事，今天，你手下是不是抓了个年轻人？脸上一笑有酒窝窝的。

应如兵感到奇怪，队里的事小王怎会知道？而且这么快。他嘴上说，小王对治安工作很关注啊。小王说，不是亲戚谁关注他，据说他是在车上失手被抓的。小张睐了小王一眼，小王马上意识到自己用词不当，更正说，我是说他当“夹夹匠”。

应如兵脑袋里马上蹦出两个字：说情。

小王没注意到应如兵的情绪变化，一鼓作气说，他是我娘家一个远房亲戚，按辈分该叫我姨。也不知道他犯在应队长手上，事情大不大？他父母亲得到消息都快急死了，要我找关系。他这不是找死吗？我能有啥关系？后来一想，我有关系呀，既然是应大哥办案，肯定好商量。

应如兵说，小王啊，我先得更正一下，你那亲戚不是犯在我手上，他是犯法，我是执法。

对对对。小王说，应大哥说得对，我这水平太差火了。

应如兵注意到，小王嘴里已经把他由队长改称大哥了。这绝对是一个求情者巴结讨好的称呼，也是一个让人听起来感觉舒爽的称呼。聪明的女人企图用人之常情的亲切化解公事公办的坚硬。应如兵这才把“酒窝窝”当逃兵和扒窃的事说给两位听。

小王信誓旦旦说，这小子品质一贯挺好的，从不偷偷摸摸，手脚绝对干净，这次肯定一失足成千古恨，走投无路了才犯糊涂。一文钱逼倒英雄汉啊，谁都不有为难的时候吗？

应如兵听出来了，小王的话声东击西，似乎是在做着某种提醒。

应如兵说，看得出来，他的确不是一个职业扒手。对他的扒窃行为，我看倒可以挽救，但他当逃兵就不像那么回事了。所以，实话实说，我揍了他。

小王解释道，这孩子本来身体有毛病，体检时大夫说他是游走性心律，可他死缠硬磨着要当兵，以为到部队可以过神仙日子。正常体检过不了关，是我帮他在医院打通关节才蒙过去的。没想到分配到西藏那鸟地方，发现吃不消，他就开小差跑路了。说起来是我害了他，心脏不好，去西藏不等于送死吗？我当初如果不帮他，哪会有今天这破事。所以，我是帮了倒忙，也给应大哥添了麻烦。他落到这步我有责任。我只是没想到这个没出息的东西不争气，就是饿死冻死，他都不应该扒钱。应大哥，我说了这么多，你看是不是情有可原?

可是，我对他动过手。应如兵觉得对不住小两口，必须先把话说清楚。他坦言道，我事先并不知道你们这层关系。不过话也说回来，就算知道你们是亲戚，我也要教训他！部队不是自家菜园门，想进就进想出就出，成何体统！当逃兵，什么性质的问题？在战场上，那是要执行战时纪律的！应如兵把右手大拇指和食指展开，做出一个抠枪的动作。

小王马上表示理解，打得好！应大哥，我要替他父母感谢你啊。棍棒下面出好人，玉不琢不成器呢。这孩子应该接受教育，你不打我还打。俗话说，打是爱骂是害，只骂不打会变坏。不过，他还年轻……

应如兵说，没事的，我只想让他领教一下当逃兵的滋味。明天，他就可以出来。

小两口千恩万谢。

小王他们离去后，应如兵和曾霞之间发生了龃龉。

说起来，这晚上应如兵家发生了两件事。首先，小王和小张送一台“三星”牌彩电上门。这样的送不同于官员们的行贿受贿，不是索拿卡要，而是向邻居借了六千五百元钱，借钱只是为了添置电视机。人家送来的虽不是现金，但是现货，一步到位，价格上也不吃亏，还省去许多麻烦，这让应如兵两口子无法不存感激之心。另一件事就是小王和小张上门求情，要求对小王的远房亲戚高抬贵手。应如兵本就没有拘留“酒窝窝”的打算，只准备关他一晚上就放人。现在，顺水人情送得人家感恩戴德。通过这件事，曾霞在富人和穷人之间找回了一点心理平衡，很有面子和成就感。不过，曾霞的脑袋比较复杂，她提出一个严肃的问题，这两件事情之间会不会有某种联系？

应如兵说，你什么意思，说明白点。

曾霞说，我的意思是这里面有没有交易？传出去人家会怎么分析？你想啊，一开始你向小王借钱，她说资金周转困难，等凑齐了通知你，再就没了下文。曾霞又说，现在，任何迹象都没有，他俩不声不响就把电视机送上门来了。她还说，而且，刚好你就抓了小王的亲戚，这是不是太巧合了？曾霞本来在看一本杂志，她正好把杂志上面一句原话照搬过来——生活的哲理告诉我们，越是巧合的东西越值得警惕和怀疑！

应如兵不以为然地说，我看，你是被杂志上那些假大空的哲理蒙圈了。电视机是我们借钱买的，他俩大不了代劳送货。至于年轻人，我原本就没想拘留他，最多是他们心虚而已，其实没必要，两者之间屁关系都没有，瞎联想些啥？

应如兵十八岁起就待在部队，部队的生活跟打枪一样三点一线直来直去，战友之间、上下级之间相处没那么多弯弯绕绕。反而是曾霞在地方生活的时间较长，生活的险恶让她学会思考问题时举一反三，加上女人天生的心思缜密，思维发散，把社会上的人事看得透亮一些。她提醒应如兵说，地方不比部队，完全按老一套是行不通的，我劝你今后遇事要多长脑子。

对曾霞的唠叨，应如兵有点烦。他说，你能不能简单点，人与人相处都这么防着，生活还有什么意义。就说小王吧，你开始说人家不愿帮忙，用谎言敷衍我们，现在呢？事实胜于雄辩。人家以诚相待，你却辜负过人家一片好意，你不感到愧疚吗？一个人，心里的鬼装多了，自己也会变成鬼的。

曾霞简直听不下去了。她把杂志团起来，做成一根假想的棒子，指着应如兵说，我小人长戚戚，你君子坦荡荡。那好吧，你心里没鬼你去给人家赔礼呀。

应如兵反驳说，我心里当然有鬼，我后悔不该扇那小子的耳光，可我当时很气愤。

应如兵不提打耳光的事，曾霞还找不到切入点和抨击他的理由。一提这事，她又开始借题发挥，应营长啊应营长，我真不知该怎么说你，你放人就放人，还把打耳光的事搬出来干吗？你是不是觉得一个警察对别人动手动脚很光彩？还要人家敲锣打鼓送你一面锦旗才好？

这有什么不敢说的？警察不打好人，坏人有时候还是要敲打的，你不打他，他的皮肉就发痒。应如兵说得理直气壮。他还说，这事终究瞒不住，我不说，那小子出来也会说给小王听。与其让他说，还不如我先说。

那可不一定。曾霞说，现在的年轻人死要面子，在外面吃了亏多半都选择隐忍。

为什么？

这是一个崇尚英雄的时代，他要打肿脸充胖子。为什么？就为这个！我的应营长。

应如兵从鼻子里哼一声，这种人也配称英雄？曾霞，看看你的是非观，哪像一个警嫂！

跑偏了，完全跑偏了。曾霞觉得这么争吵下去没意思，就把手里的杂志使劲摔在沙发上，用这样的动作表明了一种态度，也结束了一场纷争，然后，砰！摔门睡觉。

五

去年春，应如兵莫名其妙被提拔重用，局里安排他到乌云界派出所当副所长。

乌云界派出所现任所长老范整天和一群赶山狗打得火热，基本上不务正业，工作考核年年玩全局尾巴，如果不是资历摆在那儿，加上他马上到站，局里早就想拿他头上的帽子开刀了。现在，局里安派应如兵去当副所长，让他接班的意图明显。可是，乌云界地处湘鄂交界，离县城一百五十公里，平均海拔一千米以上，全年雾天占去三分之二，到那儿等于充军。应如兵面临很多现实困难，儿子应庆国刚上小学一年级，曾霞单位上很忙，业务多的时候常常加夜班，对儿子的照料两口子得轮着来。他这一走人，所有事情都压女人肩上，有点说不过去。可是，拒绝组织安排也不符合应如兵作为一个老兵的风格。他想来想去，向谈话的政委提条件，考虑我的实际情况，局领导能不能调整一下——他的意思是就近安排——他都有点说不出口。政委理解应如兵的难处，掖着话说，你的情况我们当然有数，这几年领着兄弟们把中心汽车站治理得井井有条，工作成绩突出，能力更是有目共睹。可是，这已经是我们争取到的最好结果了。

争取？应如兵疑问道，政委这话什么意思？

政委打马虎眼说，我的意思你其实很明白，说出来就没意思了。

应如兵想起一件事。政委不明说，他心里有谱。他向政委求证，是不是有人还在拿那事说事？

政委说，拿在台面上说的就是那事，我不知道是否还有别的事。

应如兵说的那事是曾经有人举报说，他在汽车站主管联防巡逻队期间违反纪律，私设小金库，借奖励队员和购置器材贪污挪用，中饱私囊。后来，县纪委和局里组织联合调查，车站是拨付过一笔专项经费，用于联防巡逻队添置警械和奖励抓现行。应如兵只是过水田，他仅仅把关签字而已，所有开支都由车站财务室统一审计做账，一笔笔鱼清水白毫不含糊。最后查明的结果，应如兵不仅没私吞一分钱，他还是巡逻队里拿得最少的。按说，这是一个廉政结论，怎么会成为打压应如兵的理由呢?

应如兵申辩说，政委，我压根就没伸手，我是无辜的。

又说，组织上不应该这么打压我。

还说，你要替我主持公道。

政委说，拔擢你当副所长，算打压吗?你见过组织上有这样打压人的吗?

应如兵没话了。这正是他无法拒绝提拔的难处。

稍后，政委还吐露出另一个情况，有人坚持认为，私设小金库总是一个问题。如果钱落进私人腰包，性质就完全不一样了。我们不能因为没有造成后果而原谅一个错误，应如兵要从中吸取教训。政委说，这是某领导的原话。我一直纳闷，你是不是工作中不讲究策略，把人家得罪了?我这样说话，已经犯纪律了。

应如兵终于明白，政委所说的某领导是谁。就在年前，他无意中和翟副县长结下了梁子。

那天上午，应如兵接到烟酒店小王的报警电话。小王在电话里栩栩如生地说，哎哟，应队长啊，你没看见的，这人好凶哎，明目张胆拿着假币买东西，让我老公识破了，要他换真钱他不干，还砸我店子，胆子真是包天的大……应队长，你们可要动作快点啰。我老公为了稳住他还在和他周旋，我是躲在里面悄悄打给你的，如果迟了，他就会逃跑；如果让坏人跑掉，我们的损失可就大了……

应如兵见小王的话没完没了，打断她说，小王，如果你再啰唆，他就只好跑了。

小王这才识趣地挂掉电话。

出中心汽车站大门左拐，百多米就是小王的烟酒店。应如兵带人赶到时，脑袋上留一撮黄毛的小混混正被小张揪住左胳膊，有一只玻璃杯委屈地碎在地上，地砖上散落着玻璃碴和泡开的茶叶，茶水的污渍呈喷射状溅开——看来，小王电话里所说的“砸店子”有点夸张了。

见“保护神”驾到，小王从里间跳出来，甩得一张新崭崭的票子“嚓嚓”响，指认“黄毛”说，就是他，光天化日使用假币，好嚣张的嘞。

“黄毛”不说话，鼓着腮帮子一个劲挣扎。应如兵努努嘴，两手下从小张手里接过“黄毛”，给他上了铐子。大梁把手伸进“黄毛”鼓囊的夹克口袋，竟掏出大把的假币来，全是百元面额的。应如兵抽一张迎着灯光正照反照，没把握。他让小王拿出一张真钱比对半天，确认这是一沓假币——这假币质量不错，不仔细辨认还真难识别。

小王凑近“黄毛”，口气比警察更警察，铁证如山，你还有什么话说，嗯？

“黄毛”眼珠子瞪得牛卵子大，面对小王毫不示弱，你等着，老子出来再找你算账。

小王朝地上啐一口，呸，你还能出来吗？想得美！

应如兵朝大梁挥挥手，带走！

将“黄毛”带回治安大队，报批拘留的法律手续刚齐活，应如兵突然接到一个陌生电话，听口音是个年轻人，人家说带着“首长”的指示要和他面谈一下。身份一说开，应如兵方知年轻人正是翟副县长的司机，他代表翟副县长要替“黄毛”说情。像这种没面子的事，翟副县长肯定不便出面，司机便成了特使，这一点应如兵很理解。只是年轻人代表翟副县长见面时，架子和口气真还像那么回事。他说，“黄毛”是首长（司机都习惯把自己的主子称作首长，有人甚至公开将领导司机或秘书叫成“二号首长”）的亲戚，首长的意思是人不能进去。如果治安大队缺钱，应队长可以打报告，呈首长签字由财政解决。这不成交易了吗？应如兵觉得翟副县长这话欠水平，或者是司机假传圣旨，让他听了很不舒服。翟副县长要求对他的亲戚从轻处罚可以考虑，也完全在情理之中，但是，拿钱说事就有点不像话了，也不符合他的领导身份。打击违法犯罪是公安机关的主要职责，而不是副业。警察可以罚款，但并不完全只为捞钱——道理是不是这样？应如兵疑问道，翟县长真是这么说的？司机反问道，应队长什么意思？应如兵说，我的意思是没意思。司机从应如兵的话里感觉出应如兵蛮不懂味，也不好对付。他不仅不降调子，反而硬碰硬威胁道，我只问应队长一句话，首长的指示落不落实？

应如兵说，我俩不是在谈买卖，你也用不着吓唬我。管我的领导多，这件事我一个人做不了主，也不能越级，等我请示我的直接领导后再说，好不好？

你这是搪塞、敷衍、阳奉阴违。司机说完一连串的贬义词后逼问应如兵，你是说首长管不了你？你心里是不是没有首长？你还讲不讲政治？

司机张口闭口所说的“首长”主管着全县政法工作，按说是应如兵的顶头上司。那么，他心里如果没有“首长”，就可以理解成目无组织、目空一切，性质就比较恶劣了。

见司机给自己挖坑，应如兵的“兵”脾气也上来了，他说，我不明白你说的意思，我认为你也不能代表翟县长。

司机二话没说，驾着小车就走。从车门碰响的声音和小车冲出大门的速度看，年轻人火气很大，脾气不小。

司机刚走，应如兵就接到治安大队长的电话。大队长问了假币的数额和使用情况，也知道了司机的态度，然后劝应如兵说，我看算了吧，就按翟县长的意思办。

应如兵听出来，大队长做出这种决定很为难。官大一级压死人，大领导他也得罪不起。既然大队长很为难，应如兵就不能让他再为难。所以，他决定放了“黄毛”。他打开手铐后对“黄毛”说，你运气真好，干坏事都有人保护。

“黄毛”肯定猜出自己为什么有惊无险。他压根就不把应如兵放眼里，走得趾高气扬，到门口还吹出一串口哨：我们的明天、我们的明天比呀比蜜甜啰。

这显然是没把警察当回事。应如兵马上命令他站住，然后走到“黄毛”身边说，年轻人别太张狂，请记住，再不要落我手里。如果有下次，你就出不去了。你头上哪怕织一张防弹网，我也要给你捅个窟窿，信不信？

“黄毛”有恃无恐。他盯了应如兵一眼，样子像是要说句什么狠话作为回敬，想了想，终没说出来，喉结一阵乱滚，把话又咽回去。最后，他剜了应如兵一眼愤然离去。

如果仅限于此，事情也不至于变得复杂起来。翟副县长后来给应如兵出了道难题，他的司机也有点欺人太甚，结果把应如兵惹毛了——翟副县长的要求没有得到满足，他自然“惦记”上了应如兵。

于是，应如兵就被提拔到乌云界派出所当副所长了。

六

后来的剧情是这样的。

“黄毛”走出治安大队的次日上午，翟副县长的司机又开车来找应如兵。这次，他是奉首长指示，要拿回“黄毛”的口供材料和没收的那些假币。

应如兵觉得，翟副县长的要求有点过分。你要面子，我可以给你，人也放了，但你直接干预下属的执法活动，手也伸得太长了吧？他对司机说，小兄弟，请你给翟县长转达，我们的材料是要入档的，不方便拿走。至于那些假币，也要按规定交由银行没收，防止流入市场。所以，也不能给你拿回去，请你和首长理解。

司机让步说，假币就算了，又没立案，材料入什么档？哄鬼去吧，你那点套路，以为首长不懂？

首长当然懂，不懂他怎么能当首长？入档，只是应如兵的一个托词，实际上，他想到了更深层次的问题。如果把这份材料交出去，自己手里就没有“黄毛”使用假币的任何证据，将来让人家反咬一口，自己会吃不了兜着走。而且，“黄毛”如果再犯事，这份材料足以证明他有前科，可以重点打击。“黄毛”最后离开的时候，那神情是睚眦必报的，是得饶人处不饶人的，应如兵不得不防他一手。所以，他无论如何不能把问话笔录给司机带走。应如兵继而又想，翟副县长非要把材料拿回去，无非是怕应如兵他们把他替“黄毛”说情的事泄露出去，损害领导形象，影响他的官声和仕途。无论怎么说，这份材料于翟副县长都是一个把柄，是他心里的一块硬伤。它就像搁在枕边的一颗炸弹，嘀嗒嘀嗒，会让翟副县长吃饭不香，睡觉不踏实。翟副县长不想让材料落在应如兵手里，自有他的远虑。可是，应如兵不能因为照顾领导的感受，让自己陷入不利。他回司机说，既然没立案，我们也就没办案。翟县长还担心什么？请你回去给领导说清楚，我们是讲纪律的，这件事不会随便乱说。

司机说，这件事你恐怕做不了主。我建议你还是请示一下再做决定。

在这件事情上，应如兵不会请示大队长。他知道，这会让大队长很为难，也让自己没退路。与其让大队长为难，他还不如自己死扛着。他说，我们执法有原则，有些事情是不用请示的，领导也不应该同意。

未必吧？你不能代表领导！

应如兵听出来，司机这话是对昨天他说“你代表不了翟县长”的回敬。应如兵很严肃地说，我不代表领导，我只代表我自己，代表一名警察。

司机咄咄逼人，要是领导同意交出材料呢？

应如兵没想到，司机竟这么霸道，他干脆来个了断，领导一定没你说的那么混账，再说，就算领导同意，我也不给。这就是我的态度，你死心吧。

那我就给首长照你说的回话？

你这是威胁我吗？你是要破坏公正执法吗？应如兵想拿大帽子压压司机。

不，司机说，你理解得比较严重，我只是提醒一下。

感谢。应如兵始终认为，司机是在狐假虎威，翟副县长不会这么跋扈，要不然，他就当不了副县长。

后来，这件事情也就过去了，没人再提它。应如兵私下里想，如果有机会，我得亲自向翟副县长汇报一下，请他理解下属的难处。他相信自己能把话说清楚，翟副县长作为领导，也应该有宽广的胸怀和包容的姿态。

现在，政委的话藏头露尾，像暗夜里的烟头明明灭灭，似乎是在向应如兵暗示什么。

暗示什么呢？应如兵到乌云界派出所履任没多久，政委上山检查工作时才揭开这个谜底。应如兵高估翟副县长了——任何一个敢与领导叫板的人都会成为碰到石头的鸡蛋。

晚上，政委在派出所食堂喝了几杯苞谷烧。这种农家自酿的正宗粮食酒虽然不打头，但度数高，后劲足。政委在酒精刺激下成了半个话痨。他告诉应如兵，当时，你坚持不把材料交出去是唯一正确的选项。倘若没那份材料兜底，有人会把你一棍子拍死，我们谁都替你说不上话。应如兵听得后背冷飕飕的。他说，政委，你给我过句实话，我这工作到底还有没有搞头？

政委突然意识到说漏了嘴，叹一声说，应所长你要记住，越是在困难情况下越要挺住，你只有把工作搞上去了，所有的杂音就会消弭，我们替你说话才有底气，明白否？

应如兵心里说，明白又能怎样？

当然，这些乌七八糟的内幕乌云界派出所所长老范不知道，所里其他兄弟更不知道。他们还真以为应如兵红运高照呢。

对应如兵的走马上任，所长老范表现出由衷的欢迎。他早就成了撞钟的和尚，现在，局里派来个副所长替他撞钟，他真是求之不得。

应如兵报到当天，气还没喘匀，老范就在接风晚宴上公开撂挑子。他说，应所长，从现在起，所里的事就交给你全权负责，反正你接班也是迟早的事，我就提前下课了。他还说，我要伺候那几只赶山狗。我马上要退休，退休后就跟它们玩。他又说，赶山狗才是我的好伙伴。人老了，没几个忠实的伙伴不行。他再说，狗是通人性的，它们很讲感情，有时候人还不如狗。

乌云界派出所除去老范，只有肖圣柱和叶进冬两民警，外加聘请的警车司机“周黑皮”。原先，范所长完全是人性化管理，有事一窝蜂上，平时没事，大家就是一盘散沙，想干什么干什么。范所长自己不能垂范，一心一意当他的“狗司令”，大家也都跟着稀松涣散，心眼里不太把范所长当领导，开起玩笑来也没大没小。这种队伍和作风让应如兵看了皱眉头。他宣布，从现在开始，派出所实行军事化管理，范所长例外，但司机不能例外。三名过厌了散漫生活的年轻人从内心真希望应所长来点正规动作，提振一下警营精气神。尤其是“周黑皮”，听说应所长把他当正编警察对待，劲头子足得很。

应如兵从内务管理开始，完全照搬部队那一套。办公桌椅怎么摆放，哪个屉子装么子东西，包括厨房里谁的碗筷放哪位置都有定规，不得乱套。应如兵的要求是闭着眼睛要能准确无误地拿到自己的物件，他还为此专门在夜间搞过两次突击演习。作息时间也统一规定下来，早晨六点钟敲钟起床（当然是应如兵亲自敲钟司晨），三分钟后出操。早操除了基本的队列训练，还有跑步、俯卧撑、引体向上等体能训练，以及擒拿格斗、射击方面的战术练习。应如兵当过特务营营长，接受过严格的特种训练，这些小打小闹对他来说跟耍把戏一样。可对三个年轻人而言，新开茅厕三天香，一开始兴兴头头的，几天下来都感觉吃不消了。他们有打退堂鼓的想法，只是不好意思说出来——应所长比他们每个人的年龄都要大一轮，每项训练他都带头打头阵，谁还好意思偷懒耍滑？

四个人的训练虽然闹不出很大动静，但他们的口令声和吼叫声还是惊动了派出所周边的老百姓。那些起早的人围拢来，透过派出所院墙的水泥花窗看热闹，有赞叹应所长功夫了得的，有感慨警察闲时练兵战时用的，有言称平时多流汗战时少流血的，也有人笑话警察没事吃饱了撑的。

说后面这种话的人之所以出言不逊，源于派出所有个逃犯一直没抓回来。那个诨名叫“山飙”的家伙曾经纠集一帮人把圩场闹得鸡犬不宁。最猖獗的时候，他们一天里寻衅滋事三起，把一个外地生意人打成重伤。后来，案子办了，其他团伙成员都被抓起来送了进去，只剩“山飙”一直没归案。“山飙”是大家的公敌，是压在人们心头的一块石头，也是派出所一个说不出口的羞耻记忆。他一日在逃，谁都轻松不了。所以，见派出所民警每天一大早在院子里吼吼叫叫的，人们难免会在心里发出疑问：你们有气力打打杀杀，怎么就不来点实际的，想法子把“山飙”逮回来?

“山飙”其实是有机会抓住的。应如兵了解到的情况是，“山飙”曾经两次在圩场现身，派出所也即刻得到了线报，并立马组织抓捕。可是，“山飙”不是徒有虚名，他逃跑的速度似乎比“飞人”博尔特还厉害，警察追不上，每次追着追着都掉一大截，最后只能眼睁睁地瞅着他遁入山林，逃往湖北方向。应如兵之所以坚持练兵，自有他的盘算：“山飙”再敢在乌云界地面上露头，撞他手上，绝对不会给他机会!

肖圣柱和叶进冬因为“山飙”两次脱逃，在老百姓面前一直觉得丢面子，走在街上找不到那种挺胸抬头的感觉。现在，派出所天天强化训练，应所长心里在打什么算盘，他俩心里当然有数，所以训练起来不仅没怨言，而且舍得下死力。他们都有一种预感，离扬眉吐气的那一天恐怕不会远了!

七

意外碰到康有财，是在一个周末的傍晚。

每次从派出所回县城，应如兵都习惯性地陪曾霞和儿子沿澧水河边散步。县城位于澧水边上，从地图上看去，它就像结在澧水这根藤蔓上的一个葫芦。河流是大地的脉搏。澧水是应如兵生命里的另一条脉动。它从遥远的神仙湾拐来，经过他的老家屋门口，在他的童年生活里注入了太多美好的记忆。他曾在河里钓鱼，和父亲划船到河对岸去赶集，也帮家里运过东西，摆渡过无数需要帮助的人。后来当兵去了大西北，那里只有连绵的高山和广袤的荒漠，水成为稀罕之物，更别说能见到像样的河流。从军那些漫长的日子里，澧水曾经无数次流过应如兵的梦境，有清风徐来波光潋滟的——风景如画；有阴风怒号浊浪排空的——气势恢宏；有平静如练博大精深的——逸兴遄飞。可以说，他对家乡的思念归根到底就是对一条河的思念。后来，应如兵脱下戎装回到这座县城，回到县城就是回到澧水身边，也就是回到了故乡。应如兵想，自己这辈子注定是走不出家乡这条河流了。记得转业那年，县城边的澧水还是千疮百孔，满目疮痍。河水瘦下去，露出河床上乱草丛生的荒洲和两边犬牙交错的河岸。挖沙船在河道里昼夜不停地挖掘，柴油机制造出的高分贝噪音响彻在城市上空，喷吐的黑烟潜入夜晚浑浊的空气里。河面上能清晰看见污水繁殖出的水藻，刺鼻的臭味到处弥漫……这几年，县里下大力治理母亲河，澧水今非昔比了。河面上不见了挖沙船的踪影，深绿的河水平静地流淌，像一块覆盖在城市边沿的绸缎，温柔而质感。沿河大堤整齐地切割出水陆的分野，堤面上栽着大小相当的九月桂。桂花绽放的季节，满城都是香喷喷的。造型美观的路灯掩映在桂树之间。华灯初上的夜晚，沿河马路成了这座城市一道亮丽的风景。

这时，夕阳衔山，西天里燃烧起橘红色的晚霞。霞光潜入澧水，染得河水一片金黄。风把河面吹出波纹，澧水看上去就像煮沸的一河金水。应如兵一家子来到水文站附近时，曾霞和儿子停下来，母子俩用手机正在抓拍眼前美轮美奂的黄昏夕照。曾霞半蹲着身子，裙子的下摆被晚风不怀好意地掀动。她撅起屁股在调试焦距和角度，一旁的儿子指指点点，不时发出那种稚嫩的欢叫声。这一幕在应如兵粗犷的心里激起涟漪，一种复杂的情愫在胸腔鼓荡起来。他多么想把这种美妙的时光定格，让它成为一种永恒。可是，他做不到。警察守护出的和平与安宁从来只属于别人，不属于自己，甚至就连自己的家属都不能尽情享用。他的岗位在大山里，在那个叫乌云界的鸟地方。按照局里轮岗的原则，至少五年里，他别想调回县城。

这时候，一辆徐徐驶近的“路虎”在身边不远处泊下来，从副驾驶座走出来的人居然是康有财。十多年不见，康有财半点都不显老。他理着平头，寸发看上去很劲爽。他比以前胖多了，以至于光洁的额头上，当年那两条标志性的抬头纹也让饱满的肌肉抻得没了踪影，下巴上的胡须明显新刮过，泛着一溜青光，满身的行头让人猜不出品牌的名字。

康有财大大咧咧地说，应如兵，你这个冤家，隔老远我就从背影认出是你。康有财说着话，几大步跨到应如兵身边，蒲扇般的大手递过来。他朝一旁的曾霞瞥去一眼，这位是弟媳妇吧？

应如兵连忙把母子俩介绍给康有财。

曾霞点着头和康有财打招呼，儿子应庆国也叫了声“康伯伯好！”

听说你这些年大发了。两双握紧的手并没松开，一直摇着。

康有财没正面回答应如兵的话，只是笑。

康有财不回答，应如兵就笃定地认为康有财是真的大发了，支撑他这种判断的正是康有财发福的啤酒肚和他脸上充满自信的微笑。

康有财拍拍应如兵的肩膀，走，找个喝茶的地方，我们兄弟俩好好聊聊。应如兵犹豫一下，回头瞥曾霞。康有财会意说，弟媳妇，批个假，二十二点钟之前保证奉还。

曾霞哀怨道，康总说笑了，他一年四季不着家，我们家只是他的旅社。他回不回我都习惯了，无所谓的。

走近车边，康有财对司机说：“你把车开回去，我和老朋友聊聊，明天接我。”

司机扶扶墨镜，应了一声，只给应如兵一个侧脸。应如兵感觉这人好像哪儿见过，肯定见过，一时却想不起来。

这是临河一家新开的茶楼，品位不错，不能不说老板是有创意的，进门后，先要走一段“水路”。有打扮时尚的妹子引导客人踩着石头

“过河”，石头下面是哗哗流淌的水，两边有形象逼真的石头和植被，石头上许是涂过绿色油漆，看上去有青苔的润滑感，轻音乐里播放着《刘海砍樵》的唱段：妹娃子要过河，哪个来背我吵……时而还能听到应景的鸟叫声，空调制造出幽幽凉意，恍然给人一种在山间溪畔慢行的幻觉。康有财要了一个小包间，两人坐下来。他显然是这里的常客，不待发话，侍应女说，康老板，上两杯“乌山银峰”？

康有财点点头，侍应女袅袅婷婷地走了。

在接下来的时间里，两个阔别十多年的老乡互相说了各自的长长短短。他们的交流是从家乡至今尚在流传的那两场哭开始的。总的说来，他俩最后都成了赢家。哭，哭出了一个保留军人品格的警察；哭，也成就了一个民营企业家的坚忍。尽管康有财一直遮遮掩掩，但他的财大气粗无处不在流露。他拍着胸脯说，兄弟，要不要我帮你？

康有财的话明显占着上风，充满着资本家的优越感，应如兵听起来有点戗。他想了想，表情散淡地说，感谢仁兄美意，我目前还没有需要帮助的地方，等哪天揭不开锅了，第一个会投奔你。

康有财轻轻抿进一口茶，真没有？

应如兵摇摇头。我们两口子都拿工资，撑不死也饿不死，温饱不成问题。再说，你是知道的，我从农村出来，苦惯了也穷惯了，是个胃口很小的人，容易知足。

康有财指着应如兵，你呀你！一说到帮忙就想到钱上去了，庸俗啊！

别的真没有。

我看你就有，是不是要我帮你点出来？

康有财的话让应如兵如堕雾中。

康有财追着问，你难道就不想调进县城？刚才我看见你一家子散步赏景的温馨场面，真让人羡慕啊！

应如兵做梦都没想到，康有财会提出这个重大而敏感的问题。他在心里承认，当今社会，有钱人的确很能耐，能办成一些意想不到的事情，但这事牵涉到公安机关的人事异动，副科级以上干部是组织部管的，康有财再牛×，怕是心有余而力不足吧。他半真半假说，康兄如果是组织部长或公安局长就好办了。

康有财领会了应如兵话里的疑虑。他说，我这些年一直在生意场上混，避免不了要接触当地某些上层人物，和他们是有些交情的。我积累的这点人脉自己用不上，可到关键时候如果拿来替兄弟效力，或许会管用。

应如兵听出来了，康有财说出这话既有诚意，也有底气。他用一个微笑做了回应，表示愿意接受康有财的帮助。

这样吧，我安排一个饭局，到时候把翟副县长请出来聚聚。不过——康有财沉吟一下，显得有点为难。到时候，你得有个姿态，向翟副县长表达一下歉意。

康有财说到翟副县长，应如兵不免暗自吃惊——关于自己和翟副县长的那点过结，莫非他有所耳闻？

应如兵试探道，我和翟县长有罅隙吗？我怎么不知道？

你就装吧。康有财坦言道，你这么说话，是没把我当兄弟啊。实话告诉你，我不仅知道你上乌云界当副所长是拜翟副县长所赐，还知道你手里捏着人家的所谓把柄。据我所知，你们之间其实并没什么根本的利害冲突，一个小小死结解开并不难。

既然把话说到这份儿上，应如兵就没法再装下去了。他说，兄弟，我并没得罪翟县长，是他心里有鬼，做事太过分，我没什么好道歉的。

康有财反问应如兵，你手上不是还保留着一份什么问话材料吗？要不，你也不用低架子，直接把材料带上，当着翟县长的面销毁掉，或直接交给他，那一页就掀过去了。

应如兵说，老兄，这件事情不要再讨论，我做事有自己的底线和原则，警察的职责要求也会告诉我该怎么做。姓翟的如果在这里当一辈子副县长，我就在乌云界大山上修道成仙。我比他年轻，看谁能熬得过谁。

对话出现短暂停歇。康有财最后慨叹道，兄弟，我记得你原来是个很活泛的人，是不是当兵把自己当出脾气来了？听我一句劝吧，不就几页纸吗？人不求人一般大，有求于人矮三分啊！

应如兵突然疑问道，我就不明白，姓翟的为什么对那个假币贩子那么上心？那么原则的问题，就算是亲戚，担着风险也犯不着哦。

康有财干脆给应如兵点破玄机。小黄毛是翟副县长的堂外甥，平时不务正业，喜欢剑走偏锋，干点带刺激的买卖，偏偏落在你手里。本来，事情也都过去了，那份材料就是一堆废纸。可你知道吗？小黄毛不知从那里混了个文凭，最近摇身一变成了大学生村官，正按照舅舅给他设计的路子一步步往体制内走。这样一来，你手里那份材料就成了一颗定时炸弹，时刻都会在翟副县长心里嘀嗒，不清除哪行！

于是，你就来充当这个拆弹专家？

康有财摇着手里的茶杯，双眼并不朝应如兵看，而是盯着玻璃水杯里那些沉浮不定的茶叶。

你可能还不知道，翟副县长和安监局邬局长是连襟，邬局长的侄女在中心汽车站开了一家烟酒店。他侄女做谁的生意？翟副县长收了名贵烟酒都通过邬局长侄女的店子变现，这些烟酒的大部分最后又由安监局买单消费。说穿了，这就是一个相互利用的利益链条，差了哪一节都玩不转。我们这些人要做的就是给链条上抹油，不让它生锈。当然喽，什么时候把我惹烦了，想给链条上楔进一颗钉子也很容易。我们这种人，怎么说呢？假如成事不足，必定败事有余。哈哈，开玩笑了。

应如兵不明白康有财为什么要对他说这些。关于烟酒店小张小王与安监局邬局长的关系他早知道，至于翟副县长与邬局长的连襟关系康有财不说，他还真蒙在鼓里。

所以，康有财最后的结论是，社会就是一张看不透的网，我们每个人都是粘在这张网上的一只小蠓虫，说不定啥时候别人一张嘴就把你吃进去了。

八

应如兵始终有一个疑问：康兄，我不明白你为什么要帮我？

康有财笑笑，你正是有这样的顾虑才拒绝我吧。实话跟你说，开始那些年，我心里真不平衡。凭什么我累死累活进工厂吃猪狗饭，使骡马力，只挣那点可怜巴巴的工资？你这个军官本来属于我，要不是你像跟屁虫跟到县武装部，后来顶上去，你所拥有的一切就是我康有财的。命运待我不公，我不服啊！是你剥夺了本该属于我的幸福和荣耀，尤其是你每次威风八面探家的消息传到我耳朵里时，你不知道我有多么恨你。可回头想想，人各有命，不可强求，不是我的我争不来，属于我的别人也抢不去。就说我自己吧，感谢上天眷顾，后来不也撞狗屎运，承包煤矿发了？要不是我抓住商机挣几个黑钱（煤是黑色的），我今天能住别墅、开豪车吗？我有能力把母亲接进城里，请保姆伺候吗？所以——康有财呷一口茶，我能混成现在这样，真得益于你当年无心插柳帮我一把，要不是你顶我去当兵，我哪会有今天，你才是我康有财生命中真正的贵人嘞。所以，听说翟副县长拿权力的大棒整你，我发自内心地替你感到不服。你刚才说什么拆弹，那是扯淡！铁打的营盘流水的官，翟副县长干几年就走了，升官了，他认得我老几？你我一个村子里拼打出来，从小光屁股玩大，我们能走到今天多不容易，我们的兄弟情分才是打断骨头连着筋啦。你说，我不帮你帮谁？

康有财的话在应如兵心里激起涟漪，他仿佛又回到十多年前在县武装部门口和康有财话别的情景。

兄弟，到部队后好好干，我等着你的好消息。那时候，康有财对应如兵充满感激。他是真诚的。

应如兵握紧康有财的手，发自肺腑地说，放心吧，我这个兵有一半是替你当的，在部队不混出个人模狗样我不回来见你。

你回来也未必能见到我。康有财当时的神情十分落寞。他说，我还有脸回去吗？村里人会笑落大牙的，我只剩外出打拼一条路了。

武装部院子里响起集合的哨声。两人互道珍重后，应如兵朝队伍跑去。他快要转进院子时回望门口，康有财孑立街头依然在引颈招手……

应如兵还在神游八极，康有财敲着腕子上的手表，快到点了，我给弟媳妇有承诺的，今天先聊到这里吧。

站在茶楼门口，应如兵和康有财才想起互换电话号码。他俩就着霓虹灯闪烁的光亮在各自的手机上摁着数字。康有财说，这几年煤炭形势不好，我现在转行开磷矿，有时间一定多联系。还有，不管你愿不愿接受，我任何时候都会帮你。这些年在江湖闯荡，我耳濡目染，早把自己当年追求的东西丢得一干二净。今天虽然谈得不多，但我从你身上又看到了某些美好的品质。时间在变，你却一点没变，还是当年的老样子。如今像你这样有操守的人真的不多，令兄弟感佩啊！

应如兵玩笑道，还不是当兵给害的吗？

康有财羡慕说，人生有一段当兵的经历多好。

应如兵突然想起一件事，说，你那司机我好面熟。

噢，康有财说，朋友介绍来的，跟我才几天，来头不是蛮清楚，情商高，人倒是挺机灵，怎么……他正要往下说，一辆出租车“哧”地泊在旁边，司机招手揽客。两人回家正好方向相左，康有财礼让说，你先走？应如兵说，我比你近，散步回去。康有财便打车走了。

应如兵步行回家正好经过中心汽车站，平时这时候，小王和小张的烟酒店还没打烊，应如兵决定顺道去那儿看看。买电视机的六千五百元钱一直没还人家，去年年底本来是要还一部分的，可小王说，那点钱并不多，还不齐再还不要紧，他们并不差那几个钱，于是就拖了下来。应如兵想，今年无论如何都要把钱还给人家，正好顺道给人家说一声。

店子里亮着灯。应如兵走进去，发现主人换了，店面已不再经营烟酒，而是改做早餐。应如兵留有小王的手机号码，打过去，里面有女孩用普通话告知“您拨打的用户已停机”。应如兵感觉蹊跷，向女店主打听小王和小张搬哪去了。女店主当时正专心致志地剁饺子馅儿，半天没吱声，只是顺时针摇头，再问是否留有他们的电话，女店主又逆时针摇头，摇来摇去，样子就像颈椎病患者正在做着保守性治疗。应如兵碰了一鼻子灰，人家只对食客提出的要求感兴趣。

回到家里，应如兵把这样的消息告诉曾霞，问她咋回事。曾霞说，小王两口子前几天突然搬走了，连招呼都没打，也不知道发生了么事情。曾霞突然敏感起来，哎，你怎么凭空关心起小王来了？应如兵说，你说我凭啥关心人家？你没忘吧，我们还欠人家买电视机的钱呢。曾霞说，你尽管放心，你找不着他们，他们迟早会找你要账。

这一夜，应如兵委实没睡好，床上像长满钉子，他翻来覆去无法入眠。隔壁小两口的神秘搬走、康有财有意无意向他透露出的那些信息、戴墨镜的司机似曾相识……这些像一团乱麻绞缠在一起，让他隐约感觉到其间有着什么丝丝缕缕的关联，但想破脑壳却也理不出个头绪。第二天麻麻亮，他就起床要赶回乌云界去。临走，他让曾霞存下康有财的电话号码。曾霞说，他是你老乡，你有他的号码就行，我留着干什么？应如兵也说不清自己为什么非要把康有财的电话告诉她。他忖了忖，我离县城太远，家里如果有什么急难，请康有财帮个忙方便些。他回县城的时间多，门路宽关系广，人也挺热心。

曾霞瞪圆了眼睛看着应如兵，怎么啦，你不会有什么事吧？

应如兵摊开双手，我能有什么事？我只是担心我不在身边，你和儿子碰到什么难处没人应急。

回到派出所，肖圣柱向应如兵报告，据他的眼线说，这两天，“山飙”在县城出现过。

县城？

是的，开一辆豪车抖威风。

应如兵脑海里灵光一闪，急忙从屉子里拿出“山飙”的卷宗仔细翻看。当“山飙”的照片出现在眼前时，他猛然一拍大腿，妈的，原来是他！

他吩咐肖圣柱和小叶做好准备，随时跟他去抓“山飙”。

肖圣柱说，眼线还没摸准“山飙”的准确位置。

应如兵说，我知道他在哪。

可惜，应如兵慢了半拍，他还没来得及对“山飙”动手，县纪委的人先将他带走了。

他终于落在康有财的预言里——社会是一张看不透的网，他被“网”了进去。

当天，纪委干部宣布对他实行“双规”。他知道，“双规”意味着什么。它是纪委用于对党政干部涉嫌违纪违规问题进行调查的强制措施。被“双规”的人将限制自由，无条件地配合组织调查，如果被查出有涉嫌重大违法犯罪的线索，还会移交司法机关处理。

纪委干部甲说，应所长，我们接到群众举报，你在工作中存在违纪问题，希望你能主动向组织说清楚。

应如兵把自己从警这些年的经历前后捋了捋，说，我在汽车站巡逻队负责时，曾用过一笔专项经费，有人怀疑我私吞公款——他能想出来的“问题”仅限这事。

干部乙马上打断他，那件事我们已经查过，并做了结论，还提它干什么？说别的。

应如兵实在想不出别的“问题”。他说，请二位提示提示，我不想瞎耽误工夫，我还要回所里抓逃犯。

甲说，应所长，你自己说出来和我们提示后再说出来，是性质完全不同的两个概念，这一点你应该很明白。

乙补充道，我们也不想让你认为我们是在诱供你。

应如兵说，我这人一根肠子通屁眼，不喜欢拐弯抹角婆婆妈妈的，什么事两位尽管说出来，有问题我认打认罚，痛快点好不好？我真的还要回所里抓逃犯，我已经掌握了准确线索，没时间和你们瞎折腾。

甲高深地笑笑，我们知道应所长很敬业，但是，到了这里光急没用，还是先交代自己的问题，事情弄清楚了，该抓逃犯回去抓你的逃犯。

应如兵气咻咻地说，那我只能明确告诉二位，我行得端走得正，没问题。

真没问题？甲反问道，那么，你的意思是我们胡来？是有人要陷害你应所长？

我没那意思，但不排除有人诬陷。应如兵说，干警察没少得罪人，社会上仇警者大有人在，这个你们懂的。

乙说，应所长，你这态度有问题，时间不早了，我们晚上加班谈。

九

就在应如兵被纪委带走的当天中午，社区一拨人到曾霞的租住房“检查卫生”，有个年轻人还拿手机在客厅里又是录视频又是拍照。

曾霞就奇了怪了，整个院子怎么独独“检查”俺家？那拨人刚离开，曾霞就接到乌云界派出所老范的电话，告诉她应如兵被带走的消息。曾霞不知道是老范，你谁呀，咒我家应如兵出事是不是？告诉你，他在派出所好好的，你就别瞎操心了。老范说，都什么时候啦，我好心给你传信，你还说这话，赶快想办法吧。老范最后的话把曾霞唬住了。她赶忙打电话，应如兵电话关机。她感到事情不妙，又一时茫然无计。忽然，曾霞想到丈夫上山之前交代她的话，马上联系康有财。康有财听到坏消息，在电话里一个劲安慰曾霞说，你先别急，我来想办法，放心吧，我不会让应如兵有事的。曾霞哭着说，兄弟，他上山之前特地告诉我有事求你帮忙，我才想到你。现在，我指望不上任何人，全拜托你了。

这天夜里，应如兵和纪委干部对付到凌晨两点钟，事情没有任何进展。

纪委两干部也熬不住了，甲出示一张发票复印件问应如兵，认不认识这个？

应如兵一眼瞧出这复印件来自小王给他家购买“三星”牌彩电的那张凭据。

没等他回答，乙再把一张放大的照片摆在应如兵面前，这个，你该熟悉吧？

——这是应如兵租房的客厅照片，墙边那台“三星”牌彩电成为照片的主体，格外清晰醒目。

应如兵有点莫名其妙。

甲说，把实物和发票复印件联系起来，你不觉得这里面有问题?

应如兵反问，有什么问题?

乙说，我问你，电视是不是在你家?

应如兵点头。

再问你，复印件是不是来自这台电视机的发票?

应如兵又点头。

甲一拍桌子，对嘛！那你说说，这台电视机是怎么放到你家的?

应如兵一五一十把小王两口子送电视机的过程说完。

你说向人家借钱买的，打了借条吗?

应如兵说，我们约好以发票当借条。

谁能证明?

当然是小王两口子嘛。

甲说，你左一个小王，右一个小张，他们到底叫什么名字?

这个真没问过，平时就这么叫的，要知道他们的名字还不容易吗，查一下就清楚了。

问题是一对连名字都不知道的夫妻，凭什么要给你送电视机?

我已经说过，不是他们送，而是我借。应如兵说，我们是关系很好的邻居。邻居之间借钱借东西，这有什么好奇怪的?你脑子有问题吧?

哼！说得轻巧。甲说，在人家给你送电视机的当天，你是不是抓了一个扒手?

是呀，抓扒手有错吗?不过，我要纠正你的说法，不是我抓了，而是我们巡逻队现场抓获。

有区别吗?

当然有。事情是兄弟们干的，说我抓是个人行为，我有贪功之嫌;

说巡逻队抓获是工作行为或执法行为，功劳是大家的。

有意思吗？甲说，别跟我咬文嚼字了，我只问你有没有这回事。

有这事，他还是个逃兵。

最后怎么处理的？

放了。

这就对嘛。甲分析说，你想想，一个关进拘留所的扒手，没做任何处理，说放就放了，谁给你这样的权力？另外，偏偏就在这天晚上，有人给你送电视机上门，你不觉得这两件事情联系起来耐人寻味吗？

应如兵总算听出些道道来了。他说，有人在捣鬼，这里面有阴谋，我请求面见当事人，我要对质。

甲笑一笑，应所长，你很幼稚啊。我们对举报人是要依法保护的，要见也得法庭上见，可我们并不想走到那一步。说句内心话吧，你应所长从农村当兵出去，走到现在不容易，我们并不想把事情做绝……但你得配合呀，不要让我们太为难。

应如兵品咂着甲的话，感觉出他们似乎也有难言之隐。他想到了扒手“酒窝窝”，想到了使假币的“黄毛”，想到了翟副县长和他的司机，想到了康有财让他交出的那份讯问笔录，也想到了小王他们不声不响地搬走……难道这是一个精心设计的圈套？

应如兵回话说，能说的我都说清楚了，有些事没法配合，人在做天在看，你们看着办。

乙说，我们可以给你交底。纪委初步的想法是，应所长如果能交代并认识自己的问题，这案子只做违纪适当处理；如果硬要和组织对着干，那就只好移交检察机关，敲诈勒索也好，徇私枉法也好，受贿也好，让法律给你一个定义。

这话像一把刺刀刺痛了应如兵。他挺身站起来，拍拍自己的警服，别废话了，你们睁大眼睛看看，我应如兵是那种贪生怕死的软骨头吗？告诉你们，站在你们面前的曾经是一名军人，现在是一名堂堂警察，这两个身份都不允许我昧着良心说话办事，更别想要我向小人和邪恶低头。

两干部收起纸笔，甲说，那我们仁至义尽就没得谈了。

应如兵说，这事必须得谈下去。

……

第三天上午，没想到事情突然出现转机。

甲换一副笑脸，很客气地对应如兵说，应所长，对你的“双规”解除，你现在可以收拾东西走了。

应如兵愣怔半晌，僵硬着身子一动不动，什么？就这么不明不白地来，糊里糊涂地走？过家家好玩是吧？告诉你们，我就不走了。

甲说，如果需要解释，你去问他们。

顺着甲手指的方向，应如兵看见了等在门口的康有财和曾霞……

应如兵坚持不给说法不走。康有财指着自己的胸口说，走吧，我这里有说法。

应如兵岿然不动。

曾霞说，儿子现在还不知道这事，你是想伤害他吗？

曾霞的话直抵应如兵内心深处最柔软的地方，他脚步犹豫着走出纪委办公室。

我想尽办法才找到小王两口子。康有财边开车边抖搂实情。是有人以他们的名义举报了你，但他们也是被人利用，有自己的苦衷。嘿，不说这些，有惊无险，出来就好，把一切都丢开。

不行！应如兵一拳捣在车门上，你把小王的地址告诉我，我把钱给他们还过去，连利息一起还。但他们也要还我一个公道，我不能蒙着被子吃屁。妈的，这么做人太险恶了！生活还有什么意思？

小王两口子是冤枉的，你不要错怪人家。康有财揭秘说，你知道人家为什么放弃烟酒店好好的生意不做，天远地远跑出去另谋发展？

原来，应如兵调离汽车站后，“黄毛”就和翟副县长的司机天天上门找小王他们的麻烦。他们费尽周章找到“酒窝窝”，查明小王夫妇替他说情并送给应如兵电视机的详情。“黄毛”有翟副县长这个舅，又是在烟酒店让小王识破并报了警，他当然要兑现承诺找烟酒店老板算账。鸟司机最恶毒，小王两口子不肯出示发票原件，他就要小王说出电视机是在哪家商场买的，什么牌子。小王他们不答应，最后，安监局的舅舅出面了。邬局长逼着小王说，如果不配合，安监局所有的欠款不结账。这差不多掐住了小王他们的命门。小两口说出相关信息后感觉对不住应如兵夫妇，加上不堪“黄毛”之流的骚扰，不得不关张走人，还变换手机号码玩失踪。康有财说，人家也是被逼无奈啊，他们并没把自己手里的发票交给纪委，已经足够对得住你了。“黄毛”和司机找到那家商场，翻出发票存根，复印后交给纪委，才有了后面的剧情。

应如兵像被人抽去筋骨，身子如一摊烂泥委顿在座位上……

十

“路虎”驶近一家特色餐饮店门口，康有财要在这里替应如兵接风压惊。

隔老远，应如兵就发现康有财的司机等在门口。他戴着墨镜，正神色不安地朝这边张望。应如兵像老虎见到猎物，他似乎忘了自己刚刚过去的遭遇，绵软的身子一下亢奋起来，下车后默默靠近准备上车的司机。“山飙！”在应如兵突如其来的断喝声里，司机颤抖一下，墨镜掉落下来。他接住眼镜刚要拔腿逃跑，应如兵几个擒拿动作快如闪电，一气呵成，将“山飙”摁倒在车门边，一张脸都被压变形了。

曾霞脸都吓白，她对着应如兵说，你发啥神经？

应如兵没理她，只给康有财解释道，兄弟，真是对不住，我本来应该感谢你，可这小子是我们所里抓了多年的逃犯……

康有财并没表现出讶异。他平静地对应如兵说，你那天向我打听他的底细，我就有所怀疑，只是想不到这哥们儿会有逃犯身份，真是冤家路窄啊！

回头，康有财拍拍龇牙咧嘴的“山飙”说，小兄弟，碰到应所长，你就只能自认倒霉了。乖乖跟他走吧，进去后，我会来看你。

“山飙”说，姓应的，我服了你。老子躲猫猫的日子过腻了，迟早有这一天，你拿我去邀功吧。

应如兵正愁没处撒气，手上猛一用力，“山飙”痛得嗷嗷叫。他没好气地说，拿你邀功，我怕脏了手！

康有财对应如兵说，我恶人做到底，你说先去哪儿。

应如兵把“山飙”押上车，让“路虎”直接开到刑警大队。

办完刑拘“山飙”的手续，应如兵按照康有财提供的新号码拨通小王的手机。听出是应如兵的声音，小王连说了好几个“对不起”。小王说，应大哥，我们真的没有害人之心，我们惹不起躲得起……应如兵不想听她多解释，说，事情都这样了，说这些话还有什么意思？给我一个账号吧，我把买电视机的欠款打给你，卖血都还你。

你不是让一个姓康的老板转给我们了吗？我都给他打过收条，你还打什么钱？

应如兵怔了怔，转而打电话问康有财，告诉我，是曾霞向你借钱，还是你主动伸援手？

康有财说，我说过要帮你。不过，这件事你老婆并不知情，我用钱和小王做交易，让她出具了一张收据，而且做手脚把收款时间写在了纪委抓你之前。要不是这样，纪委会随便放人？

应如兵立在那里，像一根路边的电杆。他举着电话的手迟迟放不下来，任由里面康有财“喂喂喂”地叫个不停。

应如兵突然想起什么似的，回到租房翻来覆去找那份关于“黄毛”的讯问笔录，结果没找着，问曾霞，曾霞说，我不知道什么狗屁材料，有，也早让纪委的人抄去了，你以为你就那么便宜出来的？

应如兵追着问，是不是康有财逼你交出去的？

曾霞答非所问，我要是知道你保留着那份材料，早把它灭了。那就是个祸根，你知道吗？

……

是年年底，应如兵因抓捕“山飙”有功，局里准备将他调回局机关任巡警大队长。方案报到县里，遭翟副县长一票否决。

此前，康有财专门到翟副县长办公室约见他，希望他能对应如兵网开一面。可未及开口，翟副县长先训人，有财兄啊，我怎么听说你在应如兵的问题上使了手脚？

康有财明白翟副县长所说的手脚是指小王出具的那张收据。正是那份关键证据，纪委才不得已放人。他装聋卖傻说，翟县长，你说的话我不懂。应如兵是什么人，你又不是不知道，我就是有心帮他，他还未必接受呢。

你在说谎。翟副县长很不客气地说，接不接受是他的事，帮与不帮则看你的。你找我不正是在帮他吗？

康有财说，我们是发小，送人玫瑰自留余香，随手拈来的善举我当然愿意做。康有财从兜里掏出一包“和天下”，先给翟副县长一支，再把自己的点上，话语随烟雾一并吐出来，求情的意味颇重，翟县长，交往这么多年，我可从没开口请你帮忙啊！

我听说他那个当兵的名额，当初就是占用你的。你怎么良莠不分，成了一个没有原则的人？翟副县长鼻孔里哼一声，背叛是一个人最卑鄙的德行，我不喜欢在我面前玩阴谋诡计的人。

康有财知道，再向他服软毫无意义。他有点憋不住了，语意深重地说，翟县长，我们打交道时间不短了，我是个怎样的人，你心里很清楚。撇开你的领导身份，作为朋友，我希望能得到你必要的理解和尊重。

翟副县长压根不买账，他警告康有财说，应如兵就是个不识抬举的人，我劝你离他远点。不然的话，别怪我连你一块收拾！

康有财开矿多年，少不了和安监局邬局长打交道，自然也就和翟副县长搅得很深。他一味地向权贵哈腰，给某些链条上抹油，想不到有求于人时，翟副县长会视他如蝼蚁。他深知翟副县长说要收拾他，绝不是危言耸听的——除非他不想继续开矿。

走出翟副县长办公室，康有财无奈地摇摇头。他仰脸看了看天，天上是密实的云层，什么也看不透。一丝含意不明的微笑浮上他的脸颊。在这样的微笑里，他好像把许多事情都想通透了，身心顿时感到一阵轻松……

翟副县长说话算数，一言九鼎。终于，应如兵还是在乌云界派出所当警察，连头上那顶副所长帽子也被撸掉了。

时隔不久，安监局邬局长因涉嫌多项犯罪指控被市检察机关立案调查，而且把翟副县长也捎带进去。谁都知道，翟副县长在县里经营多年，上上下下早已编织成一张密不透风的网，是谁吃了豹子胆，敢在太岁爷头上动土，而且一家伙打准蛇的七寸?

人们传来传去，最后锁定反腐英雄非康有财莫属。理由很简单，据说光是某一笔，翟副县长就和邬局长联手，以矿山存在安全隐患为由敲诈过康有财一百二十万……

绝　招

午睡这点时间，仇如钢做了个短小精悍的梦。

他梦见自己误入一条荒径，乱花迷人，两眼旁顾，一不留心脚下踏空，人往洞穴深处坠去。仇如钢反应够快，双手薅住一根藤蔓，脚下却无落处，于是，悬空的身子晃如秋千。他使出尿劲自救，希望双脚能探着洞壁，减缓手上压力，结果只蹬掉一块石头。石头松开滚落，咚咚咚，哐哐哐，击起一阵恐怖回响——他被吓醒了。

原来，外面有人急促敲门。

敲门者阴二，街上一个混混小头目，人送外号“二愣子”。仇所长，不好了，有人要杀人。

仇如钢对“二愣子”不感冒。这个大错不犯小错不断的祖宗平日里纠集一帮小年轻，在辖区没少给派出所制造麻烦。仇如钢一直暗中收集证据，正俟机将他和他的喽啰们一网打尽。想不到他居然送上门来，还猪鼻子插葱，装模作样充正人。

听说有人杀人，本已回到座位装淡定的仇如钢心里还是有了小忐忑。他欠起半截身子，不以为然道，杀人？光天化日之下，谁敢杀人？仇如钢是这样想，只要你“二愣子”不招惹事端，老子的辖区就平安无事。想到这里，他挖苦“二愣子”说，我看啦，你是巴不得街上天天有人杀人吧？

“二愣子”热脸贴冷屁股，一点不觉讪然。他回击道，仇所长，我好心来报警，是不想让柳歪歪弄出大事，你既然狗咬吕洞宾，我他妈算自找没趣，嘴巴痒。

听说是柳歪歪闹事，仇如钢心里不禁一沉。这个歪歪绝对是街上混混中的一号头目，也是“二愣子”的死对头。他心狠手辣，曾经为收账一刀剁掉人家半根指头，有次打架占了下风，竟生生咬掉对手半只耳朵。这个玩命的主儿两进宫，他不惹是生非则可，惹事必是大事，仇如钢不重视不行！

慢点。见“二愣子”真要走，仇如钢不得不把他招回来，你给我说清楚点，歪歪他到底怎么啦？前倨后恭，仇如钢有点不好意思。

歪歪还玩老套路。他在贵三的餐馆吃饭，又不想掏钱，最后拔一根头发丢盘子里，不付账不打紧，还要求赔偿损失。贵三堂客（当地人对老婆的客气称呼）看穿歪歪的鬼把戏后不留情面，当众揭穿他，骂出许多难听的脏话。结果，她招致歪歪一顿狠揍，已经倒地爬不起来，生死未卜。贵三抄家伙要迎战拼命，歪歪就手抓过门边肉案上一把杀猪刀扬言劈了贵三。双方战端既开，桌子已被掀翻，杯碗盘碟碎了一地……

走遍天下不亏店家。有钱吃饭，没钱饿肚，脸总比肚子要紧，吃霸王餐的事我阴二可干不出来。“二愣子”陈述完毕，发出这般感慨，语气里对歪歪充满鄙夷。

对“二愣子”的如意算盘，仇如钢洞若观火。歪歪因为敢下手，名气旺，一直压着“二愣子”的风头。小打小闹的“二愣子”心里虚他，平素只好隐忍。现在，歪歪惹出这档子糗事，“二愣子”希望借警察之手收拾他，替自己出口常年压抑在胸中的鸟气。当然，仇如钢不会让

“二愣子”阴谋得逞，就算收拾歪歪，也是警察依法行事，为民除害，保一方平安，不可以让阴二当枪使。他揭露“二愣子”说，派出所如果抓了柳歪歪，你心里是不是感觉很爽？“二愣子”听出仇如钢话里带刺，心里泼烦，说，仇所长，你别打击好人，这样的事派出所管不管随你。仇如钢说，谁说不管？只要有人敢在本辖区撒野，警察就要管。仇如钢的话绵里藏针，噎得“二愣子”翻白眼。

可话是这样说，仇如钢却面临最大难题——所里只剩他一个人！和正在滋事的歪歪比起来，仇如钢有许多劣势。他个子矬，比歪歪矮半个脑袋，身体上对手占便宜。虽说自己也当过武警，但多年不操练，那些拳脚功夫几近荒废，单枪匹马对付歪歪绝无制胜把握。更何况歪歪不到三十岁，体壮力大，年过不惑的仇如刚和他比差了一大截。关键还一条，歪歪是赤脚的，仇如钢是穿皮鞋的。赤脚的歪歪敢玩命，仇如钢生命诚可贵，皮鞋价更高，用不着和他一样拿命当儿戏。谁说警察不怕死？那才真叫站着说话不腰疼。警察也是血肉躯，身子并不是钢铸铁打的，白刀子进去，红刀子出来，放出来的照样是滚烫血水。只不过，面对生死抉择，警察比常人多了一份职责和担当，许多东西到了该拿命换的时候让你没选择。比如现在，仇如钢就处在这要命节点上，去与不去都由不得他。所里两兄弟被派下村去处理一起纠纷，远水救不了近火。他想在乡政府抓两个帮手，可是，所有干部也都下了村，只剩财政所出纳妹子正在办公室摁电子计算器算账。拉上她去处警只会羊入虎口，让柳歪歪多一个人质，到时更麻烦。这时候，空气中的辣椒味儿刺激了仇如钢的嗅觉，他抽搭鼻子，打出一个地动山摇的喷嚏。对，不是还有乡政府食堂的大师傅老魏吗？老魏年纪虽然高了点儿，但他粗胳膊长腿，操刀切菜呼呼生风，如果能助自己一臂之力，两人联手拿下柳歪歪应该不成问题。想到这里，仇如钢给“二愣子”递话，你先去吧，柳歪歪的事情我会处理好。

“二愣子”站着没动。人命关天，他对磨磨叽叽的仇如刚颇反感。他说，你能不能快点，柳歪歪他可能没你这耐心。

滚远点，派出所的事用得着你阴二指手画脚吗？你还是管好自己吧。仇如钢撂下“二愣子”，疾步朝食堂走去。

听说要抓柳歪歪，老魏手里炒菜的锅铲哐当掉锅里。他腾出的双手很无措，顺便在围裙上擦两把，嘿嘿笑，肥胖的脸像弥勒，表情很复杂。他说，仇所长，你看，我这不是正忙着吗？时间也不早了，下村的干部马上就回来吃午饭……他拒绝的理由很充足。

仇如钢当然知道老魏的话是托词，他想不到老魏是个胆小鬼，公家的饭菜白养他一副好身体。仇如钢自己也胆小怕死，但他是警察，不能因为怕死不去抓柳歪歪，明知送死也得上。老魏可不一样，一个食堂职工，他的职责是弄出可口饭菜，让乡干部们吃好喝好。他没义务配合仇如钢抓坏人，仇如钢拿他毫无办法。仇如刚还是不死心，他拍拍腰间的枪套给老魏壮胆说：“魏师傅，你不用怕，我带着家伙呢。”老魏反唇相讥：“仇所长，你有枪，还怕什么？歪歪他敢不听招呼，你就一枪崩了他！”说完，老魏只顾炒菜去，眼睛盯锅里，不朝仇如钢看，锅铲碰得老天锅呱呱乱响。

仇如钢从食堂讪讪退出来，发现“二愣子”还在门口戳着，心里很嫌恶。他有过一闪念，要不要请“二愣子”搭把手？他发现“二愣子”脸上是那种看戏不怕台高的表情，这念头马上被自己否决。再抬头看天，天上好像往地上掉火，随便划根火柴都能将空气点燃。他睁不开眼，汗水把头发湿成绺子，制服白一块花一块，像贴在身上的西瓜皮。他妈的，吃饭时天上凭空掉石头砸破碗，这日子真是邪逼了。仇如钢吞咽一口涎水，重新走回房间。他抓过办公桌上的水杯，咕噜咕噜灌下一杯凉茶，然后抹一嘴巴。看来，和歪歪的一场对决是逼上梁山在所难免了，此去有风险，他想把准备工作做得周全一些。不带枪不像那么回事，可真带枪也有麻烦。他想了想，把腰间的“七七式”拔出来，卸掉弹夹内的子弹，放进屉子，上好锁，然后来回拨弄枪栓，弄出哗哗的声响。他发现在枪栓拉动的响声里，门口的“二愣子”两腿打闪，退后了小半步，心里不觉好笑。走到门边，仇如钢突然想起什么，又折回去，进到里间。里间是他的卧室，床边墙面上挂一面小圆镜。仇如钢把镜子取下来，端详着里面的自己，他发现制服最上面的一颗纽扣松开，左边脑袋上有几根头发奓起，严重损害自己的警容。他把小圆镜放在桌面上，简单地处理了纽扣和头发。然后，他还多此一举地把腰带解开，重新扎过一遍。把小圆镜挂上墙面的时候，嵌在背面的那张全家福倏然跃入眼帘，仇如钢的目光停在照片上，触摸了大约三四秒。这时，“二愣子”催促的声音从门外传进来，仇所长，你到底去还是不去?

仇如钢昂首挺胸，目光如炬，像一尊移动的铁塔向大门口走去，走得很有气势。

擦身而过时，“二愣子”发现仇所长好像完全变了个人。他撒脚丫子追着仇如钢喊，哎，等等我。

立在食堂门口的老魏也看到了处警的仇如钢。他挥着锅铲放一嗓子，仇所长，注意安全啦!

仇如钢没回头，走他的，谁都不搭理。

制服很扎眼，唰唰引来一片目光。仇如钢赶到时，场面上内三层外三层围了上百人。人们对这种险象环生的场景充满天生的热情。他们或许给施暴者一丝谴责和唾弃，抑或对弱者给予一点同情和声援，但都是无所谓的，关键是为了满足一个看客的好奇。

见仇如钢到来，围观人群里立刻开了锅。

让一让，仇所长来了。

依我看，来了也白搭，歪歪是天不怕地不怕的角色。

他再狠，能斗得过警察吗?

那可不一定，等着看好戏吧。

我们打个赌?

……

“二愣子”像一只苍蝇绕着仇如钢飞。他恶人做到底，半点不回避。在他想来，仇所长是自己“请”来的，今天柳歪歪如果栽到警察手里，有他一份功劳，这是他值得炫耀的资本。从此，歪歪将服他三分，再不敢小瞧他“二愣子”。

场面的确很乱。贵三的堂客别扭着身子躺地上，周边瓷片散落，口鼻皆有殷红溢出。歪歪一脚皮鞋踩女人屁股上，就像踩着一条死蛇，手里的杀猪刀拍得桌面砰砰响，嘴里哇哇嚷着，贵三，你狗日的给老子滚出来，你堂客落到我手里，再不出来，老子几刀劈死她，你信不信?

贵三不知躲哪旮旯去了，柳歪歪英雄落寞。

仇如钢看不下去，远远地朗声喝道，柳歪歪，赶快放下刀子!

歪歪拧过脑袋，瞥见仇如钢，脸上稍许困难一下，继而把目光放远，见仇如钢单枪匹马凛凛而来，刀尖子旋即转向他，眉毛立起来回应道，仇所长，今天的事你莫管，老子丑话撂前头，别说不给你面子。

果然不出所料，这小子真他妈逆天了! 仇如钢说，柳歪歪，你放的什么狗屁。我既然来了，就由不得你胡作非为。现在，我命令你马上放下凶器，跟我去派出所接受处理。

歪歪不买账，顶嘴道，你先回去，等我和贵三把账算清后再来自首。

他的讨价还价，引得围观者一阵哄笑。仇如钢听到最响的笑声来自身后一张豁嘴。豁嘴肩上挎着柴背子，正拼着老劲往前挤，柴背子一只角戳到仇如钢脊背上。仇如钢杵他一眼，厉声问，你干啥？豁嘴说，我上街买化肥。仇如钢最看不惯这种好事者，说，买化肥就买化肥，这儿没你的事，凑什么热闹！豁嘴说，我现在不想买化肥。仇如钢诧异，那你想干什么？豁嘴说，我想看你抓坏人。

他的话引出后面更浪的哄笑。

见仇如钢还在往前走，柳歪歪收回刀尖子顶住女人脖颈，威胁道，姓仇的，你给我站住，再敢往前走，我就扎死她，你信不信？

仇如钢听得一怔，他的脚步不由自主停下来。这时候，仇如钢发现自己的胆量其实很小，小得像一只幼鼠。仇如钢天生胆小。小时候夜里从不敢单独户外活动，上厕所哪怕点着灯，都得由父亲一旁站岗，不然就拉不出屎来。高中毕业后，父亲买通关系（主要是身高不够）让仇如钢去当武警，主要目的是想操练他的胆量。现在看来，父亲当年的心血全是瞎子点灯白费蜡，仇如钢的胆量一点没长进。对一个警察来说，这可是致命弱点。

仇如钢愣怔着没动。空气仿佛凝住，没有一丝儿风，街边梧桐树上的叶子一动不动。场面似乎让柳歪歪控制着，仇如钢显得有点被动。不过，他暂时的停留还说得过去，可以理解成一种策略。歪歪的刀子不是顶在女人脖子上吗？人质的安全高于一切。看着地上的女人，仇如钢突然来了计策，他掏手机打卫生院张院长电话，让他来人来车准备救治伤员。仇如钢想到的是，医生的到来或许可以缓解紧张气氛，说不定还能让歪歪转移视线，破解眼前僵局。在等待的时间里，他开始和柳歪歪打心理战。他说，医生马上就到，你只要放开人质，让她得到及时救治，我保证从轻处理。歪歪说，别当我是傻瓜，我不会相信你的鬼话。仇如钢见对手不上钩，马上指指身后，今天当着这么多人的面，我说出的话绝对算数。豁嘴马上讨好地互动，我作证，这话是仇所长亲口说的。证你娘的脚！歪歪翻脸不认人，辜负了豁嘴一片美意。柳歪歪不是好惹的。豁嘴自讨没趣，可能担心柳歪歪秋后算账，不知啥时候不声不响溜走了，直到最后，场面上再没见到他。

不多时，张院长他们来了。见这阵势，医生哪敢近前，啧啧，张院长看着仇如钢吐舌头，直搓手。

仇如钢说，柳歪歪，我再给你机会，命令你放开人质，让医生救人。

做你的梦去吧，你应该先让贵三出来，我要和他单挑。

仇如钢感觉自己好像置身于荒野山谷之中，发出的声音撞岩壁上，被生硬地反弹回来，砸得他头皮发麻。毫无疑问，堵在面前的这块岩壁就是不可一世的柳歪歪。他纠结片刻，喉咙里咕嘟一下，终没发出声音，挥着的手收得颇不自然。

“二愣子”躲在仇如钢身后，见没下文，瓮声瓮气提示一个字：枪！他不明真相，并不知道仇如钢腰间别着个有名无实的空家伙。

仇如钢想了想，打退不如吓退，也只剩最后一招了。他从腰间拔出枪来，拨弄一下枪栓，指着歪歪说，你小子听着，再敢顽抗，我就不客气了。

歪歪还真敢叫板。他拿刀拍着胸脯，踹着高儿说，开枪吧，有种朝这儿打呀，今天不开枪你就是狗操的，老子就不信你敢开枪打人。

仇如钢警告说，警察的枪不打好人，专打坏人。

他这话好没劲，歪歪压根没被唬住。这时候，仇如钢有些后悔，他觉得来之前不应该把子弹全卸掉，这时候哪怕朝天放一枪，也是一种威慑，他就不相信柳歪歪真不怕死。现在倒好，仇如钢手里捏着个空铁砣，还不如一根拨火棍，他恨死了自己。

张院长见事情没指望，催问，仇所长，我们院里病人多，可等不起。

仇如钢没理他，只对柳歪歪说，有种的你可以冲我来，但不准伤害人质，否则，你要承担一切后果。

这下把矛头引过来了。歪歪接招说，好啊，有种的你上来，老子倒要看看你脖子里是不是安了钢筋。

仇如钢发现，柳歪歪手里的刀子已经从女人脖子上移开，指向自己。太阳有些偏了，有一缕光跳进店门，正好落在锋刃上，反射出的光芒令人恍惚。仇如钢忽然想到了挂在卧室墙面上的小圆镜，以及圆镜后面的全家福。那张照片是去年暑假一家三口在九寨沟旅游时用手机拍摄的，妻子特意到照相馆打印一张小二寸，让仇如钢随警官证带着。妻子的用意很温馨——啥时候都别忘了家里有牵挂他的人。此刻，照片上妻子和儿子的笑容在仇如钢脑海里不停闪回，他感觉自己的脑仁在缩小，有些疼。柳歪歪就站在十米开外，他的脸上浮着一层蔑视的表情，一双朱砂眼透着血红。仇如钢真恨不得自己变成一副金刚不败之身，冲上去把那双带着朱砂眼的脑袋拧下来当球踢。

战书是自己下达的，怯战不可以，惧死落笑话。仇如钢无奈极了。他开始设想一些最坏的结局：刀子扎进去，自己悲壮倒下，然后是女人撕心裂肺的哭喊和白发人悲恸欲绝的呼唤，再然后舆论机器飞转，宣传铺天盖地。继之，一切归于平静，公墓区新冢高耸，四野寂然无声……

姓仇的，你尿了？柳歪歪得寸进尺，发出挑衅。

众目睽睽，仇如钢别无选择。他迎着刀锋向目标缓缓移动，只是这样的移动是谨慎的。他目光笃定，身子微侧，右手的枪平端着，符合警察战术动作的全部要求。还好，柳歪歪并未贸然发起进攻，或许他也在虚张声势，只是想试探仇如钢的勇气。随着离目标的距离越来越近，仇如钢意外地发现自己移动的速度变慢了，连腿脚也在微微颤抖。有两个声音在他脑海里争吵不休。甲说，回来，上去等于送死！你怎么这样蠢？乙说，不能退，冲上去拿下对手，退缩你就是软蛋！人家都在看你的笑话呢。两种截然不同的声音交织，弄得仇如钢无所适从。他几乎停下来，暗自打气说，没什么好怕的，大不了一命换一命，自己倒下成烈士，名节流芳，柳歪歪死了还不如一条狗！这么一想，仇如钢腿脚有了定力，居然不颤抖了。相反，从他的视角看过去，对手柳歪歪神情好像有些变化，他脸部肌肉明显痉挛几下，不知是否与风有关，持刀的袖口不停耸动，像一面飘扬的旗帜。剩下不到两米的时候，仇如钢猛然觉得自己忽视了一个严重问题，身后的围观群众应该紧急疏离，离得太近有危险——如果真要开枪的话。他撤出两步，转过身去，对着人群吆一嗓子，后退，都后退！剧情突然转折，给围观群众的欣赏热情浇去一瓢冷水，人们极不情愿地退后了一点点距离。仇如钢继续喊，退，再退，都退到公路里边去——想死吗？

张院长很配合，自告奋勇站出来协助指挥围观群众按要求后退。他和不明真相的围观者一样，以为仇如钢的枪里真有子弹，一旦开火，担心跳弹伤人。

仇如钢见人们都退得远远的，便开始和柳歪歪又一轮对话。他觉得，有件事情这时候可以拿出来摊牌。柳歪歪如果足够聪明的话，这场对双方都极为不利的危机顷刻间就可以悄无声息地化解。只是说话要艺术，既能让柳歪歪明确领会自己传达的意思，又不能在他面前太跌份儿。仇如钢在脑子里稍微整理了一下措辞，压低嗓门说，人不求人一般大。柳歪歪，今天这面子你如果不给，以后有些事情恐怕不好商量。他声音低弱，像蚊子嗡嗡，只有近距离的柳歪歪才听得真切。

歪歪凝神片刻，然后眼里发出兴奋的光芒。他似乎听懂了仇如钢的弦外之音，马上会意说，仇所长，只要你说话算数，今天的面子我给。

好！仇如钢陡然提高声音，柳歪歪，你给我听好了，本所长今天非抓你不可。

退到公路里边的人们都听到了派出所长仇如钢最后掷地有声的壮语。柳歪歪没吱声，仇如钢视为默认。

他们之前打哑谜似的对话没人听到，躺地上的贵三堂客哼唧不停，就算听到也未必听懂了什么。

就在此刻，仇如钢迎着刀子飞身扑上去，柳歪歪稀里糊涂被拿下。他手里的刀子被仇如钢挥臂挡开，几个擒拿动作干净利索一气呵成。柳歪歪半截身子佝偻下去，龇牙咧嘴表情痛苦，一双手被仇如钢反剪到背后押走。

这一幕，把远远的围观者看花了眼。掌声随即响起来，人们啧啧连声，夸赞仇所长功夫了得的同时，对柳歪歪外强中干不堪一击的表现甚是失望。

“二愣子”给意犹未尽的观战者一脸权威地解释说，怎么样，开眼界了吧？人家仇所长当过武警，他是有绝招的，制服柳歪歪这种人根本不在话下。

有人揶揄他说，那你干不干得过仇所长？

“二愣子”破口大骂，老子操你大爷。

事情远没过去。

其实，贵三堂客伤得并不重。好汉不吃眼前亏，这道理她最懂，所以，柳歪歪拳脚一上身，她马上倒地装死，直到仇如钢成功解救。

仇如钢押走歪歪后，围观的人们像一窝苍蝇呼啦一下驱散。贵三不知从哪旮旯冒出来。他刚要配合张院长上前搀扶女人，地上的堂客一个蹦子跳起来，揪住贵三耳朵、头发撒泼乱打，你个死鬼，老娘遭欺负时，你哪儿寻魂去了？贵三哭丧着脸说，我撒尿去了，有尿不撒撒裤裆里么。堂客掴他一耳光，一泡尿一拉老半天，你祖宗三代没拉尿是不是？贵三很委屈，我一直在使劲拉，就是拉不出来。

贵三堂客绝非柳歪歪的对手。双方刚一交战，胜负立见。贵三见堂客倒地，挺身相救。他顺手抡一个扫把，想冲上去拼命，却终因力量悬殊未战先败——柳歪歪手里的杀猪刀甫一亮出来，贵三突然尿意来袭。他不得已丢下扫把，慌忙火急钻进卫生间，结果半天尿不出来。后来，仇如钢及时出现，他干脆放弃冒险，把解救堂客的难题交给警察。

张院长见状，暗自大呼上当，心安理得地撤离了。

贵三堂客决定对丈夫既往不咎，前提是他必须陪她去派出所索赔。拿她的话说，人归派出所抓去，仇所长就要管到底，他柳歪歪不能白逞凶，老娘也不能白挨打。贵三出于慎重先摸底，问堂客想要柳歪歪陪多少钱，堂客伸出一个巴掌，五百元，最后想了想说，至少赔两百元。

下午，双方坐在派出所，仇如钢主持调解。陈述事实时，双方各执一词出入较大。贵三堂客说，柳歪歪成心要吃霸王餐，饭菜都吃完了才拔下自己一根头发丢碟子里，然后实施敲诈行凶伤人。女人颇有心计，她出示了那根万恶不赦的头发，把它当证据交给仇所长，红脸嘟噜说，自己之所以放弃抵抗，就是为了保护这根头发。柳歪歪矢口否认，说贵三堂客这是栽赃陷害，他现在胃还不舒服，想起来就恶心。作为上帝，他没有得到必要的尊重，而作为消费者，他的权益受到严重侵害。他也主张要贵三赔钱，甚至全面检查身体。

双方吵成一锅粥。

分歧太大，谈不拢，仇如钢只好分头做工作。他先把柳歪歪叫到隔壁办公室。没等仇如钢开口，柳歪歪先发难，那事怎么办？仇如钢说，一件事一件事来，先谈这事。歪歪说，仇所长，你别搞错了，我给你台阶下，你是有承诺的。仇如钢很烦，别瞎扯，先回答我的问题。柳歪歪，你混社会时间也不短了，走遍天下不亏店家，怎么连这起码的德行都没有？仇如钢有把握，他仔细研究过贵三堂客提供的那根头发，长短、粗细，甚至包括成色，千真万确就是歪歪头上的鸟毛。可柳歪歪说，贵三开店，我吃饭，错哪儿？仇如钢指出，我可要提醒你，那根头发是不是你的，你自己心里有数，可以做鉴定的。你先耍赖，后打人，证据板上钉钉，本所长完全可以按照《治安管理处罚法》把你办进去。歪歪说，你最好把我办进去，管饭就行。柳歪歪不是没进去过，仇如钢唬不住他。碰上这种人，仇如钢倒他娘的八辈子血霉。他还得耐着性子和歪歪磨，我不是说着好玩的，你要想清楚。柳歪歪笑得很阴险，我相信你能做到。可是，老子放出来就灭了贵三一家，你信不信？仇如钢心里觳觫一下。像歪歪这种人，没什么事情干不出来，过往的经验告诉仇如钢，许多矛盾不往小里解决，最终都会酿成大悲剧，这样的教训很深刻，值得记取。他为官一任，治理一方，不希望在自己辖区制造出惊天血案。心里这样想，可话不能往软里说。仇如钢问，你这是威胁我吗？歪歪很得意，威胁派出所长，那不是耗子舔猫×吗？但我说到做到，这是我的风格。仇如钢敲打他说，怎么做那是你的选择，有的人天堂有路偏不走，地狱无门往里闯，谁都挡不住，正是这些人让我们警察找到了存在感。柳歪歪对仇如钢这番宏论似懂非懂，也不感兴趣。他问，仇所长，那件事情你到底给不给办？仇如钢说，两件事情有联系，我也想说话算数，可你既不道歉，也不赔偿，态度很成问题，我对受害者无法交代。所以，我的承诺暂时收回，我要重新考虑一下。柳歪歪咕哝一句，好吧，想不到你也耍赖，我高看你了。

贵三两口子也不好对付，贵三堂客尤其难缠。

仇如钢认为，贵三堂客挨打，要求赔偿是正数。问题是柳歪歪不答应赔钱。他是个青皮，平日里吃江湖饭，即便爽快答应，也拿不出钱来赔偿，更何况他还坚称自己是受害者，想倒打一耙呢。

仇如钢心里更有数，贵三两口子要长期在街上开店，柳歪歪这种人他们惹不起，这次由派出所撑腰帮他们捡回一点脸面，已经够意思了。仇如钢好说歹说，最后，贵三堂客松口，答应只要两百元。贵三堂客说，什么时候拿钱？我不想赊账。仇如钢让他们听通知。女人追着问，找谁拿钱？仇如钢没好气，当然找派出所呀。他心里骂道，找柳歪歪拿钱，你们两口子有种吗？

到下午两点多钟，事情勉强告一段落。仇如钢习惯性的午睡遭到破坏，感觉很困。他把整个事情来龙去脉捋一捋，怎么想怎么窝囊。现在，矛盾双方虽说都交代过去了，自己却欠着两个人情。对贵三堂客，他得想办法给她弄两百元赔偿，对柳歪歪的承诺，他也感到进退两难。如果兑现，那会是一个耻辱的交易。可是，反悔也不像那么回事——在解救现场，柳歪歪还算“配合”工作的，他不想过河拆桥。

这时候，食堂老魏端一大碗炒饭进来。仇如钢对他先前的表现耿耿于怀，便不冷不热说，魏师傅，端回去吧，我不想吃。

老魏不在乎仇如钢这态度。别赌气，人是铁饭是钢，赶快趁热吃吧。

仇如钢说，魏师傅，你误会了。我没和你赌气，我是没资格吃饭。

魏师傅竖起大拇指，我都看见了，柳歪歪那么横的人，让你收拾得服帖，你是真警察！

如果不是后来发生一连串事情，仇如钢很可能会向柳歪歪让步的。

第二天，街上到处都在传说，派出所长仇如钢个儿小，勇气足，不惧死，有绝招，孤胆擒凶上演正气一幕，有英雄本色。这不是一个传说，而是众多亲历者现场目睹。消息传到局里，局长大喜过望要求宣传，这样的先进人物和典型事迹千载难逢，对弘扬社会正气、树立警队形象大有裨益。可是，仇如钢断然拒绝记者们上山采访。到底怎么回事，他心里最清楚，他不想把自己弄得很尴尬，到时候，连柳歪歪都会打骨子里瞧不起他。局长听闻仇如钢这态度，直接打电话批评他，仇所长，我怎么听说你不配合宣传？仇如钢期期艾艾说了一大堆不着调的理由。局长严肃起来，扯鸡巴蛋！这不仅仅是你一个人的事情，它关系到我们全局的荣誉。我要提醒你，这可是政治任务，你必须做到警令畅通！

家里显然也听说过惊险一幕，妻子盘根问底，感到十分后怕，力劝丈夫往后别逞能，遇险绕道走。你要真有个好歹，我们母子俩怎么办？说着说着，泪水就下来。唯一感到骄傲的只有读初一的儿子，他缠着父亲，要他讲述那段传奇经历，还扬言要写进作文里向同学们传播。

不久，报纸和电视一通乱砸，仇如钢成了家喻户晓的英雄人物。记者们有的是手段，他们从仇如钢嘴里虽然没挖到什么有价值的新闻内容，但是迂回包抄，最终通过现场目击者的介绍，客观真实地还原了新闻事实。相反，仇如钢的低调和谦逊让记者们的生花妙笔更添异彩，几乎所有的报道都提到了同一个词：绝招！媒体人相信，武警出身的仇如钢在千钧一发之际能一招制敌，一定用上了擒拿格斗中的绝招！

仇如钢的事迹传开后，贵三两口子最先找到派出所，问仇如钢要那两百元赔偿。贵三堂客说，仇所长，你出名我出丑，可是，那两百元钱不能少。

仇如钢想了想，从自己皮夹里掏出两张红钱。

贵三推辞说，仇所长，这钱应该由柳歪歪出，你的钱我们不能要。

仇如钢说，当然由柳歪歪出，我只是先垫付。

贵三堂客抢着从仇如钢手里接过钱，对贵三翻一个白眼，人家仇所长愿意垫付，怎么不行？能不能从柳歪歪那里收到钱是派出所的事。转过头来，贵三堂客还反问仇如钢，仇所长，你说是不是这个理？

仇如钢被噎得无言以对。

又一天，柳歪歪拿着报纸来见仇如钢。他拍着报纸，直言不讳说，这上面写些什么狗屁！他妈的，别人服你，老子不服你。

仇如钢说，你想怎么样？

柳歪歪把一张纸摆在仇如钢面前，横蛮道，你只要在上面签个字，我们两清，否则……

仇如钢瞥了报告一眼，撕了。他先对折撕开，然后重叠着撕成四块……最后将一把碎纸片抛开。那些零碎的纸片纷纷扬扬，带着舞蹈的姿态在空中飞旋，像一朵盛开的花儿，和仇如钢此刻的心情一样。仇如钢从牙缝里挤出几个字：我最讨厌别人要挟我。

柳歪歪脸上的五官气歪了，他扭头走出仇如钢办公室，丢下狠话，姓仇的，你这个所长当到头了，走着瞧！

年底，仇如钢向局里递交辞呈，主动要求辞去派出所长。他的举动引来一片哗然，不是刚刚树立成典型吗？他仇如钢玩的啥套路？所有的劝说皆无济于事，局长亲自出面，也没能说服他。

你总得给出一个理由吧？

仇如钢说，我不配！

局长说，神经病！

仇如钢调局机关。新任所长和仇如钢是战友，从治安大队教导员岗位拔擢上来。那天，交接完工作，两人一起在乡政府食堂喝酒，新所长问仇如钢有什么需要特别交代的，仇如钢要战友无论如何答应他一件事——柳歪歪准备开办砂石场，要求派出所签字办理爆破手续，仇如钢一直卡着没办。

战友说，凭什么不给办？我得给人家一个说法吧？

理由很简单。仇如钢早替新所长想好了，柳歪歪是有前科的人，危爆物品落在他手里，垄断砂石市场不说，指不定还会惹出什么事来。

可惜迟了一步。仇如钢有所不知，就在上山履任之前，柳歪歪在局里找到新所长，新所长已经在报告上签字。新所长对柳歪歪的情况并不了解，是主管副局长给他打了招呼，说柳歪歪是他亲戚，需要照顾一下，他顶不住。

新所长擎着酒杯，迟疑片刻。他忽然想到媒体上那个吸人眼球的词汇“绝招”，联想到仇如钢的辞职，似乎什么都明白了，手里的杯子朝仇如钢碰去，碰出的声响惊得旁边吃饭的人都瞪大眼睛朝他俩看过来。

假币

一

现在，裴世贵两口子遇到了最麻烦的事情：他们收到了一张假币！

裴世贵两口子是在给东家写人情账的时候收到这张假币的。当时，裴世贵负责写账，收钱的是他老婆舒琼。一开始，东家请裴世贵两口子帮忙写人情账，裴世贵就有些不愿意。明白地说，他不是那种不肯帮忙的人，他是觉得两口子写人情账不大合适，容易让人家产生误会。他认为写账和收钱就好比一个单位会计与出纳的关系，会计做账，出纳管钱，分工明确且互相监督。如果会计和出纳穿连腰裤合起伙来搞名堂，这个单位的财务管理就一定混乱，会乱成一锅粥。而钱袋子一旦出问题，往小了说是贪污行为，上升到政治高度就是腐败。现在，东家居然要他们两口子一个收钱一个写账，不太好吧？裴世贵就担心万一稍有不慎弄出一笔糊涂账来，到时候不好向东家交代。所以，他把自己的担心说给东家听。

东家说，小裴，你怎么扯到会计和出纳上去了？不就是写人情账吗？你的字写得漂亮，你老婆又是银行窗口收银的，很好的嘛。

东家是裴世贵的顶头上司——局长。裴世贵而立在望，考上公务员后，因为在大学练过书法，分在单位办公室当差，这几年进步快，很有发头的一个人。对一个搞书法的人来说，写写人情账当然不算一回事，问题难在局长指定他老婆收钱。裴世贵暗自估算了一下，以东家局长的显赫身份，人情必定不是个小数目，起码都有三十几万元，说不定是四十万、五十万……这么多钱，大多集中在中午前后两小时内登记入账，又不能出分毫的差错，这就不是一件简单的事情了。他想给东家做些解释。他想说，局长，能不能换个人收钱？要不，再找个人来帮把手，两个人好弄些。裴世贵真实的想法是，万一账面上出点纰漏，有人帮着出只肩膀挑一担子，就不会压在老婆一个人肩上，至少可以有人做个见证。可是，没等他开口，局长好像早就看穿了他的疑虑。局长弹一下烟头（这是局长的习惯动作）说，一个名头下面一份人情，几张现成的票子，清点一下收袋子内，这有什么好为难的呢？难道我还担心你收了人家的钱不写账？你不写账，吃酒的人就不得作数。局长又把烟头弹了一下说，贵子，在单位，你是最诚实的人。如果连你都不放心，我就不知道该信任谁了。说完这话，局长从手包内拿出两盒芙蓉牌烟来，一盒软包装，一盒硬包装。局长想都没想，把那盒软包装香烟甩给裴世贵，然后打一个哈哈，走了。

二

事情就在局长的哈哈里成了定局。在家里，在单位，局长办事情都这样，干得成干不成，他的哈哈就是最后结论，就是没商量的意思。

写人情账是件有面子的事情。一般来说，能堂而皇之坐在酒场子上写人情账的都是东家信得过的人，不是至亲就是挚友，或者是单位内关系最铁的哥们儿。现在，局长用一个哈哈外加一盒软包装芙蓉牌香烟把最大的信任甩给了裴世贵两口子，裴世贵再多的顾虑和推托都得收起来。写人情账这件事就是在裴世贵还没拿定主意的情况下稀里糊涂定下来的。

问题是怕鬼的人偏偏碰上了鬼。一张百元假币生生地捏在了裴世贵两口子手里。这张票子实在是假得不能再假了。怎么说呢，只要是晓得用钱的人一眼就看得出来，根本就不必用验钞机。拿张真钱叠合着一比，假币就现了原形，它不仅比真钱短了一截，宽窄上也有了明显的差距。颜色看上去根本就不对头，水印的彩色比真钱浅了许多，该绿的地方白着，该红的地方绿着，简直是驴头不对马嘴，对着光亮居然照不出老人家的头像。裴世贵拿手指头捻，假币纸张软软的、薄薄的，用两颗指头掐着使劲甩也甩不出真钱那种脆脆的响声。裴世贵有些纳闷，他听说过有的假币造得跟真钱一样，不用验钞机还根本分不出真假，怎么到了这张假币，工艺就马虎得不成样子了？他甚至想，如果都这么造假，还有什么意义呢？三岁娃儿也辨得出来，谁能上当？干脆把“以假乱真”那词儿从词典里抠出来注销算了。

幸好这张假币的来历裴世贵两口子还是清楚的。

局长的酒宴设在县城最豪华的太阳红宾馆一楼宴会大厅。大厅门口立着拱门，拱门整体是龙的造型。拱门上方的电子屏幕上，酒店老板用来讨好局长的几行字不停地滚动。一条红地毯从拱门铺出去好远。地毯的两边是红气球拉扯着的彩绸布，上面写着各种各样吉祥祝福的话，落着祝福者的姓名，随着风的飘忽摇摆不定。这些布置不仅把酒宴的气氛营造得喜庆热烈，顺便把东家的身份和名望也渲染出来了。裴世贵两口子就坐落在进门左侧的位置上，一张条桌劈出内外两个世界，条桌的两头分别用纯净水盒子和装香烟的纸盒挡住。条桌上罩着红布，桌边人头攒动，一个大红本子上落满裴世贵漂亮的蝇头小楷。这年头，能使毛笔写字的人越来越少了，而且是在这种众目睽睽的场合，裴世贵展示书法水平的欲望得到了极大的满足，他填饱了墨龙飞凤舞，笔底生风。看得出来，他写得卖力，也写得很专注。老婆舒琼脖颈上吊着个大袋子，扯开拉链，内面有好几个隔层。裴世贵写一个名字，就给舒琼报一个钱数。舒琼收一笔钱，然后从两边盒子内各拿一瓶农夫山泉和一包精品白沙烟递给人家。说起来，她的工作稍嫌麻烦一些。但舒琼在建设银行的窗口上班，是见过大场面的。不管上人情的人再多，她都神闲气定，处乱不惊，先清点钱，然后递上烟和水，程序一点也不乱。碰上有人给人家带写人情的，两份或者多份，她都要指着姓名核对一遍，确认不会有错后才把东西给人家。照这样的办法，按说裴世贵两口子不会弄出什么差错。后来还是收了那张假币，真他妈的遇到鬼了。

胡县长的老婆挟裹着一股香风飘到条桌边，脸上带着贵妇人的那种满足和雍容。她戴铂金手链的手抠开皮夹，两根白葱一样的手指优雅地伸进内面，捻出两张百元钞票。刚要丢下桌面，她好像突然想起什么事来，又把两张票子送回去。这过程裴世贵两口子都看到了，因为当时上账的人没几个，见胡县长老婆（在这座小县城，几乎没有人不认得胡县长老婆的）要上账，他们都自觉让开了。一开始，裴世贵以为胡县长老婆觉得两百元少了，要上更大的人情。没想到，胡县长老婆在皮夹内抠了一阵，最后还是只拿出两张票子。同样是两百元，何必调来换去？胡县长老婆的这个动作太明显了，不然，裴世贵两口子也不会在意的，因为就算打死他们，他们也不会相信堂堂胡县长的老婆竟会拿一张假币明目张胆地上人情。

舒琼几乎不费职业眼光就认定胡县长老婆使了一张假币。胡县长老婆不把钱递给舒琼，而是傲气地直接丢下桌。一真一假两张钱躺在桌面上，就好比一只凤凰和一只鸡站在一起，对比度太大了。舒琼在第一时间的反应和裴世贵差不多，他们的表情都有些僵硬，有些诧异，和胡县长老婆脸上怡然的笑颇不协调。舒琼迟疑着不去收桌面上的两张钱，她善意的想法是想让胡县长老婆自己把那张假币拿回去，再掏一张真的出来。她想，胡县长老婆的皮夹内怎么会有假币呢？就算有假币，一定是别人在不知情的情况下给她的。胡县长老婆用一张假币上人情，最多只是一个误会。是误会当然不要紧，更不能怪她，谁没有出错的时候？只要她换一张真的出来就行。舒琼迟疑的同时，裴世贵也木然了。桌面上的票子摆在那里，他又不是瞎子。他手里的笔毫悬停在红本子上方两厘米左右的位置，正琢磨着是否落笔。他清楚地知道，自己这一笔落下去就等于默认了一个事实，这张假币就不再是假币，而是和另一张真钱一样具有等同的价值。见裴世贵迟迟不下笔，先让开的人开始围过来催，快点嘛，我们等久了，还有事的。有个年纪稍大的人甚至自作聪明地嘀咕，写不来字，可以问嘛。胡县长老婆到底是历练过来的人，看起来半点都不心虚。在局势如此严峻和发展态势不太明朗的关键时刻，她只说了一句话，就写胡县长的名字吧。她的话跟平时没什么两样，不温不怒，但对裴世贵来说实际上是一种提醒，也可以理解为略带一点威慑。胡县长是绝对不会拿假钱上人情的，你裴世贵想都不应该朝这方面想，人家都叫你写胡县长的名字了，那就意味着胡县长会对这件事情负责任。你还不赶快写，愣着干什么！留给裴世贵思考犹豫的时间是极其有限的，事情发展到这个地步，他除了自我收场外已经没有退路。别说胡县长的权威摆在那里，就是胡县长老婆刚才说话的语气和神态都足以让裴世贵担当所有的过错和责任。而且这种担当必须是在别人没有弄明白事情的真相之前，否则，后果是严重的，知情的人如果超出了可控制的范围，那就不仅仅是一张假币的问题。这一点，裴世贵心里很清楚。他把头脑里纷乱的头绪理出来，飞快抓过桌面上那张受尽了冷落和委屈的票子，塞进自己口袋。周围上账的几个人谁都没有发现那张假币。看着胡县长老婆离去的背影，裴世贵心里暗自松了一口气。他手里的笔尖又和纸面咬上了，唰唰唰，笔下咬出的是胡县长的名字。

三

到下午三点钟的时候，最后一桌喝酒的客人散去，裴世贵两口子消停下来。

舒琼开始清点满袋的现钞。她随手抓出一把，丢在桌面上，将那些折了腰的、卷了角的一张张捋顺，然后叠放在一起，一万元一扎，用事先准备的橡皮筋箍起来，然后放进袋子内。裴世贵在总账，电子计算器不停地摁出声音，显示屏上的数字飞快地跳动。每翻过一页，裴世贵就在下面批注一个数字。这会儿，两口子都把假币的事撂一边，各忙各的，谁也不打扰谁。最后总出账来，好家伙，人情收入累计是 47 万元。裴世贵经手管过的人情账也不算少了，这次是收得最多的。尽管有过预判，但这个数字还是让他感到吃惊。吃惊过后，就只剩下不安了。不安的原因是 47 万元中有一张水货，这张水货让 47 万元的存在打了折扣，显得不太真实。此刻，这张假币就像一条毒蛇躲在裴世贵的兜内，捂着不让它出来，裴世贵感到浑身不自在。让它出来吧，毒蛇肯定会咬人。这时候，局长送完客人，醉醺醺地蹭到条桌边，两只肥胖的大手呈八字叉开撑在桌面上，含混地、吃力地说，贵子，辛苦你两口子了，怎么样？局长一句怎么样问得有些莫名其妙。是炫耀他的酒宴排场大，还是人情多，或者是问账管得怎么样？裴世贵有点迷茫。舒琼欠欠身子有答话的意思，裴世贵担心她说出什么不得体的话来，赶紧抢了去，局长，人情太多，还没总出来。再说，这里打眼，不方便，交账的事……局长摇着脑袋，喷出满嘴的酒气，不不，着什么急呢，下午吧，我喝多了，没办法。说完这话，局长打着酒嗝歪歪斜斜地走了。

回到家里，裴世贵开始琢磨假币的事。

按说，胡县长老婆是不应该拿一张假币上人情的。局长和胡县长的关系好，这是地球人都知道的秘密。局长能坐到今天的位子上去，首先是他的能力和水平没的说，但如果没有胡县长的伯乐识马，局长的仕途肯定没有这么顺当。所以，局长能爬到现在的位置上去，对他本人来说是人尽其才，对胡县长来说算知人善任。于是，知恩图报就成了顺理成章的事情。平心而论，局长对胡县长是真诚感恩的。这一点，裴世贵比谁都清楚。对信得过的人来说，局长正常的感恩之举从来都没有回避过裴世贵。裴世贵不止一次陪局长登胡县长家的门，以单位的名义逢年过节地送点东西。每次去，胡县长老婆都客气地端茶递烟，她说得最多的一句话就是随便点，都是自家人。局长和县长的职级有差别，但胡县长私下里一直把局长当兄弟称呼。在裴世贵看来，他们之间的好已经超越了许多世俗，上升到了至真至纯的境界。现在，局长有喜事，胡县长人之常情地送一份礼，怎么都说得过去。可胡县长老婆鬼使神差地弄出一张假币，裴世贵就闹糊涂了。难道局长在胡县长心里就这么不值钱？难道局长这么多年对胡县长的感恩戴德之心就一文不值？裴世贵想，一切皆不可能。这一定与胡县长无关，是胡县长老婆自作主张捣的鬼。胡县长如果知道了，说不定要狠狠教训他老婆呢。想来想去，裴世贵觉得自己有些走神，完全偏离了主题，想这些复杂的问题干什么？局长和县长的关系关自己什么鸟事？当务之急是如何解决好假币的问题。

解决这个问题的办法是有的。

首选的方法是把这张假币放进 47 万元中，就当什么也没发生，蒙过去算了。这主意是舒琼提出来的。这么做的前提当然是裴世贵两口子假装不知情，而且要把受害者的角色演到底。局长最终会明白他的47万元人情款中有一张水货，因为他的钱要存银行，就算他不明白，银行不会糊涂。但局长即使明白，也是情有可原的。两小时左右进账47万元，多大的工作量啊。没把一张假币识别出来，太正常不过了。舒琼甚至说，我没给他收两张、三张假币就算不错。可是，这办法裴世贵坚决反对。他习惯性地从工作角度来评价这件事情。如果把这件事情看成一项工作，那么，这要算工作失误，而且是严重的工作失误！局长一定会想，连这么简单的工作都弄出差错，你裴世贵将来怎堪大任？裴世贵现在的势头很好，他不想因为一张假币让自己在局长心目中的印象打折扣，从而影响前程。与其如此，他还不如自己掏一张钱赔进去算了。况且，裴世贵认为在这件事情上自己根本就没有失误，这张钱从一开始就让自己识破了，他亲眼目睹了胡县长老婆把一张假币丢在桌面上的全过程，这算失误吗？呸！所以，老婆的这个办法，裴世贵无论如何不能接受，他认定那是一种不负责任的搞法，浑水摸鱼可能一时得逞，但心里会一辈子不安，任何时候想起来，都会感到恶浊，脸上很不光彩。人如果长时间活在一种心灵的阴影里，那种活是受罪的。所以，舒琼的主意纯粹是豆渣主意。

裴世贵记得一个笑话，说是一个小秘书、一个局长和一个县长三人乘坐电梯，局长把持不住打了一个臭屁。臭气在有限的空间里弥漫，三个人都闻到了。秘书赶紧拿手在鼻子边扰了扰，以示臭屁不是他放的。局长脸上顿时有了猪肝的颜色，只有县长没事一样泰然自若。出了电梯，小秘书到局长办公室，要求局长考虑自己的升迁问题。局长沉吟良久，手指敲打着大班台说，屁大一点责任都担待不起，你还想提拔？在否定老婆的主意之后，裴世贵有了自己的想法，而且他认为最妥当的办法只能是这样——自己掏钱填进去，把假币的事情抹平。这主意是他从臭屁的笑话里受到启发想出来的。小秘书的失败就在于他想证明自己的清白，他的精明成了最大的愚蠢，让局长在县长面前丢了面子，下不来台。这个教训太深刻了。裴世贵告诫自己，千万不能犯这种幼稚的错误。他想把这件事情扛过去。他把想法一说出来，舒琼立马就表示反对。她的理由很简单：人情只能送在明处。本来就是白帮忙，又没得到什么好处，凭什么平白无故地亏一百元！是错账了吗？是没认出来吗？老婆不愿填钱，裴世贵也不好坚持。平时，裴世贵在家里的生活原则是只要不涉及原则问题，有理无理都让着老婆三分。一个小家庭，哪来那么多原则问题？所以，一般情况下，老婆不认可的事情，裴世贵基本上搞不定。现在这件事，老婆是有理的，钱虽不多，但善财难舍，如果就这么不声不响地填一张钱进去，等于蒙在被子内吃了一个屁，怎么想都不是个滋味。再说，这件事情，过错在于胡县长老婆。裴世贵掏自己兜内的钱等于是在替别人背黑锅，他没理由拿别人的过错惩罚自己！

最后，就只剩下一个选项了——把真相说给局长。

裴世贵说，你是不是在发癫？

舒琼一副天不怕地不怕的样子，反问裴世贵，怎么是我发癫，是胡县长老婆有病。她不拿张假币，哪会出这档子破事？现在，蒙过去我们觉得亏良心，显得办事差水平，对不住局长。掏自己的钱补那个窟窿，既破财又受了冤枉，你说怎么办？

裴世贵说，你想想，胡县长的老婆拿假币吃酒，这不是天大的笑话吗？说出来谁会相信？别人只会当谣言听，认为我们是成心与胡县长过不去。另外，你再想想，局长听了这件事会是什么感受？这是很丢面子的事情，他一定会感到伤心。说完这话，裴世贵把事情往深里想了想。这么多年来，局长和胡县长之间经营构建的感情之塔果真让一张脆弱的假币击垮，对局长来说，那种失落和失败的打击是难以承受的。局长一直真心对待胡县长，胡县长把他当成了什么？对领导来说，面子是很重要的，许多时候，当领导的丢得起钱财甚至丢得起身体，但丢不下两块脸皮。

舒琼说，你还记得当时的情形吗？她站起身来，边比画边说话，当时，胡县长的老婆都分明把两张真钱从皮夹里拿出来了，只差丢下桌，可她后来突然改变主意，从皮夹里换了一张假币出来。这不明摆着是把一坨屎硬往我们嘴里塞吗？她县长老婆又怎样？她敢惹事，我就不怕事！

裴世贵想想当时的情景，心里也蹿上一股火来。胡县长老婆也太不像话了，明知道是假币都敢公开上账，这在犯罪学上叫主观故意，蔑视正义。对裴世贵两口子来说，胡县长老婆的行为摆明了是欺侮人，完全不把裴世贵两口子当回事。这么不爱脸的人，给她留着面子也没多少必要。因此，裴世贵想支持舒琼的想法，让她去捅一捅胡县长老婆的马蜂窝，杀杀她的傲气。

到真要拿定主意的时候，舒琼突然冒出一个话题：局长会不会相信这件事呢？她的问题一提出来，裴世贵额头上顿时飙出一层冷汗。智者千虑难免一疏，这个问题太严重了。是嘛，一个只差把心窝子掏出来敬重胡县长的人，胡县长老婆会做出那种昧良心的事吗？她就不怕对不住人家？换过来说，如果局长对假币的事表示怀疑，那结果只能是裴世贵两口子搞了名堂。一个竟敢趁写人情账之际搞点小名堂的人，人品就大大地坏了，提拔重用的事先放在一边，名声传出去只怕连猪狗都不如。如果最终出现这样的结果，那就叫搬起石头砸了自己的脚！裴世贵想起来都感到后怕。

四

就这么三条路，全堵死了。

一晃就快到下午五点钟。裴世贵两口子饭没吃一碗、茶没喝几口。两口子无精打采地看着沙发上装满现金的袋子就像看着一包炸药。他俩围绕一张假币讨论来讨论去，始终想不出个万全之策。这时候，局长打电话来，要裴世贵马上下楼，说到银行去，车在楼下等着了。裴世贵明白局长是要去银行存钱。他抓过茶几上装人情款的袋子，顺手将账本塞进去。他不知道那张假币的事最终怎么解决，但局长的车都等在楼下了，没时间让他多想了，他只能走一步看一步。舒琼显然是不适合去的。局长的私事从来都只限于司机、裴世贵等三五个人知道，他最反对女人跟着瞎掺和。

车在工商银行门口停下。局长递给裴世贵一张银联卡，说，密码是我的生日，我还没醒酒，你去办吧。

裴世贵没有立即下车，他从局长手里接过银联卡，另一只手伸进自己衣兜，摸到了那张假币。局长见裴世贵有些迟疑，疑惑地问，你年年都往家里跑，那个日子没记住？

裴世贵知道局长误会了自己，连忙说，记得，怎么不记得呢。他拉开车门，拎着包向银行大门走去。银行朝九晚五制，这是快下班的时候，窗口前没什么人。这不仅安全，而且还避开了许多嫌疑。局长选择在这时候来存钱，一定是有所考虑的。局长就是局长，该醉酒时醉酒，该清醒时清醒。裴世贵想，存多少钱呢？当然要存 47 万元。账面上算出来就是 47 万元嘛。至于那张假币，说到底关局长什么事呢？有皮只能是自己两口子和胡县长老婆扯。俗话说，钱问经手，肉问提手。明明白白的两个人犯下这么低级的错误，难道还要东家买单？如果东家都能任由管人情账的人收假币，以后酒宴的秩序岂不乱了套？裴世贵没再往下想，从自己的皮包内拿出一张百元票子，存进了局长的银联卡。

从银行门口走出来，裴世贵感到一身轻松。他把银联卡递给局长时，局长正在和老婆通电话。他隐隐约约地听出张姐在电话里好像说到了什么短信。局长不耐烦地说，知道了，就这样吧。收了电话，局长接过卡，连数都没问就收起来。裴世贵没想到自己和老婆纠结了半天的事情，会这么轻而易举地解决。不就是一百元钱吗？现在，舒琼不知道，局长不知道，胡县长老婆也不知道，胡县长本人更不知道。事情处理得无节无疤，只要裴世贵自己不说出去，大家都留着面子。生活还会回到从前一样，大家和谐相处，心无芥蒂。搭上这一百元，值得！聪敏的人会把复杂的问题简单化——生活的法则无处不在啊！上车后，裴世贵要把账本交给局长，局长没要，局长说，让舒琼和你张姐对一下账，这是女人之间的事，我们不去管它。

回到家里，见裴世贵拎了个空袋子回来，舒琼劈头就问，交账了？

裴世贵不露声色地说，交了。

假币呢？舒琼只关心那张假币。

给局长说清楚了。

怎么说的？

当然实话实说，我还编得出什么瞎话？

局长什么意思？

局长的意思是没意思。人家根本就不在乎一张假币，他不会那么小心眼儿。要不然，他就不是局长。

舒琼还不放过，局长应该对胡县长老婆有点看法才对。

裴世贵说，我不知道。人家就算有看法，也只是装在心里，根本就不会表露出来，哪像你？非要知道局长是什么意思，你直接打电话问局长就是。

这一呛，舒琼没话了。

五

晚上，裴世贵洗澡的时候，把脏衣服丢在沙发上。舒琼习惯把换下来的衣服放进洗衣机内。她在翻口袋的时候，发现裴世贵衣兜内的那张假币还在。她感觉到有些不对头。按说，不管真与假，这张纸币都是局长的，局长可以不在乎一张钱的真假，但裴世贵必须连同账本一并交给局长。这张假币还揣在丈夫衣兜内，是不是裴世贵自作主张当了冤大头？

舒琼耍了一点心计。她只当什么事情也没发生，暗自把假币收起来。对精明的舒琼来说，丈夫如果真的背着她搞了小动作，这等拙劣的把戏是玩不过去的，她只要拿着假币在局长老婆面前一试探，谜底就揭开了。果然，裴世贵洗完澡出来就催舒琼带上账本去和局长老婆对账。舒琼临出门，裴世贵还此地无银三百两地说，假币的事，局长不想让他老婆知道，你就别跟张姐提，对完账早点回来。

进局长家的时候，客厅内只有张姐在看电视。旁边书房内传出男人咳嗽和打麻将的声音，想必是局长和客人干上了。舒琼才不管那么多。裴世贵假如把自己的脸打肿了充胖子，舒琼偏不信邪。见面没寒暄几句，舒琼就对张姐说，这人心哪，真还不好说，鬼迷了心窍，狗屎事都干得出来。

舒琼的话不着边际，张姐听得一头雾水。她挨着舒琼坐下，把一只手搁在舒琼大腿上，拿一种长者阅尽沧桑的语气说，妹子，你年纪轻轻的，哪来这么重的心事？有什么糟心事说出来，张姐替你解解。

舒琼就不知天高地厚地把假币的来龙去脉和盘托出了。她应该吗？舒琼以这句感叹结束了她的叙述。最后，她拿出那张假币递给张姐，你看，这么假的钱，她都拿得出手。她也太不把人家当人看了。说破天，她也只是县长太太，又不是她在当县长，她眼里还瞧得起人吗？

张姐收过钱，脸上顿时现出惊愕的神色。她略略瞟了一眼假币，然后掏出手机翻看信息，那是裴世贵存完 47 万元现金后，工商银行通过手机短信发给她的——存折是以张姐的名头开的户，局长的生日设了密，留下的手机号码也是张姐的。张姐把短信看了两遍，确信存入的钱数是 47 万元之后，脸上凝重的霜色才渐渐化开。她似乎明白了一件事，但又不好点破，只好假装关了手机，把刚才这一幕掩饰过去。

裴世贵是不是填了那一百元钱呢？张姐是不是从局长口里早就知道了假币的真相？舒琼从张姐的脸上找不到答案。她有些失望，不再看张姐的脸，目光转向电视。张姐站身给舒琼杯子里续茶。然后不轻不重地说，妹子，人与人之间就那么回事，凡事都不必太当真，那样活着很累。这方面我有体会，局长怎样？县长又怎样？等你家世贵当官了，你就都明白了。张姐拍拍舒琼的肩膀，不要紧，没事的。张姐这一拍，把舒琼拍糊涂了，好像她是上门来吐心事、讨安慰的。舒琼觉得没意思，对完账，随便闲聊几句，便起身告辞。张姐送舒琼到门口，替她摁亮了楼道内的灯，看着舒琼下楼梯，没忘了感谢的话。妹子，辛苦你两口子了，回去告诉世贵，改天得空，我弄点像样的菜请你们两口子过来吃饭。

舒琼想起那张假币还放在张姐客厅的茶几上，回头揶揄地说，张姐，一定把那张钱收好。

六

回到家，客厅内没有裴世贵，电视和吊灯都关掉了。舒琼只看见卧室内漏出一团柔和的光亮。裴世贵正披着睡衣靠在床头看书。裴世贵心里搁着事，舒琼没回来之前，他是睡不着的。

舒琼三两把脱洗了。上床后，她把裴世贵手里的书摘下放在床头柜上，盯着问，世贵，你说老实话，那张假币你到底是怎么处理的？

裴世贵故作镇定地反问，我不是都给你说了吗？怎么像审犯人似的？

我认为你有事瞒着我。舒琼把身子拱进被窝，我感觉到你和局长两口子串通一气在欺骗我。

舒琼到底缺经验，她说漏了嘴。她把自己的主观判断说成客观事实，就等于明白无误地告诉裴世贵，自己暗地里填钱的事，舒琼根本没搞明白。这样，他说话就有底气了。他说，我看你是哪根神经搭错了，我和局长两口子串通一气欺骗你，为什么呢？我到底和你是一家人，还是和局长他们一口锅里吃饭？

女人好哄。裴世贵这么一说，舒琼马上就换了一张脸，得意地说，我也是这么想的，我就不相信你胳膊肘敢往外拐。说这话的当儿，舒琼把自己脱完了，嘴里哼哼唧唧，眼光开始迷离。裴世贵明白该要做什么了，他也麻利地褪去睡衣，把戳着的上半截身子收进被窝内。舒琼没有急于让裴世贵得逞，思维又跳跃式地转移到假币上来。她说，没想到张姐那样大度，那张假币对她来说跟没事一样，那好歹也是一百元钱啦，又不是一张烧纸。裴世贵一个惊悚，追问，你把假币的事跟她说了？

舒琼有些不解，说了怎么的？

裴世贵叹一口恶气，话里都带了哭腔，我的活祖宗，你是要给我惹事啊！

舒琼翻身坐起来，哎，这事真就邪门了。人家张姐都不在意，你这样敏感干什么，好像是你做了什么亏心事似的。

裴世贵无可奈何地说，这不是在意不在意的问题，这是……裴世贵找不到话往下说。这件事情本来天衣无缝的，让女人一搅和，全穿帮了。他恨不得抡起拳头揍舒琼一顿才好。他突然想起那张假币，他问，我兜内的假币呢？你洗衣服时放哪儿了？

我放张姐家茶几上了，她看都懒得看。

裴世贵眼珠子瞪得老大，舒琼，你能，你真能，天底下没看见有你这么傻的女人。

舒琼一拳捶在裴世贵肩膀上，哎，那张钱好歹都是局长的。假币也要还给人家，你想拿它当宝贝？我看着那张假币就来气，就恶心，恶心恶心恶心。舒琼一连说了几个恶心，把裴世贵说得都有些恶心了。

事情都这样了，裴世贵有什么办法？他拉灭了床头灯，翻身睡去，再也不理舒琼。

第二天早上，舒琼在菜场买菜的时候，正好碰到张姐。张姐老远就打招呼。她把舒琼拉到一边，神秘兮兮地告诉舒琼，妹子，那张假币脱手了。

舒琼感到很奇怪。张姐解释说，老头子昨夜打麻将用出去的。

舒琼想起昨天夜里她去张姐家的时候，局长确实在陪客人打麻将，就多问了一句，局长没输吧？

张姐说，输，肯定输，但输得不多。胡县长昨夜手气贼好，他一吃三。

没什么好说的

一

那天晚上是个例外……

楚天舒的睡眠本来很浅。别说火车啸叫汽车喊，单是夜风吹出门窗些微的响动，他都会惊醒，而且醒来就再也难眠。

楚天舒睡眠的习惯是这样，每天晚上九点半至十点定然洗漱入睡，设若没有外来干扰，一觉睡到自然醒，必是凌晨六点左右。楚天舒是个警察，一直搞公安宣传工作，混到如今，勉强弄了个副主任当着。他的职责主要是把内网上的工作信息按照新闻的规范打整打整，再弄到媒体上变成铅字，让更多的人传播。二十年了，几乎每天都这样。

先天晚上，一部抗日题材的谍战片打乱了楚天舒的生物钟。楚天舒对那些儿女情长的青春剧、天马行空的动作剧和瞎编乱造的宫廷剧不感兴趣，专对谍战片着迷。虽然这类片子偶有粗制滥造，但它们不乏智慧和意志的较量，有热血与激情的喷涌，很能填补楚天舒舞文弄墨之外的精神追求和性格空白。可事发当晚，等他看完最后一集，再看墙面上的挂钟，时间接近零时。乘兴睡去，梦里的楚天舒稀里糊涂又和电视剧里的女主人公搞到一起，做了件不可告人的事情，醒来发现裤衩湿了好大一块。这种事情好多年未曾发生了。他知道可能与老婆外出大半年有关。他起床把自己收拾干净，时间还只到凌晨三点多钟，躺上床心烦意乱，再也无法入睡。抓过枕边的书，看完一部中篇小说，他就听到了窗外洒水车的歌声。瞌睡账就这么欠下了，乃至事发晚上睡得死沉，连家里进了贼竟浑然不知。

二

楚天舒本来不该丢失那一万块钱的。因为他没有一万块钱。

作为警察，楚天舒的家庭经济状况，寒碜得有些说不出口。真实的情况说出来恐怕也没人相信——一个至今还有十多万元欠账的警察，哪有一万元现金留给无孔不入的贼呢？

俗语云："女怕嫁错郎，男怕入错行。"对楚天舒来说，选择警察这个职业是他一生最大的错误。楚天舒靠要笔杆子从大山里聘用到公安局，后来转成警察。不是说当警察不好，是楚天舒不适合干这个。他生性胆小，哪怕成年后听人放鞭炮都斜拧身子，把耳朵捂紧，眼睛眨巴乱跳。这样的人，你让他去使枪，合适吗？不仅如此，楚天舒偏偏还死要面子，干任何事情都不想让人家把他看扁。这两样性格搁一个警察身上有些矛盾。你想想，一个胆小的人干着一份需要胆大的工作，难免出点洋相——警察出得起洋相吗？偶尔出点洋相的楚天舒既然把面子看得金贵，许多时候就只能死要面子活受罪了。他的梦想本是当作家，让自己沉浸在精心编织的文学世界里，和主人公们一起喜怒哀乐，对警察这种带点暴力倾向和生命风险的职业有种本能的敬畏和拒绝。可谈话时，政委对他说："公安这支队伍里，也不是人人都要舞刀弄枪冲冲杀杀，你手里的笔就是最好的武器，在打击违法犯罪斗争中异军突起，口诛笔伐就是另一种姿态的战斗！”于是，楚天舒将错就错选择了公安宣传这块阵地，而且有意一直坚守下去。二十多年来，别人都口口声声在一个岗位干久了容易患职业病，千方百计像鸟儿一样从这个枝头跳到那个枝头，只有他守望着自己的一亩三分地默默耕耘。深耕细作自有收获，对同事们一次次饱含深情的文字书写，让他从心眼里佩服那些战斗在一线的同行兄弟，对英雄的崇敬和渴望得到了现实的满足。他常常为自己阴差阳错的人生选择感到欣慰：自己不算勇敢，但他与勇敢同行；自己不是英雄，但他讴歌着英雄！

别绕了，还是应该说钱的事。

楚天舒上有高龄父母，下有两个女儿，老婆没工作。一家子从乡下搬到城里，先是租房住，后来搞按揭买了一套房，约期十五年还完。每月两千多点工资，除去按揭八百元，剩下的要供一家人吃喝用度和两个孩子读书，还有防不胜防的人情开支。一点工资收入根本就不抵事，他只好拆东墙补西墙，补来补去，最终补出个十多万元的窟窿。这件事说起来谁都不相信，不明真相的人一直瞎猜，楚天舒靠写文章赚稿费收入肯定不菲，其实纯粹是扯淡！一篇五到八百字的消息稿在市级报纸发表，稿费才十五元。如果碰上记者把名字署前面，稿件就让记者算成当月的“工分”，楚天舒只赚了个虚名。因此，楚天舒最不愿回答别人这样的问题：你一年能挣多少稿费？说小了，显得文化不值钱，自己半拉子文人的面子搁不住。说大了，自己打肿脸后充胖子，又吃了暗亏，容易让人误解。所以，不管别人信不信，楚天舒一直是个青皮，别说家里平时没钱放，如果不是过春节，他皮包内恐怕连那一千一百元都不会有。

可是，就在正月初六晚上，除了包内的钱外，楚天舒破天荒地拥有了一万元“巨款”。

一个远房侄儿在外务工多年，包些小工程发了财。初六晚上两口子专门来拜年。拜年的礼物带得很足实，叔侄间的谈话也很投机。侄儿的小名叫狗宝，在外见了大世面，不像原先嘴拙，噼里啪啦就像放鞭炮，几乎让楚天舒插不进嘴。楚天舒不失时机地夸赞几句，把侄儿抬到很高的位置。侄儿的虚荣心得到满足后，思维很活跃，话题突然跳转，问："叔，两个妹妹都在读书，正是花钱的时候，经济上没什么困难吧？"侄媳妇也在一旁帮腔："有困难就说一声。"楚天舒哪能没困难呢？但这时候他说不出口，一来叔侄之间多年不见，一见面就开口借钱，他实在丢不起两块脸面。二来才只到正月初六，土家人的规矩，不出上九日，既不借钱也不还钱，不讨账也不放账。楚天舒就是揣一百个想法，也不可能低下架子，选择这时候接过侄儿伸出的援手。再说，钱借在手里就用了，欠账的窟窿会越来越大。楚天舒决定谢绝侄儿的好意。他说："叔的困难是摆着的，拿几个硬工资，又没什么外水，几年之内不会有转机。但眼下都已做好安排，暂时不缺钱。"侄儿坚持说："叔，你别不好意思，你的负担重，我们做晚辈的想得到，谁都想得到，这样吧——"他转向他老婆："你把钱给叔拿一万，让叔先用着。"侄媳妇就把背包搁茶几上，从内面掏出一捆钱来。这些现款一看就知道是刚从银行提出来的，用一根细麻绳捆着。楚天舒瞟了瞟，暗自数了一下，应该是三十万。百元票子一扎一扎，整齐地贴着腰封，每扎就是一万元。侄媳妇解了一会儿，麻绳结得太紧，没有解开。侄儿就从茶几上的果盘内拿过水果刀，一刀就把麻绳挑断了。他从中抽出一扎甩在桌面上，说："叔，有困难随时说，我现在资金周转不成问题。小时候你经常帮我，我知道报恩。"

一万元就这么来的。楚天舒想，侄儿定是钱多了有些烧，你既然非要给，我就暂时拿着以备不时之需，反正也不算息，借期又没个约定，家里正是缺钱的时候，随时都用得上，有总比没有好。楚天舒看出来了，侄儿慷慨借钱的背后还有显摆的味道。他答应收下这笔钱，也是成全侄儿的虚荣。

侄儿两口子离去后，楚天舒把钱塞进左边裤袋内。可是，想不到只一天没存卡上去，就让盗贼得了手。

狗杂种今年的盗运真他妈超好！

三

春节前夕，局里开展“平安社区行”活动，要求机关民警都要下到居民小区，确保春节祥和。楚天舒自告奋勇包下自己居住的芙蓉小区。办公室还指派两名同事给他，他成了理所当然的组长。

楚天舒记得很清楚，昨晚睡觉时他的春秋装制服搭在电脑椅的靠背上，裤子蒙在警服上。早上起床，没发现椅背上的裤子，楚天舒浑身顿然一个激灵，心知大事不妙。在采访报道中，他听刑侦队同事说过不少类似的案子。受害人早上起来发现放在床边的衣服莫名其妙地转移到了客厅或者别的什么位置，现金和其他贵重物品早已成为盗贼囊中之物，只有不值钱的证件、卡片散落一地……难道这样的事情真在一个警察家里上演了？

楚天舒来到客厅，果然发现自己的裤子斜躺在沙发上，两只裤腿朝上，样子有些滑稽，就像伸出的两根指头在和主人做手势打招呼：OK。楚天舒习惯把皮包装在屁股后面的裤兜内。此刻，皮包从裤兜内跑出来，垫底的东西显然没了，饿得瘪瘪的，委屈地躺在沙发上，楚天舒看一眼就心疼。这个心疼还让他受得了——包内只有一千一百元现金。更大的心疼是左边裤袋内的那一万块！我的个亲妈，那一万块钱装在兜内才只一天，还没捂热呢。他从不随身携带这么多现金，昨天本来要去存卡上的，可在小区一天转下来，稀里糊涂就把存钱的事给忘了。晚上洗漱的时候，他感到了左边裤袋的沉重，意识到了自己的失误，可是黑夜沉沉，冰冻天气又出格地冷，他不想出去找自助银行，当时心存侥幸：就一晚上吧，明天去存，应该不会有事的。楚天舒搬到芙蓉小区八年了，家里还从没遭过贼偷。事情不会就这么巧，运气也不应该那么差。楚天舒的大意多少也还有些道理。

两个女儿读书放假都窝在家里。老婆投奔海南一亲戚的湘菜馆务工大半年，本应回家团聚的。可亲戚的生意春节期间奇好，人都走了咋办？亲戚更不能走！老婆就留在了海南。这个春节，楚天舒只和老妈、两个孩子过。老妈天天早上五点多钟出门打太极拳，楚天舒起来的时候，老人家早出了门。按说，老妈应该最先发现异常。可是，她年纪大了，对自己都照顾不过来，哪还管得上身外事！所以，尽管裤子倒立在沙发上，老妈对发生在眼皮子底下的异常一点也没察觉。楚天舒呆立客厅的时候，两个懒虫睡得正香。他推开房门看了一眼，没去惊扰她们。在正月初八这么喜庆的早上，楚天舒作为一名警察家长，不想让家人跟着闹心，所以遭了贼偷的家表面看来风平浪静，跟什么事情都没发生一样。

楚天舒几乎在每篇报道的最后都善意提醒读者，遇到警情必须拨打“110”。现在，轮到自己了。可是，他却犹豫起来。局外人不知道，他心里最清楚。现在像这类入室盗窃的案件多如牛毛。犯罪嫌疑人的作案手段又十分高明，他们把所有的破绽都想到警察前面去了，能留下把柄让人抓住的蠢蛋微乎其微。刑侦队许多这样的案子都只能束之高阁，无法侦破。不是警察不卖力，实在是盗贼太狡猾。再说，公安局就那么一点警力，天天到处扑火，就算有办法，人手有限要顾上这种鸡毛蒜皮的小案子也是猴年马月的事情。更要命的是，他不该当什么“平安社区行”的组长。新年一上班，活动要结账，要拿成绩单说话。自己负责的社区出了纰漏本来就丢面子，自家遭窃的消息散布出去，人家更会笑掉大牙。还有，新一年的人事调整在即，楚天舒的位子本来有望朝前挪一挪，节骨眼上万万不可抹黑自己！所以，楚天舒在报案问题上很纠结。他恨自己不应该是个警察，或者说盗贼真是瞎了他妈的贼眼，怎么就误冲误撞偷到自家来了？现在，社会上许多人都在拿那些破不出来的谜案积案诋毁警察，说警察是饭桶。据说外地还有人把粮食局的牌子一夜之间挂在了公安局大门口。他想，自己如果报案，就等于向世人公布，堂堂警察家中遭了贼偷！楚天舒对报案的结果有清醒的预判，在资讯如此发达的今天，不管保密工作如何周详，这样的消息会不胫而走，不出两个时辰定然疯传整个县城。它对警察是一个笑柄和讽刺，对小偷们无疑是一个鼓舞与激励。破得了案、抓得住贼，警察面子里子都有，当然皆大欢喜，可一旦消息散布出去，案子又陷入僵局，结果只会自讨没趣，让人家说警察没卵用。这不等于要了楚天舒的命吗？写写画画这么多年，不管社会上对警察有着怎样的褒贬，楚天舒笔下传递的都是正能量。他心里也蕴藏着这个团队至高无上的荣誉与花环，他有足够的理由为这支队伍感到骄傲和自豪。所以，他不允许别人对警察的名誉有任何损毁，更不想因为自己丢了万把块钱就咋咋呼呼，把别人的心情搞坏，让大家的快乐春节打折扣。

楚天舒决定自己干。简单的痕迹处理技术，楚天舒是在采访中学会的。他找来强光警用手电，把身子趴下去，侧光打在地板上，果然看到了几个清晰的鞋印。这鞋印不是自己的，也不是老妈的，当然是梁上君子留下的。他把手电位置固定好，然后用相机拍下那些鞋印，再检查窗子。楚天舒住五楼，所有窗口都是铝合金封闭的——窗子完好无损。现在的盗贼就算有当年燕子李三的功夫，也不可能翻窗入室作案。唯一的出入通道只有房门。在门口，楚天舒同样忙乎了一阵。盗贼绝对是个高手。看得出来，门锁没有任何破坏，应该是技术性开锁后进来盗窃，而且是戴着手套作案。楚天舒在门锁周边打亮手电，不停地哈气，结果没有任何发现。他有了预料之中的失望——像这种盗贼，竟凭一只鞋印是揪不住他的。出了这个门，他把鞋子换掉，你哪儿寻他？

楚天舒有些累，更有些泄气。他一眼看到了镶嵌在防盗门左上方的小牌牌：江山防盗门业，又联想到电视上关于这种防盗门的广告语“一夫当关，江山永固”，不禁火冒三丈，心里恶狠狠地骂娘：防你娘的鬼！反身坐到沙发上，他做了件很无聊的事情，再次搜自己的裤袋和皮包。明知不会有奇迹出现，他还是认真地搜了一遍。这样搜过后才彻底死心，然后专心致志地后悔起来。刑侦队技术员讲过，只要在内面把防盗门上了反锁，盗贼凭技术是很难打开的，除非他撬锁。楚天舒记得，他曾在一篇报道中，拿一定篇幅专门介绍过这种防盗小常识。可是，他自己家里从来都不上反锁，以致给盗贼留下可乘之机。正应了那句老话：医生养的病婆娘，木匠睡的摇摇床。这与把钱拱手相送给盗贼有什么区别？简直活该！

把自己恨完一阵，楚天舒突然冒出一个疑问：会不会是老妈大意失荆州？如果老妈早上出去晨练时忘了关门，盗贼不就直接进来下手了？老妈年纪大了，这种低级错误是可能犯的。只是这种可能性太小。因为盗贼不可能像宋国那个农夫一样坐守在树下等待兔子送上门来。

四

正月初八以后的这个春节，楚天舒过得不爽。

人在烦闷的时候需要倾诉。楚天舒心里装着糟心事，他能向谁倾诉？报警本来是一种倾诉，可是他死要面子活受罪，自己放弃了。对老妈也不能说。老人感情脆弱，抗打击能力差。楚天舒目下的家庭窘境老人心知肚明，她嘴内虽然不说出来，但时时处处都在替儿子操心。尽管她的操心不顶用，可天下的老人都一样，就喜欢瞎操那份心。一般情况下，楚天舒纵然有再大的苦恼，都是不带回家说给老妈听的。

老婆呢？和老婆说一下总可以吧。楚天舒想了想，也觉得欠妥。千里之外的老婆在餐馆内做着伺候人的工作，每月挣几个小钱贴补家用。如果让她知道家里突然招了贼，一下丢了一万元巨款，她没日没夜打工操劳还有狗屁意义！她听了这样的消息指不定还闹出病来。楚天舒再往深里想了想，想出一个更可怕的问题：如果老婆不相信家里真丢了钱，自己的麻烦就大了。老婆只会认为他在嫁祸小偷，说不定在外养小三，收支没法平账时蓄意编造谎言，让小偷帮着背黑锅。如果是这样，楚天舒就是浑身长嘴也说不清白。至于两个千金，家里丢钱的事一担糯米也粑不上她俩，说出来只会吓她们一大跳，让她们夜里睡觉做噩梦。想来想去，既然说来无益，还是干脆闭嘴罢了。

正面不便说，侧面打听打听总是可以的。楚天舒想到了刑侦大队的方队长。他打电话过去："方队，这几天城区发生过入室盗窃案没有？"

在局里的二层骨干中，楚天舒和方队的私交算得上最好。楚天舒搞报道涉及案子方面的较多，少不了和方队打交道。楚天舒想，如果发案较多，说明自家的失盗系职业盗贼所为，就算自己瞒案不报，别人却不会选择沉默。如果瞎猫撞上死耗子，刑侦队说不定拔出萝卜带出泥，把自家的案子捎带给破了。设若没有其他发案，单单是自家遭了贼偷，他就自认倒霉，彻底死心得了。方队说："笔杆子，节日休假，你都还在抓新闻啊。你的敬业精神真值得老弟佩服。"奉承几句后，方队告诉楚天舒："这儿天天下太平，好人过年，坏人也过年。刑侦队没有接到相关报案，你就放心过节吧，有新闻线索我会在第一时间通知你。"

方队的话让楚天舒不死心，他突然又冒出一个问题：如果排除职业盗贼作案，那么，谁的嫌疑最大呢？

楚天舒家里平时是没放钱的，事情的蹊跷是等他刚刚有了一万块钱，盗贼就光顾了他家。俗语云："不怕贼偷就怕贼惦记。"作案者好像真的知情一样，下手的时机贼准。这让楚天舒马上想到了两个人。

侄儿两口子。

这个问题有点严重。楚天舒不禁倒吸口凉气。他仔细回忆了一遍，正月初六给钱的事只有侄儿两口子和老妈、女儿在场。老妈、女儿毫无疑问在嫌疑之外，那么侄儿侄媳妇呢？难道侄儿两口子杀了回马枪？不可能的事！楚天舒拍拍自己的脑袋：你乱七八糟瞎想些什么啊，人家好心好意主动给你借钱解难，你却生出这等恶浊之念，你还配做前辈吗？楚天舒把自己拍清醒了。他确信侄儿两口子不是那样的人。侄儿在外面见了些世面，在生意场上摸爬滚打，和各色人等交往，难免学得了一些油腔滑调，但人品并不坏，万不至于玩出这么阴毒的一招。如果问题出在侄儿身上，最多也只有一种可能，那就是他们无意中把借钱的消息泄露出去，让贼惦记上了。想到这里，楚天舒觉得有必要向侄儿探个虚实。

"叔，我在四川工地上呢。"接到楚天舒的电话，侄儿就报出自己的去向。

"什么时候去的？春节都没在家好好玩几天？"楚天舒在给侄儿下套子。

"初七就过来了，这边工程催得急。叔，你打电话有么事？"

"哦，是这样……也没别的事，就是问一下……"停了一会儿，楚天舒还是说，“我想问一下，你给我借钱的事没说给别人吧？”

侄儿急促地说：“叔，你别把那点钱放心上，算我奖励两个妹妹读书的。这事我们对爸爸妈妈都没说，我知道叔是有面子的人。叔，你别想得太多，谁都有为难的时候。”

楚天舒诺诺连声：“哎，叔也没别的意思，就是担心知情面大了，面子上过不去。狗宝，趁着现在年轻，在外吃苦创业干几年，抓紧赚钱，时刻注意安全啊！”

侄儿这里没有任何线索，楚天舒再次陷入茫然。

五

一连数日，楚天舒动不动看着自家客厅的地板出神。

他想到了地板上那几个来历不明的鞋印，想象着这双鞋印的主人长什么样子，身高几许，体重如何，穿什么衣服，理什么发型，操什么口音，来自何处。他在心里一遍遍设想着盗贼入室的全过程：万能钥匙扭开门锁，潜入卧室身轻如燕。一切都悄无声息。上天赐予了盗贼比狗还灵敏的嗅觉，他能闻出钱币发出的铜臭味儿。放在裤袋和皮包内的一万多元现金散发出的诱人异香让盗贼眉开眼笑，喜出望外……

有天凌晨，楚天舒竟然在梦里和盗贼不期而遇了。昏蒙混沌中，造访者是个蒙面男子，一身玄衣，肉色头套，与影视剧中飞檐走壁的江洋大盗几无二致。他鬼魅般的身子向床边缓缓移动，暗夜里目光如炬，来去如风……楚天舒刚要翻身擒贼，突然被一种声音惊醒——手机的定时闹钟响了。

这以后，蒙面人的影子就一直活跃在楚天舒的脑子内，赶也赶不走。每次采访，他都要求和犯罪嫌疑人直接见面。见了面，总要把梦里的盗贼和嫌疑人比对一番，觉得每个人都像，又都不太像。最后是自己一笑了之：人家的案子与开门入室盗窃八竿子不搭界，你是发的哪门子神经啊！楚天舒这是不是病了？他自己最清楚，没病！硬要说有病的话，他也只是有块心病：盗贼如果再祸害人家，他觉得自己的瞒案不报是负有责任的，那等于是放纵犯罪。对一个警察来说，这种行为有悖职业道德，让人无法容忍。所以，这个盗贼一日不揪出来，他心里就割舍不下。

可是，上哪儿找那该死的盗贼？它就像一个影子存留在楚天舒的生活中，无处遁形又无处不在。看不见对手的较劲是最熬人的。楚天舒恨得牙龈都发炎了，两边脸盘子肿起老高。他真想随便找个人打一架才好。

他终于有了这样的机会。

按说，楚天舒对公交车上的那个卷毛扒手是不敢勇为的。楚天舒长期把自己关在办公室，一张白脸上写满书生气，说话轻声慢语，手无缚鸡之力，他没有本钱敢对一个职业扒手叫板。这天，他也没穿制服，满车的人谁都不认识他，就连被扒的女子只顾煲她的电话粥，对贴在身边的扒手浑然不觉，楚天舒完全可以睁只眼闭只眼当回缩头乌龟。但是，当时的楚天舒被一种蓄谋已久的情绪支撑着，非要把扒手拿下不可。就在卷毛刚得手、公交车快到下一站的时候，楚天舒一声断喝："狗日的扒手！我是警察！"说话的同时，他发现狡猾的卷毛把得手的红反夹丢在车上，然后镇静地应对自己。当然，卷毛的应对只是想转移赃物后把一次扒窃行为说成是误会，以一个无辜者的身份博得满车人的同情。楚天舒可不是这样，他扑上去要将卷毛制服。耳听为虚眼见为实，卷毛行窃的过程楚天舒都亲眼看到了。他想到了自家被窃的那一万元，脑海里顿然有个邪恶的影子在晃悠。拿下他！不能就这么便宜了扒手！想在警察面前玩小聪明，去死吧！可是，卷毛是一个文弱书生随便制服得了的吗？几个回合里，楚天舒一直处于下风。他的前额不知撞在哪里，左眼角鼓起好大一个血包，立刻成了猫眼，鼻孔里也很不争气地流出了鼻血。即使到了这个程度，一车的乘客都在避让，谁也没有伸出援手。楚天舒被卷毛骑在胯下，脸上不停地落下雨点般的拳头，他除了双手招架面部，半点反击的能力都没有。这时候，楚天舒很无助，很狼狈。他知道如果这么持续下去，他不光输了男人尊严，连警察的面子也丢尽了。无奈之下，他做了一个下三烂的反抗动作。他的双手从脸部挪开，像两把剪刀伸向卷毛裆部，捉住了扒手两颗肥硕晃荡的睾丸，然后使劲用力拽扯。这是乡下那些泼妇们在力量对比悬殊的情况下，对付强壮男人的损招，现在楚天舒不折不扣地用上了。对警察楚天舒来说，这种对付扒手的办法有些阴毒、卑鄙、落人耻笑，但绝对是一个致命的反击。卷毛哇啦号叫着，痛苦的脸上变形得厉害，手上疯狂的挥舞僵硬下来。见风使舵的乘客见楚天舒开始占上风，战斗的双方差不多打了个平手，马上有人站出来劝架："别打了，都是坐车的，何必嘛！"

这么说话的当儿，双方都被人扯住。楚天舒梗着脖子，对控制自己想当和事佬的乘客道："你们搞明白没有？他是扒手呢。"乘客回敬说："你说你是警察，我们也没看到证件，你说人家是扒手，也要有证据。"楚天舒不是外勤警察，身上从来不带警官证，他的工作证常年放在办公室屉子内，可能都发霉了，这时候哪来的证件！楚天舒发现，遭扒窃的女子已经从车厢内捡起自己的红皮夹，没事一样地拍打拍打上面的灰尘，然后收进兜内。他马上指着女子说："她可以作证。"

女子扭过身来，瞟了楚天舒一眼，柳叶眉往上挑了挑像要飞出去，一脸愕然的表情："喂，作什么证？你有病吧？真是！"

"是啊，自己打架，怎么扯上人家呢？"车内乘客开始叽叽喳喳议论起来。

听着议论声，楚天舒觉得这些乘客好像都是跟扒手一伙儿的。

“我是不是警察，他是不是扒手，把车开到公安局就一清二楚了。司机，把车开到公安局去。”楚天舒突然想出了主意。

司机第一个表示反对。司机说：“我们公司是排了班的，你让我开到公安局，秩序就乱套了。”

满车的人都跟着起哄表示声援：“我们坐公交上街有事，平白无故地跟你上公安局干什么？我们又不是坏人。”

还有人居然说：“现在的人开口就打公安局的牌子吓人，好大的口气！”

“师傅，往前开，别听他的，真把自己当个人物呢。”

……

说话间到站了，扒手要求下车。扭住他的人一松手，那家伙就像只弹簧射了出去，蹿得比耗子还快。楚天舒挣扎着身子要下去抓住他，可他的两只本来无力的手被几名“见义勇为”的彪形大汉钳住，其中一个人还好言劝慰：“兄弟，行了，人家不和你计较就饶过他吧，多大个仇啊！”车子开动的那一瞬，哭笑不得的楚天舒发现车下平安脱险的扒手还冲他扮了个鬼脸。

第二天上班，有好奇的同事发现了楚天舒脸上的青紫，追问来历。楚天舒恨恨地说：“昨天遭狗咬的。”同事就怪笑。因为谁都知道，狗绝对咬不到脸上去，楚天舒一定是和老婆干过架。

半年时间一晃荡就过去了。转秋不久的一天，楚天舒接到刑侦队方大队的电话，说是逮住了一条“大鱼”，足以上社会新闻的头条，让楚天舒赶紧过去采访。

方大队在电话里简单介绍说，这是个流窜作案的外地人，专门开锁入室盗窃，原先在县城里干过多起，这是第二次光顾本县。“来吧，案子里有好戏。”方大队神神道道地说。楚天舒的心不由得拧了一把。

方大队所说的“好戏”果然是犯罪嫌疑人供认今年正月初八凌晨偷过警察。方大队说：“老兄，你说这事情多蹊跷啊。我查过所有的报案记录，局里压根就没有哪位仁兄遭过贼偷，可这家伙一口咬定偷了警察家一万一千一百元现金，而且连时间都咬死就是正月初八夜里，钱数也记得一清二楚。他分明是在栽赃自己，他这不是找死吗？我觉得这就是新闻，值得好好挖挖。”

楚天舒沉吟一会儿说：“他有这么蠢吗？要是失主不报案呢？”

“不报案？”方队长眼睛瞪得铜铃大，“鸡巴毛的，有人上厕所忘了带手纸都打‘110’让人家送去，警察家里遭了贼偷瞒案不报，他有病吧？”

楚天舒想说，你才有病呢。

“怎么样，有意思吧？”方大队还在自讨没趣地叨咕。

楚天舒觉得最没意思，他只关心钱。他问：“这家伙手头还有多少赃款？”

方大队说：“这种人都是沙滩上打鱼沙滩上吃，叫花子不留隔夜食，身上不可能剩钱的。”

方大队的话像一颗子弹射中了楚天舒。他感到“砰”的一声，有血从心脏冒出来，心里于是一阵绞痛。楚天舒合上采访本起身就走，只把方队晾在办公室内。

方大队有些莫名其妙，冲着楚天舒的背影叫起来：“喂，搞些么子鸡巴名堂？你还没采访呢。”

在他的叫喊声里，楚天舒的车已经冲出刑侦队院子。方队长保守地估计，那车速至少有八十迈……

贵人远行

一

门卫把电话打到办公室来，说有个老头要见我。不等我问一句，电话就挂断。

门卫这么快挂掉电话，意思很明白：见与不见，你自己定吧。

经验告诉我，通常情况下，这种冒昧求见的人多半都有些麻烦，最好还是不见。你想想，如果是熟人，抑或是稍微有点身份的人，他会直接打我手机。这个老头，如今连手机都没用上，却点名要见我，能有什么好事！

门卫干一行精一行，在这方面经验很足，明知道这是道难题，却把皮球踢给我，考验我的智慧。现在，我想撒个谎都不行。刚才接了办公室电话，我总不好意思说自己在外出差。再想给门卫打过去摸摸老头的来历，也觉得有些欠妥。老头说不定就在门卫身边。门卫如果猪脑子，说话不方圆，就把我卖了。往后，我还怎么做人！

我只好硬着头皮下楼去迎客。不管对方什么来头，有何事情，我都只能随机应变，走一步看一步。

居然是幺叔。隔老远我就认出他来。一个屋场生活了那么多年，他那张麻子脸就是烧成灰，我也认得出来。我心里顿时“咯噔”一下——这真不是个好日子！他头上捆条黑手巾，厚厚薄薄的衣服穿了五六件，三四种颜色。许是走路热的，外面几件上衣散开着，看得见体内的热气直往外蹿。一个鼓鼓囊囊的帆布袋子脏得辨不出底色，挨着扣带的一边穿了个小孔，小指头那么大，斜挎在他的右肩，看上去很沉，把半边身子都压歪了。印象中，幺叔离开神仙湾的时间比我还早。看样子，这么多年，他在外面混得并不如意。他这身打扮，和十多年前的幺叔没什么两样，只是人更显得老了一些。他眼力不济，竟没认出我。我走拢去喊声“幺叔”，他才拍拍我凸起的肚腩：“强子，你发福了，要是在别处遇到，我还认不出来。”我领着幺叔往办公楼走。不识趣的门卫冲我讨好地笑。我没给他好脸色。

和我同处一室的美女同事小严是个讲究生活质量的人。大热天尽量不开空调，说是不利皮肤保养。再冷的天气，窗户都要留着缝隙，以保空气流通。办公室内两只灯管，平时无论如何只许开一只的，光污染太重了不好。所以，当我领着麻脸幺叔走进办公室的时候，小严的表情不亚于遭了恐怖袭击，我连介绍的想法都不得不立马取消。幺叔偏偏出洋相，进门“咚”的一声把帆布袋子杵在木沙发上，问我厕所在哪儿，还说在大门口等我半天，一泡屎憋急了。说话的同时，他撩开衣襟，手伸进去像是要解裤带。我想，他可能真的内急了。我扯一卷手纸，赶紧把他送到洗手间门口。

返回办公室，我观察小严。她埋头在电脑上办公，并不看我。我知道，她很为难。其实，我比她更难。说起来，幺叔是我生命中的贵人。他再邋遢，我有什么办法呢？我不能撵他走，只能寄希望于他尽快有事说事，客去主安。我在柜子内找出一次性水杯，给幺叔泡好茶。幺叔再进来的时候，洋相更大了。他嘴内叼颗烟，大口吸着。浓雾通过他的嘴鼻喷出来，弥散在有限的空间内。可以肯定，那是劣质烟。幺叔可能吸得太猛了，忽然呛了一下，咳出一口浓痰。我担心他吐地板上，正准备递片纸巾，他居然没事一样把痰吞回去。这简直要了小严的命。我听到小严喉咙里咕哝一下，好像有什么东西涌上来，慌忙拿手掩了嘴疾步走出办公室。直到幺叔离开，她一直都没回来——她避难去了。

小严一走，我感到浑身像卸了石磨一样轻松。幺叔喝着茶，没事一样和我扯谈。幺叔说：“你和世君是老庚，但你的命比他好。你在县城坐机关，当秘书。他在山里敲土块，修地球。你是我们神仙湾走出来的人才。幺叔都跟着有面子。”何以见得？他举例说明：“我说要见你，门卫马上就打电话。换成别人，只怕早就把我轰出去了。”看来，幺叔在外这些年并没白混，至少嘴巴操出来了，尽择好听的话说。他说的世君，是他大儿子，我的小学同学，从小光屁股玩大的。世君只读到初中二年级就丢书，被幺叔招回家耕田耘地。幺叔的理由很充足，书读得再多，也不能当饭吃。老子把你养到十多岁，该你自食其力了。其实，那会儿，幺叔家并不缺劳力。世君的两个姐姐早就在生产队出集体工。可幺叔是我们神仙湾出名的懒汉。他过早地把担子搁在后人肩上，父子间的矛盾是难免的。我离开老家到县城工作后，再没见着世君。听人说他在外面打工，一直没成家，成了村里的资深光棍。

“哎呀，人各有命。”幺叔叹息一声，又把那件事情搬了出来，“你大难不死，必有后福，现在落到好处。我这辈子，算是做了件积德的事情。”

幺叔既然提到那件事情，干脆就拿出来说说。

母亲说过，要不是幺叔出手相救，我就算能活下来，也肯定带了残疾。我刚生下来那阵很不好带。母亲把我放进背篓里，明知把我哄睡了，甚至还听到了细微的鼾声，可刚等她腾出手来想去做点别的事情，我就感应似的大哭大闹。那时候生产队出集体工，一个劳动妇女的产假只有一个月，母亲照顾我的同时还要做所有的家务。所以，我的坏习惯真是为难了母亲，让她做任何事情都感到放心不下。那天，忙里偷闲的母亲趁我入睡后就用几把木椅挡在背篓四周，风急火燎地去河边洗我换下的尿布。从屋内到河边，只需走过两条田埂，再下河堤，顶多就百十米，尿布也不多，母亲去的时间并不算久。可我大约就在她刚到河边的时候醒了，一番胡乱踢蹬，居然从背篓里翻出来落进火坑。当时天冷，火坑内烧着柴火。我幸好是背部着地，让厚厚的棉衣最先接触火面。我的哭喊声惊动了屋场上的幺叔。为了逃避劳动，他长期在家装病。听到我哇哇啼哭，他首先大声叫喊我母亲的名字，见没人应声，情知不妙，便扯腿跑到我家，将我从火坑内搂起来，用冷水浇怕冻着我，只好用手指掐灭我背部棉袄上的火苗，使我躲过了来到人世间后遭遇的第一场致命劫难。他手指上至今还留着溜光的烧痕。所以，尽管村里人对幺叔的看法都不好，把他说成一堆狗屎，但我却记着他的恩德。在我心里，人无完人，幺叔永远都是幺叔！

二

还好。关于那段过往，幺叔并没深挖，只是点到为止。

我知道这只是一个铺垫。幺叔绝对不会是来叙旧，他一定是有求于我。我急着上午的公干，又担心流离失所的小严，便主动旁敲侧击：“幺叔，你现在在哪儿发财？”

幺叔朝门口瞄一眼，神秘兮兮地说：“我现在搞文物。”

幺叔的话让我觉得很搞笑。他一个大字不识的农民，自己都快成老古董了，懂什么文物？他拿这话哄哄别人还行，我是绝对不信的。我心里对他有点厌恶了。幺叔的坏毛病越来越多，好吃懒做半点没改，现在又学会了撒谎吹牛。人活到这个份儿上，真是不可救药！

幺叔说："现在，搞钱的门路很多。搞钱不光靠力气，还要动脑筋。"

幺叔又说："老辈人说了，力大养一人，智大养千口。"

幺叔还说："这些年，我走南闯北，外面的变化很大。只有我们神仙湾还是老样子，河上连座桥都修不起。娃儿上学要赤脚蹚水，夏天涨洪水绕道，冬天下冷水受冻。"幺叔的麻脸上满是忧戚，俨然一副救世主的表情。不知怎的，他对世事的看法越多，我对他的厌恶越重。

因为，幺叔出门闯荡这些年，究竟干些什么，我心里是有数的。我住进县城的第二年春节，有一天门铃被人摁响。我通过猫眼认出站在门口的人居然是幺叔。猫眼里的幺叔虽说有些变形，但他那张标志性的麻脸瞒不过我的眼睛。他右肩上挎着帆布袋，手里拎着一卷红纸条。幺叔是怎么寻上门来的？我当时很纳闷。在这座小城，我住的小区藏得很深，连许多亲友都摸不着门号。有的人来过几次也记不住，下次登门还要我到门口迎接。幺叔应该是误冲误撞来的。我不想给他开门。至于为什么会有这样的想法，我也说不清楚。总的说来，在城市生活久了，我已经习惯了安静，看淡了人情，不希望有人随便闯进自己的生活，扰乱日子里现成的秩序。更何况这是春节！幺叔没有坚持，嘴里嘀咕句什么，迟疑着上楼去了。我掰开一丝门缝，听到了上面的门铃声。幺叔原来是送财神的——财神印在纸条上，全是凭想象画上去的模棱两可的人物。楼上的主人接过"财神"，呵呵乐着给了幺叔打发，还人之常情地邀请他进屋坐坐。幺叔没进屋，连声谢谢，然后退下来。这日子，人赶财，财也赶人。幺叔要赶下家，他的时间耽搁不起。我赶紧把门合上。说白了，送财神只是春节给所有乞讨者的一个台阶、一张脸面、一个道具和一张身份证。春节真是个宽容的节日、博大的节日、慈祥的节日啊！在这样的节日里，有分享不完的喜悦，连乞讨者都被赋予了光彩的使命——送财神。你得罪谁都可以，但万不可得罪财神。它是一年的指望。财神既然送上门来，你如果不去迎接，它就会跑掉。

我家的门铃再次被摁响。幺叔并不糊涂。屋内亮着灯，应该是有人的。他不想漏掉我们一家。我躲进卧室，心知躲不过幺叔的执着，只得掏出五元钱，让女儿打发走幺叔。女儿不认识幺叔，她更不明白我为什么会避之如瘟神。这么见面，幺叔没面子我尴尬，对谁都不好。再说，我先前已经把他拒之门外，再见面无法自圆其说。幺叔，多有得罪了！

我敢说，在他们那茬人中，幺叔是我们神仙湾最早出去闯荡的人，也是我们神仙湾在外沿门乞讨的第一人。他自以为这么来钱轻松，而且神不知鬼不觉的，没想到生活的舞台真是太小，捉弄起人来不留半点情面。幺叔稍不留心就把自己不便示人的隐私暴露给了我。此刻，他在帆布袋内翻来倒去。我像一个阴谋得逞着，看着对手在眼前拙劣地表演。翻过一阵，他拿出一个黑不溜秋的铜制砚台，上面盘着两条龙，生满绿锈。

“见过这东西吗？”

砚台当然是见过的。我真不知道怎么回答他。

“知道它的价值吗？”幺叔喜欢使用设问句，“这是清初的东西，三百多年了。”

“噢，应该很值钱的。”我对砚台没半点兴趣，随便应一声。

“有人出过二十万，我没出手。”

我心里揶揄道，幺叔，别忽悠我了，端着金饭碗，你还用得着乞讨吗？

“等我有了钱，我一定做件体面事情让他们看看。”幺叔还在自顾自地说话。我不知道他说的他们是谁。听口气，他好像是在跟谁赌气。

幺叔果然现出原形。他要向我借一百块钱。理由是为了搞文物，他垫进去一部分本钱，还有些钱存了定期，兜内连回家的车费都没剩。

说句不中听的话，给幺叔这种人借钱，就是肉包子打狗。我心里不大情愿。再说，他现在找到了我单位，我借给他这一回，就有下一回。这种人惯不得！

“你放心，我一定还你。”看出我有犹豫，幺叔马上承诺。

我想到了钱钟书先生。老家有人向他借钱。他的办法是，人家借一百，他就减半送人家五十，不要还。弄得人家再不好开口借第二次。这个办法值得效仿。幺叔回老家坐班车只要二十五元，我掏五十元给他。我说：“幺叔，今天真不巧，赶上手头只剩这点钱。你也别说借不借的，我送给你。”

幺叔接过钱：“借就是借。有借有还再借不难，我要还给你。”

“真不用还了，幺叔。”我实在是不想再见到他，就说出个很人情的理由，“你是我的贵人。帮这点小忙，应该的。”

我还没从幺叔离开的情绪里调整过来，小严就打来电话。好几秒她不说话，我知道她想说什么。我告诉她：“客人走了，你回吧。”

三

在人群中，认出世君比认出幺叔要困难一万倍。我在步行街散步。这是春节过后的一个晴天。迎面一张熟悉的脸孔向我移动，我却不敢叫他。打错招呼的尴尬我碰到过两次——世界上面相相近的人该有多少啊——我再不会轻易上当了。

“强子嘛，眼睛长额头上，不认得老同学了。”没错，他是世君，除了瘦成干柴，其他还是原样。他回家过完春节，又要外出打工。火车票不好买，住进一家小旅馆，上街走走，不期然遇上我。我要请他吃个便饭，遭客气拒绝。身上有包现成的芙蓉烟，别人给的，就手掏给他，算是老同学的见面礼。世君笑着，畏畏缩缩地接过烟，嘟哝着："我哪敢抽这好的烟？我只抽盖白。"我想问问他是否成家，是否有了孩子，话到嘴边，终归没吐出来。弄不好这是他的痛处，我怕问出尴尬。又觉得总该说点什么，就想到了幺叔。其实，我是知道的，他们父子之间的隔膜太深，幺叔的话题也不太恰当。但我心里装着幺叔的事。一个长年奔波在外的人，身无分文地回家，连路费都是借的，怎么过完这个春节？幺叔还会出门乞讨吗？春日劲道不足，我和世君散漫地站在街边，简单地聊着幺叔。世君抱怨说："越来越不像话了。在外面跑了这么多年，还是个穷光蛋。这都不要紧，穷了一辈子，也没指望他老来发财。可是，回到家里像个官，横草不拈竖草不拿，只认好吃好喝。我也见过别人的父母，哪个都不像他。"我劝道："差不多是黄泉路上的人了，日子在算计着活，做后人的多担待一些。怎么说，他都生养了你。"我知道世君心里有苦。他四十多岁了，还打光棍，责任不全在他。幺叔当初要是把一个家长的责任尽好，把旧房子翻修一下，为后人创造点条件，世君或许会找个女人过日子。可是，事情已经这样了，谁也无法改变。"我最看不惯的是他大话连篇。"世君还在数落父亲的种种不是，"他口口声声骂村干部是饭桶，只拿工资，不给老百姓办事，还说要找人合伙投资，在河上修一座桥。一个身无分文的人异想天开，夸夸其谈，不是让人笑话吗？弄得我们都跟着丢人现眼。"说完，世君打了一个长长的呵欠，嘴巴张得像岩洞，涎水很不争气地从里面流出来。再这么说下去没意思。正好有人打来电话，我找个借口逃离似的和他分手。

没过几天，幺叔就来了。他站着敲门的时候，我和小严都感到吃惊。幺叔凭他的花言巧语骗取门卫信任，径直找到办公室来。最招眼的还是帆布袋扣带边的那个小孔，似乎比上次更大了一点，能塞进一个中指头。我想，他一定是来还钱了。我不禁为自己曾经有过的阴暗心理自责——先入为主的观念会造成我对人对事的误判——任何时候都不要门缝内瞧人——这样的教训值得记取。幺叔是守信用的。区区五十元钱，不值得他专门跑这一趟。再说，我已经说过送给他，无论怎样都不能再收回这点钱。事实证明，我完全是自作多情。幺叔压根就不是来还钱，而是又来向我借钱。只是，幺叔这次把借钱换了个说法，说是要和我合伙买下一件价值连城的文物，下家都有了，是香港的大老板，正住在广州白云宾馆等货。人家可有钱啦，开口价就是两百万。可是，文物在张家界老板手里，非要两万元才出手。幺叔只有一万元，他要我拿一万，赚了钱平分。“有了钱，我们两人联合起来干一件大事。这件事我早就想好了，只和你合作。”幺叔说话时，做出一个和他年龄颇不相称的滑稽动作。我怀疑他的脑壳是不是有点问题。稍微有点头脑的人都明白，这根本就是件不靠谱的事情。我坦言道：“真是对不起，幺叔，如果是这事，我不会和你合作。我建议你也不要随便使钱，那多半都是骗局。”幺叔说：“货我都验过了，绝对是真的。人家抢着要，老板只给我三天时间。这是个发财的好机会，可是……”幺叔的话没往下说，言外之意是不想坐失良机。我还想劝诫幺叔，让他死了那份心，可一时想不出得体的话。幺叔见我无动于衷，就改变主意：“这样吧，你怕上当就不入股，只给我借一万元，三天后，我至少还你一万五。”如果真按幺叔说的这样，我就成了见利忘义之人。风险不敢共担，好处又不放过，像什么话！再看看幺叔，一副绝望无助的样子。我心里塞满同情，甚至想，自己如果钱多，就算是眼睁睁地看着他把钱往水里砸，也顺他一回心，只当是交学费，让他买个教训。不就是一万块钱吗？对某些一掷千金的人来说，一万元算个屁！可是，我做不到，首先是我没有富余的钱，再就是我无原则地迁就这么一个猥琐的老人毫无意义。幺叔眼见得不会有什么结果，只好悻悻然离去。这桩生意最终成没成，我不知道。

幺叔走后，我问了小严一个很无聊的问题：“依你看，我这老乡有钱吗？”小严用一句很时髦的话回答我：“地球人都知道。”

下班时，我被门卫叫住。门卫交给我五十元钱，说是一个麻脸老人还我的，见面时忘了，才让门卫转交。我心里顿时沉沉的。这回，我把幺叔真的得罪了。他就是讨米叫化，再也不会来找我。他没有手机，我想打电话给他道个歉的机会都没有。我欠下了一笔无法偿还的良心债！

四

时间才是最好的疗药。它能让心灵的暗伤在麻木和遗忘里愈合。幺叔这一去就是数年。我差不多都把他忘了。直到有一天，我突然接到一个陌生电话，是这个城市的座机。一开始没听出声来，等幺叔报出家门，我脑海里倏忽间一片空茫，不知该如何应答。电话那端，幺叔的情绪却很好，听得出来，他半点都不记恨我那次对他的不恭。他也学乖了，这次不来办公室见我，只请我去他下榻的旅馆，说是有很重要的事情商量。在去与不去的问题上，我没有半点犹豫，第一次表现得如此果决。一个背负着良心债的灵魂需要拯救，是幺叔给了我这样的机会。我不能错失，疾驰而去。

多年不见的幺叔更显苍老，原先中间留缝的两颗门牙少去一颗，头发也脱得蛮厉害。帆布袋上的小孔有了大拇指那么大，而且还毛了边。旅馆的茶几上置放一尊观音菩萨，看不出质地。幺叔兴奋地指着，还是习惯用他的设问句：“知道它是什么材质？”我只是装模作样地瞧瞧。幺叔从他的帆布袋内翻出两支蜡烛，插进观音底座两边的小孔。“告诉你，这个观音菩萨是用功能玉材料做成的，稀世珍宝。”我对玉器本来就外行，更何况什么功能玉！我不懂不要紧，幺叔会让我顿开茅塞。他点燃蜡烛，开始给我做现场演示，介绍功能玉的神奇妙用。言称真正的功能玉能产生魔幻般的力量，让燃烧的蜡烛自动熄灭。我不信幺叔的鬼话。我倒要看看，是不是真如那位魔术大师所说的那样，见证奇迹的时刻到了！我把旅馆的门窗和布帘拉严实，不让风吹进来。噗噗燃烧的蜡烛没有半点异常，闪烁的光亮像是在嘲弄着幺叔。我端坐床头，逼视着眼前的烛光，目光不敢有丝毫游移，生怕有什么诡异欺骗我的视觉。幺叔倒是沉得住气，他的表情很淡定，很自信，很满足。我怀疑他是不是真的由乞讨者改行成了古玩玩家。怪异的事情是在蜡烛燃到三分之一处时发生的。只听得“刺啦”一响，如豆的烛光跳闪一下，灭了。没隔几秒钟，另一支也步了后尘。我确定，它们绝对不是风吹灭的，一旁的幺叔也没使任何手脚。怪事啊，真是观音菩萨显灵还是功能玉神奇的魔力使然？幺叔有几分得意。“怎么样？好东西吧？”我请教幺叔，期待他给我科学地解释一下。结果，幺叔也没说出个所以然，最后总结出一句话：“这就是个无价宝贝。”

我调动脑海里储存的物理、化学知识分析来分析去，弄得脑壳内晕晕乎乎，后来突然想明白，问题应该出在蜡烛，一定出在蜡烛。追问蜡烛的来历，幺叔说是货老板送的，便于他交易时做演示。我“嗨”一声拍着大腿，这就对了。我从他的帆布袋内取出一支完好蜡烛，从中间折断，果然，下半截没有捻子，填捻子的空隙里倒出几滴不明液体。我闻了闻，没任何异味，指头蘸一点放舌尖上，妈的，就是水！水火不容，屁孩都懂的道理。棉捻子燃到尽头碰上水，蜡烛不熄灭才日怪呢。幺叔很颓丧。他不相信似的，亲自蘸水尝尝，又把下半截蜡烛一点一点掰开，掰完了最终没见捻子，这才彻底死心。于是，他那张麻脸变得更麻更黑，捡起上半截带捻子的蜡烛左看右看，眼里喷射出带刺的光，像是要把什么秘密从蜡烛里挖出来。我发现他捏着蜡烛的手抖索不停，指甲深深抠进去，细白的粉末不断往下掉，地板上落英缤纷。我不敢问幺叔这东西花多少钱买来，下一步准备怎么弄，心里却在暗自后悔，不该当面揭穿谜底，击垮幺叔的信心。我觉得这时候应该把话题往别的方面引，让幺叔从观音菩萨的欺骗里走出来，心里宽慰一些。

我说："幺叔，你现在年纪大了，用不着在外面跑。"

"我不出门，哪来的钱？"

我心里好笑，幺叔靠出门乞讨，能挣多少钱呢？我说："你不需要蛮多钱啊。你在家安心养老，用钱由世君他们给。"我的本意是要幺叔安心在家做些力所能及的事情，把家庭打理好，让世君说个女人。可话到嘴边，还是说得弯弯绕绕，言不及义。

幺叔一点也不理解我的意思，还在一个劲地牢骚："世君这辈子完了，他就是打光棍的命。古人说，虎毒不食子。有些话我不好说。强子，幺叔的命不好啊！"

我看到了幺叔眼里晶莹的泪光。

家庭不睦，父子成仇，村里人对幺叔的看法一直不好。幺叔活得没有骨气和尊严。这个，我懂的！

"不说这些了。"幺叔把头上松开的黑手巾解下来，折叠整齐，一圈圈重新往脑壳上缠，"强子，给你过实话，我想在村里的河上修一座桥，一直差钱凑不拢，上次本来想邀你合作……"

幺叔没往下说，我想到了那次不欢而散。

这话听起来有些玄乎。修桥可不是点点钱。幺叔垂垂老矣，钱的来路多半是沿门乞讨，他怎么会有这样的想法？再说，这应该是村里的事，是大家的事，轮不到年迈体弱的幺叔瞎操心。

我想摸摸幺叔的底细："幺叔，这么多年，你一直在外面跑，一定积攒了不少钱吧？"

幺叔狡黠地笑笑，没有透露真底。只说："我快搞不动了，我死之前一定要把桥修起。"

我说："修桥不是一句话的事，现在的物价贵得很。"

"我请人算过了，要十万元。"幺叔咬住我不放，"强子，你帮幺叔出一万五，桥修好了，我在桥头上立块碑，把你的名字刻上去，让后人都记住你。我不要名字，我无所谓。"

老家那条河真要说起来算不上河，只是一条溪沟，狭窄处不过十来米。我虽然不懂建筑，估计用十万块钱修一座小石拱桥也该差不多。幺叔的想法莫非是真的？

无意中，幺叔露富了，他有了八九万元的积蓄！

这是不可能的！一个乞讨者哪来的这笔家底？再说，就算他有几个钱，留着防老或讨好后人哪样不行，怎么会舍得拿出来干公益？除非他脑壳真的有毛病。

我不会答应给他帮钱。如果是村里出面找我，我当自掏腰包，尽绵薄之力，甚而可以帮村里找关系争取一些外援，报效桑梓。人情送在明处，我不会蠢到让幺叔忽悠。

我哄幺叔说："修桥的事让他们干去，你有钱过好自己的日子。再不然，帮帮世君也可以。"

幺叔又在我这儿碰了钉子。他嗫嚅道："强子，树活一张皮，人活一张脸。你是知道的，这么多年，村里人谁都看不起你幺叔。在他们嘴里，我的名声并不好。修桥补路是行善积德的事情。我就是要做给他们看看。再说，再多的钱，对世君都没用了，与其让他糟蹋，我还不如做点有用的事情。”

这是什么逻辑！

幺叔这个老顽固，怎么都说不通，由他去吧！修桥修桥，修你个鬼！等你自己走到奈何桥上去后，看世人怎么笑话你。

离开旅馆之前，我看着茶几上无辜的观音菩萨，问幺叔下一步准备怎么办。幺叔很宝贝地把观音菩萨收拾进帆布袋子，说：“我有办法。”我猜得出他的办法是什么。无非又是拿着这破玩意儿去哄骗比他更蠢的人。我本想劝他就此收手，别再去坑害别人，免得惹出是非，让自己陷得更深。想想，最终打住了。幺叔已经走到黑路上，他回不过头来！况且，玩这些套路的人没几个好东西，都是你骗我我骗你，无非就为了哄几个钱。让幺叔折腾去吧！他都黄土埋起脖颈的人了，就算弄出个好歹，谁又能把他怎样？

五

今年春节，我带着家小回老家神仙湾过年。小车开到河边，发现有座小石拱桥横在上面。在桥头接我的四叔告诉我，这桥是幺叔独自出资修建的。

我的个亲妈！

我下了车，从桥的这头走到那头，急于寻找一样东西。结果，两头都未见石碑。我疑惑地问：“幺叔做了这么大的好事，村里帮过他吗？”

“这个吝啬鬼，眼里目无组织，请劳力、开工资、买材料，包括监工都是他一个人搞，把村干部当贼一样防着，生怕我们沾他的便宜，抢他的功劳。”四叔当村主任。我明白了。幺叔的所作所为盖过了四叔的风头。他心有芥蒂，村里选择袖手旁观。

说话间，几个认识不认识的乡亲陆续围拢来，跟我热情招呼。他们显然听到了我和四叔的对话，有人提出疑问：“幺叔哪来的那么多钱？这些年也不知他在外面究竟干些什么。”

“还能干什么？他那么一把老骨头，懒得要死，总不至于肩挑背负凭劳动挣钱。”

“是啊。”有人开始接话，“他的钱来得未必正路。幺叔是个胆大包天的人，他什么事情都干得出来。”

“我敢打赌，幺叔的钱除了偷和骗，再没别的来路。天上不会掉馅饼，就算掉馅饼也砸不到他头上。”说话者是个年轻黄毛。

“你分析得对。”马上有年轻人跟着起哄，“馅饼掉地上幺叔也捡不到，因为他起不来早床。”哈哈呵呵，后面是一阵嘲笑声。

越说越离谱了！我简直听不下去，冲年轻人吼一句：“你们一点也不了解幺叔。他的钱来得干净，我可以替他作证。”

四叔见我情绪不好，马上批评年轻人说：“你们这么议论幺叔，还有没有良心？幺叔是我们神仙湾的活雷锋，你们都要向他学习才对。今后谁敢乱说话，我抽他的臭嘴巴！”

四叔很有威信。他的话一落音，大家都唧唧歪歪散了。

我提议去看看幺叔。可四叔告诉我，幺叔把桥修好后就出了门。再问世君是否回家过年，四叔说：“世君在牢狱里过年。”我听了不禁战栗一下。原来，世君在外打工期间，不幸沾上毒瘾。为了吃货，他受人控制，走上一条以贩养吸的不归路。就在年前，广东警方已经将世君抓获，逮捕通知寄到村里，四叔最先看到。刑判得很重，十五年。当时，石拱桥刚刚竣工，按说，幺叔应该在家风光地过完年再出门，可能是世君出事的消息对他打击太大，幺叔感觉没面子。要不，就是欠下人家的工程款，又出门搞钱去了。当然，这些全是四叔的猜测。

我突然想起，那天在步行街，世君说话时呵欠连天的情景。当时，他的嘴巴张得忒大，恨不得要把世界吞进去。幺叔原来早就知道这事，他在我面前曾几次提及，只差挑明。

这个春节，我过得心事重重。返回县城时，我交给四叔一千元钱和一张写好碑文的纸，请他帮我找石匠刻块石碑，立在桥的西头。

这件事情不知落实没有，我至今没敢过问。

那天夜里发生了什么

一

吴木匠还是没开口，不上点手段恐怕拿不下来。

柱子第三次向我“请示”。看样子，他的忍耐已经达到极限。如果不是我拦着，吴木匠早就领教过柱子的厉害了。他可能有所不知，柱子是联防队长，很有一套手段，对付像他这种顽固派是柱子的拿手好戏。柱子有当兵的履历，而且当的武警，练的全是拳脚功夫。当上乡政府联防队长后屡建奇功，很多人进来先还充硬汉死扛一阵，吃够皮肉之苦后最终都败下阵来。我分配到这里当驻乡民警不足一年，私下里听多人赐他外号“活阎王”。

那时候还没撤区并乡，区里才有派出所。我警校毕业根基不牢资历尚浅，编制留在区派出所，人却被分配到这穷乡僻壤当驻乡民警。所里把一个乡甩给我，治安上大小的事情都让我一肩挑。说实话，撂开书本刚走出校门，我这个新警察心里兵荒马乱的。后来，工作之所以打开局面，完全仰仗两个人。上面是乡武装部长，下面是联防队长。武装部长杨打虎是党委委员，掌握着话语权，说话办事风是风雨是雨，毫不含糊。秋冬时节喜欢穿件毛领军大衣，就是现今“大衣哥”朱之文出台常穿的那种。这件带职业性质的大衣让杨部长和其他干部区开身份，无形中增添不少威仪。要说他有什么污点，传说只是有“作风”问题。仅仅传说而已，谁也没证据。联防队长柱子是临时聘请人员，工作中舍得下死力，六亲不认的主，胆子天大，不怕得罪人，最大的愿望是组织上能给他“转正”。那时候，坏人可没现在这么刁，警察的威信高过一切行政手段。

现在回想起来，有些事情就像一场噩梦。比如说，这个吴木匠。

我已经和他交锋三回合。除了交代自己的真实身份外，涉及当晚盗窃耕牛的事他一直咬死不松口。按照他的说法，他是想学雷锋做好事，我们反而颠倒黑白混淆是非，冤枉了一个大好人，简直混账透顶！可是，他怎么抵赖得过去？我和联防队长亲自带人抓住他的现场。人赃俱获，他还要狡辩。难道不吃点苦头，他真就皮肉发痒？

吴木匠落在我们手里，确属一个意外。

这个吴木匠我有三分熟。庙垭村一个老实巴交的手艺人，一年四季在外干木匠。我和杨部长曾在他家吃过两次饭。吴木匠的老婆人才出众，是村里数一数二的尖子。她当村妇女主任，弄得一手好茶饭。乡干部下去，村里都安排在她家吃住。杨部长联系庙垭村，他和村民打成一片。

头天，区里开政法工作会。会上通报了各乡工作进度。我们乡还差一个任务数。如果月底完不成指标，当年评先进的事情彻底没戏。我看见武装部长杨打虎听区长做报告时坐立不安，脸色难看得像块抹布。散了会，他揪住我和柱子下指示：回去后给老子日夜搜，就是拿篦子篦也要篦出一个对象来，凑个任务数。杨部长年年当先进上瘾，这个奖状他是志在必得。我心知，找不出一个对象来，我往后的日子也定然不好过。

回到乡政府，我们马上研究方案。其实也没什么奏效的办法，无非还是巡夜的老套路。运气好，碰上个偷鸡摸狗的算他倒霉。

吴木匠就是这样的倒霉蛋。用句流行话说，他撞枪口上了！

我们凌晨两点钟从乡政府出发。当时夜巡的路线有两选择，西去抵湖北地界，东走可达湘西交界处。何去何从，柱子和手下“铁头”意见严重分歧，最后交由我定夺。我心里其实也没谱，就手找出一枚五分硬币，正反两面分别写上“东、西”二字，然后一个抛掷，最终“西”字朝上，听起来有点儿戏。我们的吉普车一直开到两省毗邻处。灯光把夜刺出个大窟窿，灰白的公路上除了蚊虫乱舞，沿途连一只猫狗都没碰到，门子真是差到极点。

哪想到，事情会在归途中突然出现转机。

马子溪是一条峡谷。两山夹着一脉溪涧，东西向，蜿蜒五公里没人家。两边山上多岩石，不长树木，只生灌丛。谷底流水淙淙，四季不断。整条峡谷水草丰茂，利牲口放养。当是时也，深秋的弦月朗朗照着。吴木匠吆着牯牛，正踏着牛铃叮当的节奏快活赶路。如果我是画家，完全可以勾勒出一幅月夜牧归图。可是，我们的出现大煞风景。灯光照着人和牲口的刹那，空气顿然凝住。似有约定一样，我们都在拐弯处停下。这么黢黑的夜晚，吴木匠诡异的行踪让我们产生太多疑问，有必要下去盘查。一般情况下，这种事情轮不到我亲自上。加上是吴木匠，怎好意思？我就待车上不下去。我希望这只是一场误会。

怎么是你吴木匠？

吴木匠认得柱子，更耳闻过联防队长的威名。他结巴说，我……我去马嘶坪村收账。

我一听情况不对。马嘶坪村被吴木匠甩在身后，他搞反了方向。谎言背后必有见不得人的勾当。这个吴木匠怎么回事?

柱子鼻孔内轻蔑地哼一声，把手里的橡胶狼牙棒在自己右腿上敲一下。吴木匠，你脑壳是不是让驴踢坏了，撒谎都撒不圆。

吴木匠纠正道，是这样子的……我去马嘶坪村收账，人家欠我工钱，好多年了。我现在要去鸦雀岭。

柱子没深究，转而问牛。牛呢?哪来的?

吴木匠说，从路边杉树林里捡来的。

捡?谁家的?“铁头”上前推了推吴木匠。怎么不说偷呢?

不知道……啊……不是……应该是峡口上榨油匠老赵家的。肯定是忘记收了……我打算给他家送去，反正顺路……牲口可怜。

听得出来，吴木匠的表述乱了方寸，疑点重重。我不免替他感到惋惜：吴木匠摊上大事了！就凭刚才一番话，抓无赦！

好啊，吴木匠。“铁头”有些按捺不住兴奋。昏天黑夜，你竟敢盗窃耕牛，跟我们走。

吴木匠反抗说，我没偷牛！我帮人家把牛牵回去也犯法吗?

我跳下车，把铐子甩给“铁头”，抹下情面，说了句公事公办的话。吴师傅，人熟理不熟，对不住了。

人带回来，丢进讯问室，安排柱子和“铁头”两厢看住。我正襟危坐，刚摆开审讯架势，吴木匠反倒先问我，你们凭什么乱抓人?我要见杨部长。

他这一嚷嚷，我还真觉得应该先去报告杨部长。他俩是熟人，平日里有情分。就算吴木匠有猫腻，设若杨部长有意睁只眼闭只眼放他一马，我何必当恶人！不就是一头牛嘛。如果杨部长坚持秉公执法不徇私情，我完全可以请他亲自出面参与审讯，将功劳拿去。他不是盯着先进要我们给他篦出一个对象来么?现在这个对象挖出来了。阴差阳错。他不是别人，正是吴木匠，是杨部长下村时吃吃喝喝的东家。那好，你看着办吧。

我和吴木匠的如意算盘都落空。很可惜，杨部长不在房间里，咚咚咚敲半天没人应声。吃晚饭时还在食堂见过他，相信他绝对不会装睡。他去哪儿啦？

我悻悻然。

二

万所长，我是冤枉的。

山里老百姓都把我喊成所长，开始不习惯，后来感觉很受用。我对吴木匠说，请相信，我们不会冤枉好人。但你必须把事情说清楚，你要自证清白。

第一轮对阵下来，我的记录纸上只落下吴木匠毫无意义的基本信息，姓名、年龄、住址之类。我需要他说清两个问题：第一，当天晚上从哪儿来到哪儿去？第二，他手里为什么会牵上人家的牛，他要把与牛有关的细节说清楚。

吴木匠说，他从马嘶坪村收账转身，是要去鸦雀岭的东家做木匠。行至马子溪，听到路边杉树林里牛铃响，估摸着应是峡口上榨油匠老赵家的，顺便给他牵回，不期然撞上我们。

直觉告诉我，事情远没这么简单。我需要求证。我打电话给鸦雀岭村。东家证明，吴木匠确实是在他家做木匠活。他家要嫁女，赶制嫁妆。吴木匠技术一流，他很满意。据东家介绍，当天晚上，吴木匠吃过晚饭后说是要回家取凿子，说定次日清早赶回。

吴木匠露馅了。他说回马嘶坪收账，与东家口径不一，而且拒不交代债户是谁。这是一个明显的漏洞。不管后来牵牛的事情如何自圆其说，吴木匠如果不把这个漏洞给堵上，他就是跳进长江也洗不清自己的盗窃嫌疑。到时候，即使杨部长有一万颗诚心想帮他，恐怕也无能为力了。

这是个突破口，必须揪住不放。

我问吴木匠，谁欠你钱？多少钱？收没收到？

吴木匠说，这是我私人的事情，我不想告诉你们。反正我没偷牛，随你们怎么怀疑，我没偷就是没偷。很要赖的口气。

吴木匠可能把问题想得比较简单。是的，表面看来，收账和牵牛本是风牛马不相及的事情。可今晚上，这两件事情蹊跷地集于吴木匠一身，二者就产生了因果联系，有了法律意义上的逻辑关联。这是一道无形的绳索，已经牢牢套紧在吴木匠的脖子上。当时什么气候啊！社会上的确乱得不成样子，治安形势不容乐观。重症须下猛药，矫枉必须过正。上面审时度势，采取非常措施，公、检、法合署办公，三堂会审，流水作业，一件案子一礼拜就能判下来。任何工作无法做到至善至美，高效率有可能出瑕疵。或许，吴木匠出于自己的无辜和一种本能的善良寄希望于法律的公正，似也无可厚非，但他如果不睁大眼睛认清形势，继续这么执迷不悟，我没法保证……天哪，倘若我们的工作真有瑕不掩瑜的那一刻，对吴木匠来说注定会是一场暴风骤雨！他怎么这么不知轻重啊。

审讯暂时卡在这里。

榨油匠老赵早就等在隔壁办公室。与牛有关的情况需要请他配合调查。牯牛还真是他家的。老赵认出来了，言称自己年纪大记性差，经常天黑后忘了收牛。好在一条峡谷，口上住着他独户人家，谁也别想瞒天过海偷走他的牛。老赵还打包票说，吴木匠是个老实坨，他不会偷牛的。你们恐怕弄错了。

柱子和老赵争论，人不可貌相，谁也不敢保证老实人不干坏事。我问你，吴木匠和你是不是亲戚？

老赵摇头。

柱子进逼，再问你，他是不是欠你人情？

老赵说，没有。我们只是认得。

柱子说，那你凭什么担保他不是想偷你家的牛，而是想帮你把牛送回家？

老赵翻翻白眼，理屈词穷，说，我是猜的。

"铁头"呸一声吐口涎水，办案子不能猜，我们要重证据，依法办事。

老赵马上回应，是是是，那就算他偷吧——什么话！

第二轮，我改变策略，换个话题，决定采取诱敌深入、欲擒故纵的战术。吴木匠不是辩称想做好事吗？那就从牛谈起吧。

吴木匠，请问你是否认得榨油匠家的牛？

不认得。

那你怎么确定你牵的牛就是他家的？并且要把牛给他送去？

吴木匠说，这峡谷口上只住着榨油匠一家，不是他家的牛还会是谁的？

万一是别人家的牛，你准备怎么办？他果然落入我预设的话题之中。

我当时没想那么多。我们老百姓，头脑简单。

我紧追不放，现在呢？

没想过。

柱子把狼牙棒拍在桌面上，吼他，你是想卖钱吧？

吴木匠说，我是念牲口可怜，只想积德做好事。既然好事不能做，往后保证不做。你们是懂政策的人，总不能好坏不分吧。

柱子听不得这话，上前要动手，被我制止。我说，吴木匠，我要警告你，你的态度有问题。盗窃耕牛，破坏农业生产，罪行不轻。不老实交代，后果非常严重。

吴木匠装哑巴，再不答话。没戏了。

三

鸦雀岭村的东家说过，吴木匠吃过晚饭回家取凿子。他是否真的回过家？马嘶坪村再过去才是庙垭村。吴木匠夜行的大方向是对的，莫非他真的回去过？回去就回去呗，为什么咬断铁钉死瞒着？这些情况吴木匠可以揣着明白装糊涂，但我们有责任查清楚。

我和柱子把车子停在路边后，秘密摸近吴木匠家。我们的行动必须慎重。吴木匠的老婆大小是个村干部，这件事情她知情与否，我们不得而知。我们接触她的目的无非是要印证吴木匠是否说了假话，没必要给他老婆造成影响。时间将近凌晨四时。吴木匠家的东头房间里昏昏然亮着灯，想必那就是妇女主任的卧室了。我们决定直接去敲门，趁着没惊动周围邻居，问完话就走。可是，贴近窗台，我们无意中听到了那些不堪入耳的响动。木床摇响和女人的浪叫暗示出大战双方刚刚进入激烈交锋。吴木匠不是在我们手里控制着吗？谁在和他老婆开战？我和柱子面面相觑，直等到战事结束，才回过神来想到应该回避一下——这本就不关我们的事。按照农村习俗，撞见男女这等糗事不吉利。后来，房门吱呀打开，旋即又吱呀关上。待一切恢复平静后，我和柱子才装作若无其事地轻敲房门。

妇女主任把我们让进屋内。这个带着睡态的女人，头发几丝凌乱，乳峰顶起薄衫，浑圆的屁股在蜂腰下错落，动作干练地给我们沏茶。就是这么一个漂亮能干的女人，不知为什么和吴木匠没有生养。他们平时的夫妻关系也让外人看不出任何破绽。生活的潜流里沉淀着太多的诡谲。究竟是什么原因造成她背着男人偷人养汉？难道前人真把话说到头了，幸福的家庭都是相似的，不幸的家庭各有各的不幸？

我们很快做完笔录。妇女主任证实吴木匠当晚并没回家。她不明白我们问话的真实意图，我们编造出一个合乎情理的事由骗取了妇女主任的信任。如果某一天，吴木匠身陷囹圄，作为老婆的妇女主任，她的证言将起到关键作用。她是帮我们把自己丈夫送进监狱的得力助手。我无法想象，当谜底揭开真相大白于天下的那一刻，妇女主任将是如何后悔不已痛不欲生，而我们又该怎样面对。我觉得，我们的行为有些卑鄙。

离开时，我不经意间注意到一个细节。妇女主任扯了一把床上零乱的被子。被子下面露出军大衣的冰山一角，带毛领的。妇女主任慌乱中将其罩住，再看我时，脸颊泛上红晕。其实，谁家都可能有件军大衣，没什么大惊小怪的。我完全是职业使然。

确定无疑，吴木匠撒了谎。他离开东家不是要回去拿凿子，而是要偷牛。因为如果是想回去抓奸，他不至于无功而返。我们都替他轻而易举办成了，他会错失良机？除非他是故意放水！偷牛！就是偷牛。只剩这个可能了。

第三回合，我不绕圈子，问话直奔主题。吴木匠，你告诉我们是去马嘶坪村收账，但你对东家却说要回家取凿子。你的说法前后自相矛盾，怎么解释？

吴木匠像只闷头鸡，还是那句话，我要见杨部长。

我心里说，我还想见他呢。关于收账的情况，你说是你的私事，不愿如实交代。这使你作案的疑点上升。

……

人家的牯牛在你手上，又是那么深的夜晚，结合上述两条，你说给你定个盗窃的罪名会冤枉你吗？我看一点都不冤。话虽这样说，但从侦查工作的角度分析，我骨子内对吴木匠盗窃耕牛还存在诸多疑点：首先是作案动机。如果吴木匠是想把牛卖掉，那他沿着公路大摇大摆朝乡政府方向走，而不是选择山路，这不是自投罗网吗？再从情理上分析，鸦雀岭村距马子溪十多里，白天做木匠活的吴木匠又不是神仙，他怎么确知路边杉树林里会有老赵家没有收回的牯牛？另外，我们逮住吴木匠是凌晨三点。天亮后他要去东家干活，如果短时间里赃物不出手，他岂不耽误工夫？更何况吴木匠认为牛是老赵家的，他就算蒙也蒙对了。正是基于这些疑虑，我一直阻止柱子和“铁头”对吴木匠动手动脚。他俩早就不耐烦了。经验告诉我，许多时候，他们那些招数是管用的。鸡鸣狗盗者中，软骨头居多。几套手段下来，早把屎肠子吐露干净。但我有底线，必须有十分把握才敢让他们这般操练。至于吴木匠，条件尚不成熟。我想，这件事情造次不得，必须向杨部长汇报，由他定夺。

六点钟，杨部长走出房门。他先伸懒腰，接着打出一个呵欠。我发现他面色疲惫，衣服虽然穿戴齐整，但全身上下仿佛落满风尘。听我汇报完毕，杨部长大喜过望，然后问我，这么大事情，怎不及时向我报告？

我没说，是柱子抢答的，抓回来就敲你的门，可……

杨部长朝柱子剜去一眼，脸色倏忽暗沉下去，抱怨道，妈的，醉死了，打雷都听不到，真是误事。

听完情况，杨部长眉头紧锁，重重叹息一声，表情复杂而沉痛。他说，吴木匠是个老实人，我知根知底。两口子平素待我没说的，这叫我怎么下得去手？不敢想象啊！

我说，正是考虑到方方面面的关系，我也感到进退两难，还请领导指示。

杨部长不无担心地问，柱子，你们没对他动手动脚吧？

柱子抱怨说，万所长不让我们干。

杨部长的目光在我们之间来来去去，然后说，小万是对的。搞政法工作，常常会遇到许多复杂情况，我们时刻都要保持清醒的头脑。可是——杨部长整理了一下衣冠，事情总得有个结果。走，我们去看看。

我说，正好。吴木匠从进门起就一直要求见你。

是吗？杨部长说，我可不是他的救世主。对待坏人，我一向是铁面无私的。这一点你们很清楚。他吴木匠千万别打错主意。

走到门边的时候，杨部长摸摸口袋，突然刹住脚步。他想起一件事来，要回房间取包烟。他说，毕竟是熟人，礼是礼，法是法。不然，怎么对得住人？

我附和道，那是当然，应该的。杨部长还算是个重情义的人。

四

从见到杨部长那一刻起，吴木匠就泪水滂沱。老说着一句现话。杨部长，我是冤枉的，你要给我做主。

杨部长把烟给了吴木匠，还掏出火机替他点上一支。吴师傅啊，最起码我能证明你本质上不是坏人。但至于晚上发生的事情，我就不敢给你担保了。你自己和他们说清楚。黑的就是黑的，白的就是白的。说清楚了该怎样就怎样，无须谁来做主。你要相信政府，相信法律。

领导的话你听清楚了吗？告诉你，摆在你面前的路只有一条，老实交代问题。我们的政策永远不变，坦白从宽，抗拒从严。柱子的话太拍马屁。我简直听不下去。

杨部长拉下脸，很严肃地告诫柱子，对吴木匠不必拿这种态度说话，他会配合的。

杨部长走后，吴木匠陷入深深的无助和绝望。案子到这个份儿上，我也感到一筹莫展，不得已给吴木匠施加压力。我说，吴木匠，好好问你的话，你要么公开撒谎，要么装聋卖傻。你是在藐视法律，把正义不当回事。看来，不受点皮肉之苦，你是不会开口的。杨部长的态度你想必也听出来了，他不会袒护你。

我的话等于白说。吴木匠好像做好了最坏打算。

我给杨部长建议，放掉算了。

放人？杨部长反问，为什么？

我说出了自己想到的那些疑点。

杨部长沉吟半晌，然后语重心长地说，小万啊，你的分析不是没道理。但是，吴木匠的作案嫌疑也不能完全排除咯。你想想，他是不是有可能见财起意顺手牵羊？

不得不承认，杨部长想问题还是胜我一筹。吴木匠就算对自己当晚的出行讳莫如深，但顺手牵羊的事情是极可能发生的。顺手牵羊同样构成盗窃！

杨部长还在开导我。政法工作是一门博大精深的学问，有时候，哪怕漏掉一个看似不起眼的细节都会走弯路，甚至前功尽弃。对这个案子，你要有信心，更要有耐心，要有打持久仗的心理准备。柱子他们很有一套的。实在不行，有些事情可以交给他们去做。

杨部长最后的暗示让我觉得不可思议。他不是提醒我们对吴木匠不可以动粗吗？而且还是当着吴木匠的面。

我不能当面揭穿他出尔反尔，只能提醒说，吴木匠的情况和别人不同，我坚持认为，对他动刑要谨慎。

杨部长痛心疾首地说，我也不想这样做。可是，吴木匠对晚上的行踪守口如瓶，这是一个极其危险的信号（我真不知道他所说的危险性在哪里）。现在是什么气候？擦根火柴都能把空气点燃——严打呀，我的万所长！我们正处在考验一名政法工作者立场和能力的风口浪尖。大浪淘沙，一切瞻前顾后、优柔寡断者都将被淘汰出局，只有那些经得住风吹浪打、意志坚强的年轻人才会迅速成长起来。

杨部长言重了。我觉得他完全不必上升到这样的高度，该怎么做我心中有数。我想，就让柱子和“铁头”他们与吴木匠过一过堂。吴木匠真有鬼，自讨苦吃他是活该！如果他是清白的，硬着气性能熬过这一关，秋后算账也有杨部长担着。我不怕！再说，杨部长和吴木匠关系比我近，他抹得下情面，我还在乎什么！

我把杨部长的意思说给柱子听。他和“铁头”心领神会，马上就兴奋地搓着双手进了审讯室，房门碰得山响。

在等待的那段时间里，我经受着一种前所未有的煎熬。我预感到这是一场没有结果的过招，可我又无耻地期待一个意外的结果出现。这种矛盾心理连我自己都感到吃惊。我和杨部长都清楚，我们还需要一个指标。生活中多一个吴木匠或少一个吴木匠无所谓，但这个指标对我们政法工作至关重要。它关乎政绩和荣誉。

一个小时过去后，柱子高兴来报，吴木匠吃不消，降下调子答应招供。这是个可怕的结果，它超出我的预期，听得我背后嗖嗖冒冷汗。我清楚在刚刚过去的一个小时里，在柱子、“铁头”和吴木匠之间发生了什么——那差不多是钢铁和血肉的较劲。它撕裂和摧毁人的意志，让一切信念崩溃和坍塌。我端着纸笔、印泥再次走进审讯室，看见的是与先前完全不同的另一个吴木匠。他人已脱形，整个像刚从水里捞出来一样，浑身的每一个毛孔都在滴汗。水泥地板上到处散落着汗渍和毛发，麻绳断成数节，散乱地瘫软在地上，像一堆无精打采的死蛇。我对赤着身子气喘如牛的柱子说，你俩出去吧，我和吴木匠谈谈。

吴木匠向我要一杯开水，咕嘟灌下去。然后说，干脆弄死我吧。我还是那句话，我不是强盗，我没偷牛。

不知怎的，我的心无端地轻松下来——吴木匠这场罪没白受！我知道这不是杨部长想要的结果，但结果恰恰就是这样！

杨部长听完我的汇报，脸色铁青，把半截烟头仇恨地摁灭在烟灰缸内。看来，我得亲自出面了。他招呼柱子和“铁头”说，还得辛苦你俩。

我被挡在门外。这时候，我再进去显然不合适。我只能在心里暗暗祈祷，吴木匠，你可要挺住啊。

也不知道他们使了什么招，吴木匠半小时就缴了械。白纸黑字写满他的供词，落款的名字上摁了指印，盗窃耕牛的事实千真万确！大相径庭的结果改变于顷刻之间，我颓丧。我失败。想不到，吴木匠果真不是个好东西。他的表象欺骗了我的眼睛，误导了我的判断。我对他不得不重新审视，横加白眼。

案卷报上去，吴木匠盗窃耕牛案很快判决，他获了五年有期徒刑。宣布这样的结果时，吴木匠质问杨部长，怎么会这样？杨部长说，我也觉得判重了。可上面说，现在是特殊时期，原则上从重从严。我也无能为力。吴木匠冷笑一声，说，我明白了。我上当了。杨部长说，别说那些没用的话。我在监狱那边还有些关系，到时候再想点办法。

吴木匠被羁押十天后要送往县看守所。直到那天，他当妇女主任的老婆才知情。吴木匠平时出门做木匠活，十天半月不回家是常态。他老婆一直蒙在鼓里，以为丈夫还在给人家打嫁妆。

那个晦暗的早晨，我在杨部长房门口听到了妇女主任嘤嘤的啜泣。她的求情软弱无力，被杨部长义正词严地驳回。感情代替不了法律。在你男人的问题上我能帮的都帮了，不信你可以去问万所长他们。

你是不是存有私心？有话你可以说清楚，完全不必这样做。他并没碍着什么。

我品味着妇女主任的话，脑海里莫名其妙地闪回一件军大衣。我听杨部长说，金梅，你怎么说出这种话来？我是那种人吗？杨部长边说便往门外走。他发现我站在门口，提高嗓门理直气壮地说，作为联系村的干部，我对吴木匠的犯罪深感痛心。可是，日月昭昭，国法难容。金主任，再不要多说话了。吴木匠服刑期间，家里有什么困难，我和万所长都会尽力照顾。你要知道，我们也是有血有肉的人。

上车以后，妇女主任和她的妹妹金菊强烈要求和吴木匠当面说几句话。除了一些无谓的安慰和叮咛，金梅说，你真糊涂啊，做出这种事来，我的脸都跟你丢尽了！吴木匠说，我没偷牛，我是冤枉的。金梅说，杨部长把一切都告诉我了，还说犟话！吴木匠说，那是他们的圈套，连你都不信我？金梅把脸扭向一边，只顾抽噎去了。金菊拉着姐夫的手，万般哀怜地说，相信你，我相信你。好好改造，早点回来，我……们都等着你。我发现，金菊的双眼已经泡肿成桃子一样大，他俩对视的目光里传递着无尽的意绪。

五

我调到县政法委工作是次年春上的事情。

离开乡政府前夜，杨部长到我房间串门。我们说了许多话，大多没记住。唯记得他说过，如果年前吴木匠的案子搞不定，我调动的事情肯定泡汤。杨部长说，领导征求意见时，我把侦破吴木匠盗窃耕牛案的功劳都推到你身上，加重了你在几个候选对手中的砝码。听他这么说，我反而惴惴不安。我说，吴木匠的案子不是我的功劳。再说，我一直还有些想法……杨部长打断我的话，别再纠结了，事情已然过去，对错只有天知道。

三十多年来，我经常下乡，几乎跑遍了全县每个乡镇，唯有曾经工作的那个乡不愿去。每次轮到去那里，我都借口回避，让别人跑。我总觉得亏欠那里一点什么，一种说不清道不明的良心亏欠。这期间，发生在那个乡的轰动事件是柱子用斧头劈死了杨部长。柱子替乡政府效力多年，没功劳有苦劳。可是，当一个合同民警的指标分到乡里后，杨部长极力反对给柱子，而是落到了他一名亲戚头上。传闻中，柱子掌握着杨部长"作风问题"的把柄。他借此要挟过杨部长，竟口出狂言说，姓杨的挖空心思把别人送进监狱，目的就是想独霸人家的女人，结果竹篮打水。柱子最终未达目的，万念俱灰后采取极端方式，制造了那起震惊全县乃至全市的报复杀人案。为震慑犯罪以儆效尤，公捕公判柱子的大会选择在当地举行。那天，小小山乡万人空巷。人们奔走相告，过节一般。"活阎王"平日做事不留后路，埋下太多仇恨种子。乡亲们终于盼来这一天，看到了他的可耻下场！正义的枪声替他们出尽了长期以来积郁于心的恶气。

前不久，又有机会到那个乡去检查工作。我突然产生走一趟的想法。时光荏苒，岁月蹉跎，恍然间退休在即，我以公干的名义下去可能是最后一次。我不想错失这样的机会。在乡政府吃完晚饭，我提出去庙垭村转转。新提拔的书记和乡长都年轻，不知道"老领导"意欲何为。我说要去见见吴木匠。乡长说，我们这儿木匠多，你是要见哪一个？乡长听说他坐过牢，介绍说他早就搬出庙垭村，住到马嘶坪村去了。马嘶坪？我心里一个咯噔。原来，吴木匠刑满释放第二年，他老婆金梅就患肝癌殁了。没多久，吴木匠便和他姨妹子（金菊）结了婚——金菊的男人早在吴木匠坐牢之前就砸死在煤窑里……

我的思绪飘回到三十多年前的那个夜晚。马嘶坪村、收账、牯牛……这些乱七八糟的信息搅得我心潮难平。冥冥中有一个声音对我说，你一定要去看看吴木匠，不然，你会后悔终生。

听说我就是当年的万所长，吴木匠脸上现出骇然的表情。倒是他现在的老婆金菊有条不紊地应酬我们。当年，她两只肿成桃子的双眼老在我眼前晃来荡去——往事不堪回首，也不宜重提。

从吴木匠家出来，他坚持送我一程。我明白他是有什么话要单独和我说。我们故意放慢脚步，和前面的人落下好一段距离。我语焉不详地拿话戳他，老吴啊，你当年怎么那么愚蠢，多大个事呢？说出来屁事没有。吴木匠说，金梅的脾气倔，如果让她知道，姐妹俩的天就塌了。我一辈子都会抬不起头来。即便如此，事情也不致无可救药。我说，你先不是扛过去了？再硬撑一阵就不会有后来的结果……唉，杨部长那人……吴木匠说，一切都是命定，我不怪任何人。我真想告诉吴木匠，其实，你当时完全不必顾忌太多，因为有人已经对不住你。

夜已深，公路边的小车喇叭不停催响。我和吴木匠打哑谜似的对话该有了断。我最后说，我来其实也没别的意思，就是看看你，只想对你表达一点歉意。这辈子，我唯一做错了一件事……现在过得还好吧？吴木匠说，金菊还跟从前一样对我好，能有今天，坐那几年牢，也算值了。

像一道电光闪过，我的心抽了一下……

图书在版编目（CIP）数据

绝招 / 少一著. -- 北京：作家出版社，2019. 1（2023.2重印）
（中国少数民族文学之星丛书）
ISBN 978-7-5212-0388-2

Ⅰ. ①绝… Ⅱ. ①少… Ⅲ. ①中短篇小说集 - 中国 - 当代 Ⅳ. ①I247

中国版本图书馆CIP数据核字（2019）第031357号

绝　招

作　　者：少　一
责任编辑：史佳丽　李亚梓
特约编辑：杨玉梅　郑　函
装帧设计：孙惟静
出版发行：作家出版社有限公司
社　　址：北京农展馆南里10号　　**邮　　编：**100125
电话传真：86-10-65067186（发行中心及邮购部）
86-10-65004079（总编室）
E-mail:zuojia@zuojia.net.cn
http://www.zuojiachubanshe.com
印　　刷：固安兰星球彩色印刷有限公司
成品尺寸：152 × 230
字　　数：248千
印　　张：20.25
版　　次：2019年6月第1版
印　　次：2023年2月第2次印刷
ISBN 978-7-5212-0388-2
定　　价：58.00元
